SUPERNATURAL™
DIE DÄMONENJÄGER

Jake Wesson

SUPERNATURAL™
DIE DÄMONENJÄGER

Roman

Entstanden auf Basis der
Fernsehserie SUPERNATURAL
von Eric Kripke

»PILOT« written by Eric Kripke
»WENDIGO« teleplay by Eric Kripke,
story by Ron Mibauer, Terri Hughes Burton
»DEAD IN THE WATER« written by
Sera Gamble, Raelle Tucker
»PHANTOM TRAVELLER« written by
Richard Hatem

Bibliografische Information der Deutschen Nationalbibliothek
Die Deutsche Nationalbibliothek verzeichnet diese Publikation
in der Deutschen Nationalbibliografie; detaillierte bibliografische Daten
sind im Internet über http://dnb.d-nb.de abrufbar.

SUPERNATURAL – Die Dämonenjäger
von Jake Wesson

Entstanden auf Basis der gleichnamigen Fernsehserie
von Eric Kripke, ausgestrahlt bei ProSieben
»PILOT« written by Eric Kripke
»WENDIGO« teleplay by Eric Kripke, story by
Ron Mibauer, Terri Hughes Burton
»DEAD IN THE WATER« written by Sera Gamble, Raelle Tucker
»PHANTOM TRAVELLER« written by Richard Hatem

SUPERNATURAL™ & © 2007 Warner Bros. Entertainment Inc.

ProSieben Logo: © ProSieben 2007

Originalausgabe:
© 2007 vgs
verlegt durch EGMONT Verlagsgesellschaften mbH,
Gertrudenstraße 30–36, 50667 Köln
Alle Rechte vorbehalten

1. Auflage
Redaktion: Ruza Marija Kelava
Lektorat: Ulrike Reinen
Produktion: Susanne Beeh
Umschlaggestaltung: Esther Bachmann, Köln
Satz: Hans Winkens, Wegberg
Druck und Verarbeitung: Clausen & Bosse, Leck

ISBN 978-3-8025-3625-0

www.vgs.de

Prolog   LAWRENCE, KANSAS
Vor 22 Jahren

Mary Winchester öffnete vorsichtig die Tür, knipste das Licht an und lächelte.

»Sagen wir deinem Bruder Gute Nacht«, flüsterte sie und nickte Dean auffordernd zu. Dean schlich mit kleinen Schritten auf das Bettchen in der Mitte des Kinderzimmers zu. Sam war jetzt schon ein halbes Jahr alt, aber Dean näherte sich seinem kleinen Bruder immer noch mit größter Vorsicht. Nicht aus Misstrauen, sondern aus Sorge, das kleine Geschöpf durch eine unachtsame Bewegung vielleicht verletzen zu können. Dean verharrte am Gitter des Bettchens. Sam hatte mit der Faszination eines Kleinkindes und mit großen Augen auf das kleine Tier-Windspiel über seinem Bett gestarrt. Jetzt drehte er seinem großen Bruder das Köpfchen zu und lächelte glucksend.

Unendlich vorsichtig beugte sich Dean über das Bett und gab seinem Bruder einen gehauchten Kuss auf die Stirn.

»Gute Nacht, Sam«, flüsterte er.

Mary Winchester lächelte. Es war jeden Abend dasselbe Ritual, aber es ließ immer noch ihr Herz aufgehen. Manchmal glaubte sie, vor Liebe platzen zu müssen, wenn sie ihre beiden Söhne miteinander sah. Eines Tages würden sie sich vielleicht streiten und zanken, wie es unter Geschwistern üblich war. Doch Mary konnte sehen, dass die beiden, Sam und Dean, etwas Besonderes miteinander verband. Sie würden immer zusammenhalten und füreinander da sein, das wusste Mary einfach. Sie konnte es an der Art sehen, wie Dean seinen kleinen Bruder ansah, sie konnte es an dem Strahlen in Sams Gesicht sehen, wann immer er seinen großen Bruder erblickte.

Mary Winchester war glücklich. Vielleicht bin ich die glücklichste Frau der Welt, dachte sie. Und dies sind die glücklichsten Tage meines Lebens.

Mary beugte sich nun auch zu Sam hinunter und küsste seine Stirn. »Gute Nacht, Sam.«

Hinter ihr wurde die Tür einen Spaltbreit weiter geöffnet. Ein Strahlen ging über Marys Gesicht, als sie den Geruch des Aftershaves roch.

»Hey, Dean«, sagte eine raue, aber herzliche Stimme.

Es war der dritte Winchester in ihrem Leben, der Mann, der ihre Liebe perfekt machte.

Dean drehte sich um und rannte los. »Daddy!«

Mit einem freudigen Aufschrei rannte er in die Arme seines Vaters. John Winchester schlug seine kräftigen Arme um den Jungen und stemmte ihn hoch. Mary wusste, wie stark John war, doch er tat so, als müsste er mit Deans kleinem Körper ein immenses Gewicht stemmen. John stöhnte auf.

»Was meinst du, Kumpel – ist Sam schon groß genug, um mit dir Football zu spielen?«

Dean schüttelte heftig den Kopf. »Nö!«

»Nö? Na gut, das wird schon noch!«

John ließ Dean wieder herab und trat zu seiner Frau. Mary lächelte, und die beiden küssten sich. Dann blickte John in die Krippe. Auch seine Augen leuchteten vor Stolz und Liebe.

»Alles klar?«, fragte Mary. Womit hatte sie dieses Glück nur verdient?

»Alles klar«, erwiderte John. »Mehr als das.«

John Winchester öffnete die Tür, damit Dean und Mary den Flur betreten konnten. Dann blickte er noch einmal voller Liebe auf seinen jüngsten Sohn.

»Träum süß«, flüsterte er und knipste das Licht aus.

Sams Augen brauchten ein paar Sekunden, bevor sie sich an das Dämmerlicht gewöhnten. Fasziniert betrachtete er das Mobile über seinem Kopf.

Es begann, sich von selbst zu drehen.

Es musste lange nach Mitternacht sein, als Mary aus einem tiefen, traumlosen Schlaf erwachte. Irgendetwas hatte sie geweckt. Schlaftrunken tastete sie nach ihrem Mann. Die Betthälfte neben ihr war verlassen und kalt. Mary rieb sich den Schlaf aus den Augen. John war ein Mann, der nicht viel Schlaf brauchte. Es war nicht ungewöhnlich, dass er sich spätabends, während sie schon schlief, noch einmal vorsichtig aus dem Bett schlich, um sich noch eine Sportsendung im Fernsehen anzuschauen.

Aber das war nicht das, was sie geweckt hatte. Auf Johns Seite des Ehebetts stand ein kleines Babyfon auf dem Nachttisch. Das Haus der Winchesters war nicht besonders groß, und wenn Sam anfing zu schreien, hätten sie es ohnehin gehört. Aber mit dem Babyfon fühlten sich Mary und John einfach doppelt sicher.

Jetzt gab das kleine Gerät ein seltsames, statisches Rauschen von sich. Wahrscheinlich ein Kurzschluss oder das Warnzeichen einer schwachen Batterie.

Aber – mischte sich da nicht das leise Weinen eines Kindes unter das weiße Rauschen aus dem kleinen Lautsprecher?

Mary seufzte und wälzte sich aus dem Bett. Sie knipste das Nachtlicht an. Es flackerte ein paar Mal auf, dann leuchtete es wie gewohnt.

Mary schlüpfte in ihre Hausschuhe und tapste in den Flur. Die Tür zu Sams Zimmer war einen Spaltbreit geöffnet. Mary blickte hinein.

John stand am Bett – seine Silhouette hob sich gegen das Mondlicht ab, das durch das Fenster fiel. In seinen Armen hielt er Sam.

»John?«, flüsterte Mary, »alles okay? Hat er Hunger?«

Statt einer Antwort hob John nur den Finger an die Lippen. »Pssst!«, flüsterte er sanft, um Sam nicht zu wecken.

Mary nickte und schloss die Tür. John war wirklich ein Schatz. Wahrscheinlich hatte auch er das Rauschen aus dem Babyfon gehört und war in Sams Zimmer geschlichen, damit sie weiterschlafen konnte.

Schlafen.

Das war eine gute Idee.

Sie liebte Sammy über alles, aber der Kleine war, anders als Dean, ein richtiger Frühaufsteher. Sie konnte jede Stunde Schlaf brauchen, die sie bekommen konnte.

Mary wandte sich um und ging zurück in Richtung Schlafzimmer, als sie im Erdgeschoss das Flackern sah.

Seltsam, dachte sie und machte kehrt. Verwundert stieg sie die Treppe hinunter.

Das Flackern kam von dem kleinen Fernseher im Wohnzimmer. Hatte John ihn angelassen? Das sah ihm gar nicht ähnlich. Mary ging ins Wohnzimmer, um das Gerät auszuschalten.

Sie stutzte, als sie die Gestalt sah, die im Sessel vor dem Fernseher eingenickt war, eine Dose Bier neben sich.

Es war John.

Einen Augenblick lang setzte Marys logisches Denkvermögen aus.

Das war John!

Wer war der Mann im Kinderzimmer?

Wer war bei Sam?

Oh Gott, nein!, fuhr es Mary durch den Kopf, als sie wie eine Besessene die Treppe hinauflief. Sie war nicht fähig, einen anderen Gedanken zu fassen.

»Sammy!«, rief sie mit brechender Stimme und stieß die Tür zum Kinderzimmer auf.

Auf der Türschwelle erstarrte Mary Winchester.

Innerhalb eines Sekundenbruchteils wurde ihr klar, dass ihr gewohntes Leben, ihre Sicherheit und ihr Glück nur eine Illusion gewesen waren. Die ganze Zeit über hatte etwas anderes dahinter gelauert.

Aber es war nicht sie, um die es hier ging.

Es war wegen Sammy hier.

John Winchester wurde aus einem furchtbaren Albtraum gerissen. Ein paar Augenblicke lang wusste er nicht, ob er noch träumte oder wach war. Ein alter Schwarz-Weiß-Kriegsfilm flackerte über den kleinen Fernseher, Soldaten starben im Kugelhagel irgendeines Hinterhalts.

Dann hörte er den Schrei. Den Schrei seiner Frau.

»Mary?!«

John sprang auf und rannte die Treppe hinauf. Der Schrei war verstummt, und John war sich nicht sicher, ob er nicht nur Teil seines Albtraums gewesen war, den er schon vergessen hatte.

Aber er hatte den Schrei doch gehört, *nachdem* er erwacht war, oder?

Vielleicht spielte ihm seine Einbildung nur einen Streich, hoffte John. Betete er.

John Winchester stieß die Tür zum Kinderzimmer auf. Der Raum lag ruhig und still vor ihm. Sammy zappelte in seinem Bettchen, hellwach, aber anscheinend guter Dinge.

Marys Schrei musste doch ein Teil des Albtraums gewesen sein, dachte John Winchester und ging zu der kleinen Krippe. Sammy lächelte seinen Vater an, und John konnte trotz seiner erst langsam abfallenden Anspannung nicht anders, als zurückzulächeln. John beugte sich über das Bettchen und streichelte mit der Hand über die seidenweiche Wange seines Sohnes.

Etwas Warmes tropfte auf Johns Hand.

John stutzte, zog die Hand zurück und blickte darauf. Auf seinem Handrücken glänzte etwas dunkelrot auf. Fast schwarz.

Blut.

John schluckte. Unendlich langsam, als ahnte ein Teil von ihm, dass er das, was er sehen würde, nicht ertragen könnte, blickte John Winchester auf.

Mary befand sich über ihm.

Allen Gesetzen der Physik zum Trotz hing sie unter der Zimmerdecke, als ob für sie die Schwerkraft umgekehrt worden wäre. Doch das war nicht das Schlimmste. Am Entsetzlichsten waren die weit aufgerissenen, noch immer fassungslosen Augen seiner Frau.

Hilf mir!, stand darin zu lesen. Hilf Sammy!

John Winchester stieß einen erstickten Schrei aus. Sein Verstand weigerte sich für eine Sekunde, zu akzeptieren, was die Augen sahen. Das menschliche Gehirn war nicht dafür geschaffen zu sehen, was John Winchester sah.

Johns Muskeln versagten, er stürzte rücklings zu Boden.

»Mary!«, keuchte er.

In diesem Moment ging der Körper seiner Frau in Flammen auf. Sie kamen aus dem Nichts, waren einfach plötzlich da und umloderten Mary. Sie schrie nicht, sie zuckte nicht mal zusammen – sie blickte John Winchester einfach nur an. Dann hüllten die Flammen auch das Gesicht von Mary Winchester ein und griffen auf den Rest des Raumes über.

Erst flammte der Vorhang auf, dann die ersten Möbel. Es war nicht der Schwall brennend heißer Luft, der John aus seiner Erstarrung löste, sondern das ängstliche Schreien aus der Krippe.

Sammy!

Er musste Sammy und Dean retten!

John sprang auf die Beine und hob seinen jüngsten Sohn aus dem Bettchen. Er drückte ihn eng an sich, um ihn vor der Hitze zu schützen, und rannte hinaus.

Im Flur stand Dean in seinem Schlafanzug. Verängstigt und verwirrt blickte er seinen Vater an.

John ging auf die Knie und drückte Sammy in Deans Arme. Dean war noch ein Kind, aber John wusste, dass er sich auf ihn verlassen konnte.

»Nimm deinen Bruder und lauf nach draußen!«, schrie John Winchester. »Lauf nach draußen, so schnell du kannst. Und sieh dich nicht um!«

Deans Augen waren angstgeweitet, aber er nickte und rannte mit seinem kleinen Bruder in den Armen die Treppe hinunter.

John Winchester blickte den beiden einen Moment hinterher, um sicherzugehen, dass Dean nicht auf der Treppe stolperte. Dann rannte er zurück in das brennende Zimmer.

Es war zu spät. Es war schon zu spät gewesen, als er das Zimmer zum ersten Mal betreten hatte – es war schon zu spät gewesen, als er vor dem Fernseher mit einem Bier in der Hand eingeschlafen war. Während irgendetwas Mary das angetan hatte.

Der Körper seiner Frau war von Flammen umgeben und bereits bis zur Unkenntlichkeit verbrannt. Trotzdem klebte er noch immer an der Decke. Ein eigenartiges Knurren, wie von einem bösartigen Tier, erfüllte die Luft. Vielleicht war es auch nur Einbildung oder das Geräusch des verbrennenden Holzes. John Winchester achtete gar nicht darauf, erst Tage später würde er sich daran erinnern. Jetzt konnte er nur auf die sterblichen Überreste seiner Frau starren. Immer mehr Flammen loderten aus Marys Leib und heizten die Luft in dem kleinen Zimmer weiter auf. John Winchester konnte spüren, wie die Haut auf seinem Gesicht zu verschmoren begann.

Es kümmerte ihn nicht. Warum auch? Von jetzt an würde Schmerz zu seinem Leben gehören.

»Mary!«, flüsterte er noch einmal. Dann erreichte die Temperatur den kritischen Wert, und der Sauerstoff in der Luft verpuffte in einer dumpfen Explosion aus Hitze, die John Winchester mit sich trug.

Dean Winchester würde sich sein Leben lang an diese Nacht erinnern, und die Erinnerung würde eine Heimsuchung sein. Irgendetwas war mit seiner Mutter passiert, und nun stand das Haus in Flammen. Sein Vater hatte ihm die Verantwortung für Sammy übertragen, und nur deshalb hatte er es aus dem Haus geschafft, obwohl er eigentlich vor Angst wie erstarrt war. Und sein Vater war noch mitten in der Flammenhölle.

Der kleine Dean hatte seinen Bruder im Arm, stand auf der Wiese vor dem Haus und blickte fassungslos in die Flammen. Er war zu verwirrt, zu verängstigt, um irgendeinen klaren Gedanken zu fassen. Auch, als im ersten Stock des Hauses eine Fensterscheibe explodierte und ein Hagel aus messerscharfen Glassplittern die Nachtluft zerschnitt, rührte sich Dean nicht. Er hatte Sam hinausgetragen, hatte getan, was sein Vater ihm gesagt hatte. Zu mehr war er nicht fähig.

Wenige Meter vor Dean und Sam schlugen die Flammen gegen die Scheiben des verschlossenen Küchenfensters. Eine weitere Verpuffung und – John Winchester stürmte aus dem Haus und riss Dean und Sam im Laufen mit sich.

»Kommt!«, rief er nur.

Dean spürte, wie die starken Arme seines Vaters ihn umklammerten und vom Haus wegzerrten.

Im nächsten Augenblick explodierte die Scheibe und sendete einen tödlichen Splitterhagel über den Rasen. Eine Sekunde früher, und er hätte die beiden Kinder zerfetzt.

Der Rest der Nacht war in Deans Erinnerung nur ein Geflacker aus Feuerwehrwagen, entsetzten Nachbarn und

Passanten und Wasserfontänen aus Löschschläuchen, die fast die halbe Nacht brauchten, um den Brand niederzukämpfen. Den Brand, in dem seine und Sammys Mutter umgekommen war.

Es war diese Nacht, in der Deans Kindheit endete.

Er verbrachte sie eng an seinen Vater gedrängt, auf der gegenüberliegenden Straßenseite, während vor ihren Augen das Haus bis auf die Grundmauern abbrannte.

Sein Vater blieb die ganze Zeit über stumm.

Viel später erst begriff Dean, dass es nur zwei Möglichkeiten gab, wie ein Mann wie John Winchester auf die Schrecken dieser Nacht reagieren konnte.

Mit grenzenloser Verzweiflung. Oder grenzenloser Wut.

Ein Leben lang würde sich Dean Winchester daran erinnern, wie sein Vater in dieser Nacht mit glänzenden Augen schweigend in die Flammen blickte.

Mit der linken Hand drückte er Sammy an sich.

Die rechte hatte er zur Faust geballt.

1 UNIVERSITÄT STANFORD, KALIFORNIEN
GEGENWART

»Auf Sam und seinen Triumph bei der Jura-Prüfung!«

Die sexy Krankenschwester strich sich eine blonde Strähne aus dem Gesicht und lächelte Sam Winchester verführerisch an. Dann hob sie das Schnapsglas an die rot geschminkten Lippen und kippte den Inhalt in einem Zug herunter.

Sam tat es ihr nach und schüttelte sich. Gruseliges Zeug.

Aber wozu war das hier schließlich eine Halloween-Campus-Party?

»Ist ja keine große Sache, so ein Test«, sagte Sam keuchend, nachdem seine Kehle nicht mehr zugeschnürt war.

Jess lächelte ihn an. »Er tut so bescheiden, dabei hat er im Test 174 Punkte erreicht«, sagte sie zu dem Zombie neben Sam. Der Zombie hieß Max.

Max grinste, und ein paar Krümel seiner aufgemalten Leichenhaut bröckelten ab. »Ist das gut?«, fragte Max und kippte sich ebenfalls ein Glas Schnaps in den Rachen.

»Unheimlich gut«, erwiderte Jess.

Sam blickte etwas peinlich berührt zu Boden. Er war der einzige Gast der ausschweifenden Party, der nicht als Geist, Vampir oder Untoter verkleidet war, sondern normale Straßenkleidung trug. Vorhin, in seinem Zimmer im Studentenwohnheim, hatte Jessica ihn deswegen aufgezogen und als Langweiler bezeichnet. Sam hatte sich trotzdem nicht umstimmen lassen. Für die anderen Studenten war es ein Riesenspaß, einmal im Jahr als Monster verkleidet über den Campus zu ziehen.

Für Sam nicht. Er hatte die Monster hinter sich gelassen.

Nicht mehr ganz nüchtern klatschte Max seine Hand auf Sams Rücken. »Dann bist du jetzt also erste Wahl, Kumpel. Du kannst dir jede Jura-Fakultät aussuchen.«

Sam nickte. »Ich habe sogar ein Gespräch hier in Stanford. Am Montag. Wenn alles glattgeht, bekomme ich vielleicht ein Stipendium.«

Jess lächelte zuversichtlich. »Es wird großartig laufen.«

»Das hoffe ich«, murmelte Sam.

»Und wie fühlt es sich an, der Goldjunge seiner Familie zu sein?«, fragte Max.

Max merkte es nicht, aber Sam zuckte bei dieser Frage zusammen. »Ach, sie wissen es gar nicht«, erwiderte er nur.

»Sie wissen es nicht?«, Max sah ihn groß an. »Ich würde mich damit brüsten wie sonst was. Warum auch nicht?«

Sam zuckte mit den Schultern. Er wünschte, Max würde das Thema wechseln. »Wir sind nicht gerade die Bradys«, antwortete er.

»Na und?«, erwiderte Max schulterzuckend. »Und wir sind nicht gerade die Huxtables. Ich hole noch eine Runde!«

»Nein, bloß nicht!«, rief Sam noch, aber Max war schon losgegangen und wühlte sich durch das kostümierte Gedränge Richtung Bar.

Sam hatte wirklich mehr als genug getrunken. Aber wenigstens gönnte Max' Verschwinden ihm und Jessica ein paar Sekunden der Zweisamkeit. Wenn man von dem Partyvolk um sie herum einmal absah.

»Ganz im Ernst, Sam«, sagte Jessica. Das Krankenschwester-Kostüm, das sie trug, war nicht dazu geschaffen, ihre Reize zu verbergen, und Sam fragte sich nicht zum ersten Mal, womit er eine solche Freundin verdient hatte. Er liebte Jessica über alles, sexy Kostüm hin oder her.

»Sie werden am Montag begeistert von dir sein«, fuhr Jessica fort, »und du bekommst das Stipendium. Ich weiß es einfach.«

Sam grinste. »Was wäre ich nur ohne dich?«

»Verraten und verkauft«, sagte Jessica grinsend und küsste Sam leidenschaftlich.

Trotz aller Proteste von Max verließen Sam und Jessica die Party schon früh. In Sams Zimmer angekommen, drängte Jessica Sam auf das Bett und machte ihrem Kostüm alle Ehre, indem sie Sam genauestens untersuchte. Danach schlief Sam mit Jessica im Arm ein, und das warme Gefühl in seinem Bauch kam nicht nur vom Alkohol.

Stunden später, lange nach Mitternacht, erwachte Sam von einem Geräusch. Es war nichts weiter als ein leises Klappern gewesen, aber das jahrelange Training hatte seine Sinne geschärft. Ohne Jessica zu wecken, schlug Sam die Decke beiseite und schlich in das Nebenzimmer.

Er spürte einen kühlen Luftzug auf seinem nackten Oberkörper. Und tatsächlich – das Fenster zur Straße war einen Spaltbreit geöffnet. Dabei hatte er es vor dem Schlafengehen geschlossen.

Sam duckte sich in die Schatten. In dem kleinen Wohnzimmer huschte eine Gestalt durch die Dunkelheit. Sam konnte ihre Silhouette nur einen Augenblick lang vor dem Fenster erkennen.

Zu kurz, um zu erkennen, ob es ein menschlicher Einbrecher war.

Oder etwas anderes.

Sam schlich sich lautlos vor. Die Gestalt war verschwunden. Das war unmöglich, er hätte sie sehen müssen! Es sei denn ...

Eine kräftige Hand packte Sams Schulter und riss ihn nach hinten. Ein Arm schnellte hervor. Der Fremde versuchte, Sam in einen Schwitzkasten zu nehmen, aus dem es kein Entkommen mehr gab.

Sam reagierte blitzschnell, packte den Unterarm des Angreifers und wirbelte ihn herum. Der Fremde keuchte überrascht auf, aber schon im nächsten Moment traf seine Faust Sams Kinn. Sam taumelte zurück, angeschlagen und halb bewusstlos.

Jedenfalls sollte der Angreifer das glauben. Als er aus dem Dunkeln hervorschnellte, um Sam den Rest zu geben, trat dieser zu. Ein Karate-Tritt schleuderte den Fremden quer durch das Zimmer. Sam wollte mit einem zweiten Tritt nachsetzen, aber der Mann war gut. Verdammt gut. Er blockte Sams Faust-Fuß-Kombination geschickt ab. Dann beförderte ihn der Fremde mit einer perfekten Angriffstechnik zu Boden.

Der Kampf war absolut lautlos gewesen. Sam keuchte nur kurz auf, als der Angreifer ihn mit seinem gesamten Körpergewicht zu Boden presste. Sam hatte verloren. Alles, was er jetzt noch tun konnte, war, Jessica zu warnen.

Sam öffnete den Mund. Doch er erstarrte, als er in das grinsende Gesicht des Angreifers blickte.

»Whoa. Nur die Ruhe, Tiger.«

Sam riss die Augen auf.

»Dean?«

Dean Winchester lachte keuchend auf.

»Du hast mich zu Tode erschreckt!«, sagte Sam, immer noch fassungslos.

»Weil du völlig außer Übung bist, deshalb.«

Dean Winchester grinste noch immer. Bis Sam sich plötzlich hochstemmte, den Arm seines großen Bruders packte und ihn auf den Rücken warf. Blitzschnell war er über Dean und presste ihm den Unterarm gegen die Kehle.

Dean hustete. »Oder auch nicht. Runter von mir, Alter.«

Die beiden Winchesters standen auf und blickten sich an. »Dean, was zum Teufel tust du hier?«, fragte Sam.

»Oh, ich wollte nur ein Bier aus dem Kühlschrank holen«, antwortete Dean.

»Was zum Teufel tust du hier?«, fragte Sam noch einmal. Ihm war nicht zum Scherzen zumute.

»Okay. Wir müssen reden«, antwortete Dean schließlich. Sein Lächeln verblasste.

»Äh ... Schon mal was von der Erfindung des Telefons gehört?«, fragte Sam.

»Hättest du abgehoben, wenn ich angerufen hätte?«

Bevor Sam antworten konnte, wurde das Licht angeknipst. Es war Jessica. In kurzen Hosen und einem Schlumpf-T-Shirt stand sie in der Tür und blickte Sam besorgt an.

»Alles in Ordnung?«, fragte sie.

Dean betrachtete Jessica und zog anerkennend eine Augenbraue hoch.

Auch das noch, dachte Sam und deutete auf Dean. »Hey Jess. Das ist meine Freundin Jess, Dean.«

Jessica stutzte. »Moment mal – dein Bruder Dean?«

Dean grinste und deutete mit einem Kopfnicken auf Blumenschlumpf und Schlumpfinchen, die auf Jessicas eng anliegendem Shirt abgebildet waren. »Ich liebe die Schlümpfe.« Mit diesen Worten gab er Jessica die Hand. »Ich frage mich, wie mein Bruder bei dir gelandet ist.«

Unsicher, wie sie auf Deans augenzwinkerndes Kompliment reagieren sollte, lächelte Jessica verlegen. »Ich ziehe mir nur rasch etwas an«, sagte sie und wandte sich zum Gehen.

»Nein, bitte nicht!«, protestierte Dean lächelnd. Dann nickte er Jessica wie zum Abschied zu. »Andererseits muss ich mir deinen Freund sowieso mal kurz ausleihen. Familienangelegenheit. War nett, dich kennengelernt zu haben.«

»Nein«, sagte Sam schnell und trat an Jessicas Seite. »Was immer du zu sagen hast, kannst du auch vor *ihr* sagen.«

Dean zögerte einen Augenblick. »Na gut«, meinte er dann. »Ähm … Dad ist seit ein paar Tagen nicht nach Hause gekommen.«

Sam zuckte mit den Schultern. Ihr Dad schaute manchmal etwas zu tief ins Glas, es machte keinen Sinn, das schönzureden. »Dann macht er eine ausgedehnte Kneipentour. Du kennst das doch. Früher oder später kommt er wieder nach Hause gestolpert.«

Dean rührte sich nicht. Er blickte seinem Bruder in die Augen.

»Dad ist auf der Jagd. Und er hat sich seit ein paar Tagen nicht gemeldet.«

Sam holte tief Luft. Das geht dich nichts an, sagte eine Stimme in seinem Hinterkopf. Das geht dich nichts an, Dad ist erwachsen, er kann auf sich selbst aufpassen, und du hast dieses Leben hinter dir gelassen!

Dean stand nur da und sah ihm in die Augen.

Dad war auf der Jagd.

Sam wandte sich Jessica zu.

»Jess, entschuldige uns bitte kurz. Wir müssen unter vier Augen reden.«

Ein paar Minuten später war Sam in ein paar Klamotten geschlüpft und ging mit seinem Bruder durch das nächtliche Treppenhaus des altehrwürdigen Studentenwohnheims. Schon nach drei Stufen waren die beiden Brüder in eine hitzige Diskussion verstrickt.

»Du kannst doch nicht einfach mitten in der Nacht hier einbrechen und verlangen, dass ich mit dir mitkomme«, sagte Sam kopfschüttelnd.

Wie stellte sich Dean das eigentlich vor?

Dean sah seinen Bruder an, als hätte er es mit einem zurückgebliebenen Trottel zu tun. »Hast du mir nicht zugehört, Sam? Dad ist verschwunden! Du musst mir dabei helfen, ihn zu finden!«

Was war daran nur so schwer zu verstehen?

»Erinnerst du dich an diesen Poltergeist in Amherst?«, fragte Sam, »oder dieses Höllenportal in Clifton?«

Dean nickte.

»Damals war er auch verschwunden. Er verschwindet immer – und taucht dann wohlbehalten wieder auf.«

»Aber er verschwindet sonst nicht so lange, Sam. Kommst du jetzt mit oder nicht?«

Sam blieb auf einem Treppenabsatz stehen. »Nein.«

Dean blickte zu ihm hinauf. »Nein? Warum nicht?«

»Ich habe geschworen, dass ich nicht mehr auf die Jagd gehe.«

Dean machte die typische Stell-dich-nicht-so-an-Geste des großen Bruders. »Komm schon – es war nicht immer ein Zuckerschlecken, aber so schlimm war es doch auch nicht.« Dean ging weiter.

»Ach ja? Als ich Dad damals sagte, dass ich Angst vor dem Ding in meinem Wandschrank habe, weißt du, was er da gemacht hat? Er hat mir eine 45er gegeben!«

Dean zuckte mit den Schultern. »Und? Was hätte er denn sonst tun sollen?«

»Ich war neun Jahre alt! Er hätte sagen sollen ›Du brauchst keine Angst vor der Dunkelheit zu haben‹!«

Dean schüttelte den Kopf. »Keine Angst vor der Dunkelheit? Natürlich solltest du Angst vor der Dunkelheit haben! Du weißt doch, was da draußen lauert!«

Dean hatte das Erdgeschoss erreicht und stieß die Tür nach draußen auf. Der Campus lag still und verlassen vor ihm. Deans ganzer Stolz, ein nachtschwarzer Chevrolet Impala, Baujahr 1967, schimmerte wie ein dunkles Tier in der Nacht.

»Dean, dieses ganze Leben – die Art, wie wir nach Moms Tod aufgewachsen sind, Dads Besessenheit, das Ding zu finden, das sie getötet hat ... Er hat es immer noch nicht aufgespürt, und deshalb töten wir alles Übernatürliche, das uns über den Weg läuft.«

Dean ging zu seinem Wagen. »Und retten damit eine ganze Menge Leben«, knurrte er.

Sam schüttelte den Kopf. »Meinst du denn, Mom hätte gewollt, dass wir so leben? Das Waffentraining, das Einschmelzen von Silber zu Pistolenkugeln … Dean, wir sind erzogen worden wie Krieger.«

»Und was möchtest du stattdessen tun?«, fragte Dean. »Ein ganz normales, miefiges Leben führen? Ist es das?«

»Nein. Sicher nicht.«

»Und deshalb bist du weggelaufen?«

Ein Satz wie ein Schuss aus dem Hinterhalt. Dean bereute ihn im selben Augenblick, aber es war zu spät. Andererseits – war es nicht genau das, was Sam getan hatte?

Sam Winchester atmete tief aus und wandte kurz den Blick ab. Dann blickte er seinem Bruder wieder in die Augen. »Ich bin nur aufs College gegangen. Es war *Dad*, der gesagt hat, wenn ich gehe, soll ich für immer gehen.«

Dean strich sich über das Haar. Dieses ganze Gespräch, diese ganze Begegnung lief schief. Deshalb war er nicht hergekommen.

»Dad ist in Schwierigkeiten. Wenn er nicht schon tot ist. Ich spüre das.« Der nächste Satz kostete Dean einiges an Überwindung. »Ich kann das nicht allein.«

»Doch. Du kannst.«

»Tja. Vielleicht will ich das aber nicht.«

Sam seufzte. Er würde sich dafür hassen, aber er fragte: »Hinter was war er her?«

Statt eine direkte Antwort zu geben, öffnete Dean den Kofferraum des Impala. Und anschließend ein Geheimfach unter dem normalen Boden.

Es war bis oben hin mit den absonderlichsten Waffen gefüllt. Eine Pistole samt einem Magazin mit Silberkugeln, geweihte Klingen, Kreuze, Phiolen mit Weihwasser, eine kleine Armbrust mit Bolzen aus Eichenholz, Ritualdolche. Wenn eine Polizeistreife jemals Deans Waffenarsenal entdecken sollte, wäre Dean reif für das Zuchthaus. Oder für die Klapsmühle.

Dean beugte sich über sein Waffenarsenal und durchwühlte es. »Okay, wo habe ich das Ding hingepackt?«, murmelte er.

»Als Dad losgezogen ist«, fragte Sam in der Zwischenzeit, »warum bist du nicht mitgegangen?«

»Ich hatte meinen eigenen Fall. So eine Voodoo-Nummer unten in New Orleans.«

»Dad hat dich allein auf die Jagd gehen lassen?«, fragte Sam verdutzt.

Dean blickte nur kurz auf. »Kumpel, ich bin sechsundzwanzig. Ah, da ist er ja!« Dean zog einen Ordner mit mehreren kopierten Ausschnitten aus Lokalzeitungen aus dem Kofferraum.

»Dad hat sich diese Schnellstraße angesehen, vor einer Ortschaft namens Jericho, Kalifornien.« Er drückte Dean einen der Ausschnitte in die Hand. Es waren nur ein paar Spalten Text mit dem Foto eines Mannes mittleren Alters. »Vor einem Monat ist dieser Typ hier verschwunden. Sein Auto wurde gefunden, aber er selbst – nie mehr gesehen.«

»Vielleicht wurde er gekidnappt?«, sagte Sam schulterzuckend.

»Yeah, hier ist noch einer. Verschwunden im April.«

Dean gab Sam noch einen Artikel und dann einen weiteren. Und noch einen. »Der hier im Dezember 2004. Der 2003. Einer 1998. Einer 1992. Insgesamt zehn Vermisste in den letzten zwanzig Jahren. Alles Männer, alle auf demselben, fünf Meilen langen Straßenabschnitt. Eine richtige Epidemie, also hat Dad sich ein wenig umgesehen. Das war vor etwa drei Wochen. Seitdem habe ich nichts mehr von ihm gehört, was schon schlimm genug ist.«

Dean biss sich auf die Unterlippe, dann zog er sein Handy aus der Innentasche seiner Lederjacke. »Und gestern hatte ich ihn auf meiner Mailbox.«

Sam sah Dean stirnrunzelnd an. Dean schaltete die Freisprechfunktion seines Handys an und spielte die Voicemail ab.

Nach so langer Zeit die Stimme seines Vaters wieder zu hören, löste in Sam widersprüchliche Gefühle aus. Nicht alle davon waren freundlich, weder gegenüber seinem Vater noch gegenüber sich selbst.

»Dean, irgendetwas geschieht. Ich glaube, es ist sehr ernst …«

John Winchesters Stimme war kaum zu verstehen. Ein statisches Rauschen und seltsames Krächzen klang aus dem kleinen Handy-Lautsprecher.

»Ich muss herausfinden, was los ist …«

Das Rauschen wurde stärker.

»Sei vorsichtig, Dean! Wir sind alle in Gefahr …«

Mit dieser Warnung brach die Voicemail ab.

Dean blickte seinen Bruder an. Sam runzelte die Stirn.

Seine alten, schon als Kind antrainierten Instinkte setzten ein. Dieses statische Rauschen und Krächzen …

»Hast du die Geisterstimmen im Hintergrund gehört?«, fragte er.

Dean grinste seinen Bruder an. »Nicht schlecht. Das ist wie Fahrradfahren, was? Man verlernt es nicht.« Dean drückte einen Knopf an seinem Handy. »Ich habe die Nachricht verlangsamt und durch ein Goldwave-Programm laufen lassen. Und jetzt hör dir das an …«

Dean spielte die Nachricht noch einmal ab. Aus dem weißen Hintergrundrauschen bildete sich nun ein akustisches Muster. Es setzte sich zu der traurig-verführerischen Stimme einer jungen Frau zusammen:

»Ich kann nie mehr nach Hause …«

Dean blickte Sam erwartungsvoll an.

»Nie mehr nach Hause«, wiederholte Sam. Ein Rätsel. Etwas in ihm drängte darauf, es zu lösen.

Dean steckte das Handy wieder ein und warf den Kofferraum des Impala geräuschvoll zu. »Ich habe dich zwei Jahre lang in Ruhe gelassen«, sagte er dann, »und ich habe dich nie um etwas gebeten.«

Sam seufzte. »Na schön. Ich komme mit. Ich helfe dir, Dad zu finden. Aber ich muss Montag früh wieder zurück sein. Warte hier kurz, okay?«

Sam drehte sich um und ging zurück ins Wohnheim. Er musste sich wenigstens von Jess verabschieden.

Dean blickte ihm hinterher. »Was ist denn Montagmorgen so Wichtiges?«, wollte er wissen.

»Ich habe … ein Vorstellungsgespräch«, sagte Sam ausweichend. Sein Bruder würde kein Verständnis für den wahren Hintergrund des Termins haben.

»Für einen Job? Sag es ab.«

Sam schüttelte den Kopf. »Es ist ein Vorstellungsgespräch für ein Stipendium. Ich habe mich um ein Jurastudium beworben. Meine ganze Zukunft hängt davon ab.«

Dean verzog das Gesicht. Sam hatte es gewusst.

»Jurastudium?«, fragte Dean verächtlich.

»Haben wir jetzt eine Abmachung oder nicht?«, fragte Sam nur. Dean zuckte mit den Schultern und Sam ging hinein, zurück in sein kleines Apartment. Jessica war gerade im Bad, und Sam nutzte die Gelegenheit, um ein paar ganz besondere Reiseutensilien in seine alte Reisetasche zu werfen. Dass er das Jagen aufgegeben hatte, hieß nicht, dass er nicht noch die entsprechenden Waffen besaß. Denn nicht mehr zu jagen, bedeutete nicht automatisch, nicht mehr gejagt zu werden.

Sam ließ gerade eine silberne Klinge in dem Beutel verschwinden, als Jessica hereinkam. Sie trug immer noch ihr Schlumpf-Shirt und sah gleichzeitig verschlafen und besorgt aus.

»Fährst du weg?«, fragte sie. »Es ist wegen deinem Dad, oder? Ist er in Ordnung?«

Sam nickte. »Nur ein kleines Familiendrama«, sagte er so beiläufig wie möglich.

»Aber dein Bruder meinte doch, er wäre auf irgendeiner Art von Jagdausflug.«

»Wahrscheinlich ist Dad in seiner Jagdhütte versumpft, zusammen mit einem engen Freundeskreis aus Schnapsflaschen. Wir fahren nur los und holen ihn zurück«, log Sam. Er tat damit seinem Vater unrecht und belog Jess, aber er konnte ihr unmöglich die Wahrheit sagen.

Jess trat an Sam heran. Mit ihrem verstrubbelten Haar und ihrem besorgten Blick sah sie einfach hinreißend aus. »Was ist mit dem Bewerbungsgespräch am Montag?«, fragte sie.

»Kein Problem. Bis dahin bin ich längst wieder da«, erwiderte Sam knapp. Er hasste es, Jess hier zurückzulassen, aber es war besser, den Abschied so kurz wie möglich zu machen, bevor er sich in noch mehr Lügen verstricken musste.

Und er würde Jess spätestens Montagmorgen wiedersehen.

»Sam, warte doch mal, bitte«, sagte Jess. »Bist du sicher, dass alles okay ist?«, fragte sie beunruhigt.

Sam nickte noch einmal. »Alles in Ordnung.«

»Ich meine nur ... na ja, du redest nie über deine Familie – und jetzt brichst du mitten in der Nacht auf, um ein Wochenende mit ihnen zu verbringen? Und das jetzt, wo so viel von dem Termin am Montag abhängt?«

Sam lächelte Jess an. »Hey, alles wird gut, okay? Ich werde rechtzeitig zurück sein, versprochen.« Er gab ihr einen letzten, flüchtigen Kuss auf die Wange und ging zur Tür.

Jess blickte ihm nach. »Kannst du mir nicht wenigstens sagen, wo du hingehst?«

2

Troy Wilson steuerte seinen aufgemotzten, deutschen Wagen durch die neblige Nacht. Er hatte das Radio leiser gedreht, um mit seiner Freundin telefonieren zu können. Natürlich war es verboten, am Steuer ein Handy zu benutzen, aber in dieser gottverlassenen Gegend und zu dieser nächtlichen Stunde war keine andere Menschenseele unterwegs.

»Amy, ich kann heute Nacht nicht mehr kommen«, sagte Troy in das Handy. »Warum? Weil ich morgen arbeiten muss, darum. Mein Dad bringt mich um, wenn ich nicht pünktlich bin.«

Während Amy am anderen Ende der Leitung noch versuchte, Troy umzustimmen, gab das Autoradio plötzlich ein statisches Rauschen von sich. Dabei war es nagelneu und der Empfang in dieser Gegend gewöhnlich ausgezeichnet.

Troy blickte wieder nach vorn, als etwas am Straßenrand seinen Blick in Beschlag nahm.

Eine Frau.

Groß, jung und trotz der kühlen Oktobernacht nur mit einem langen, weißen Ballkleid bekleidet. Troy schluckte.

»Äh, Amy, ich rufe dich später zurück, okay?«, sagte er ins Handy und unterbrach die Verbindung. Vielleicht hatte die Frau am Straßenrand einen Unfall gehabt und brauchte Hilfe.

Troy hielt vor der Frau an, kurbelte das Seitenfenster herunter und lächelte sie an. Sie war jung und hatte langes, schwarzes Haar und blasse Haut. Und sie war wunderschön.

»Hallo. Hatten Sie eine Autopanne oder so?«, fragte Troy freundlich.

Fast wie in Zeitlupe wandte die Frau ihm ihr Gesicht zu und blickte Troy an. Ihre großen Augen schimmerten in der Dunkelheit.

»Bring mich nach Hause«, sagte sie nur.

Troy schluckte. »Sicher. Steigen Sie ein.« Er stieß die Beifahrertür auf und sah zu, wie die Unbekannte in seinen Wagen stieg. Ein kühler Lufthauch schlug Troy entgegen, aber er hatte nur Augen für die Frau. Ihr Ballkleid war zerschlissen und hing an einigen Stellen in Fetzen herab. Troy hatte aus reiner Hilfsbereitschaft gehalten, aber jetzt konnte er nicht anders, als in das tief ausgeschnittene Dekolleté der Fremden zu starren. Mühsam wandte er seine Augen wieder ab und fuhr los.

»Wo wohnen Sie denn?«, fragte er und schluckte.

Ein paar Sekunden lang sagte die Frau nichts. Dann blickte sie Troy an. »Am Ende der Breckenridge Road«, sagte sie nur.

Troy nickte. Die Stimme der Fremden klang traurig und

verführerisch zugleich. Aber was sollte das zerfetzte Kleid?

»Kommen Sie von einer Halloween-Party?«, fragte Troy. Das würde zumindest einiges erklären. »Wissen Sie, eine Frau wie Sie sollte sich nachts nicht ganz allein auf der Straße herumtreiben.«

Die Fremde antwortete nicht. Stattdessen zog sie ihren Rock ein gutes Stück hoch. Verlegen blickte Troy auf die weiße Haut der makellos geformten Oberschenkel. Sein ganzer Körper begann zu kribbeln.

»Ich bin doch mit dir zusammen«, sagte die Frau.

Eingeschüchtert wandte Troy den Blick ab und starrte auf die Straße. Was ging hier vor?

Urplötzlich griff eine eiskalte Hand nach seinem Kinn. Die Frau drehte Troys Gesicht in ihre Richtung.

»Findest du mich hübsch?«, fragte sie.

Troy war jetzt heiß und kalt gleichzeitig. Er nickte. »Mhm.«

»Kommst du mit zu mir?«, fragte die fremde Frau in Weiß.

Troy musste wieder schlucken. Er hatte immer noch keine Ahnung, was das alles sollte. Er blickte von den entblößten Schenkeln der Frau auf ihre Brüste und wieder zurück. So ein Angebot konnte man sich nicht entgehen lassen. Und Amy musste nichts davon erfahren.

Troy gab Gas.

Ein paar Minuten später rollte sein Golf auf die Einfahrt eines alten Hauses am Ende der Breckenridge Road. Die

Scheinwerfer tauchten das abrissreife, einsam gelegene Gebäude in fahles Licht. Das Dach war halb eingestürzt, die Fenster mit Brettern vernagelt.

Sollte das ein Witz sein?

Troy blickte auf die junge Frau neben ihm. Sie starrte mit unendlich traurigen Augen auf das Haus. »Ich kann nie mehr nach Hause …«, flüsterte sie.

»Was reden Sie da?«, fragte Troy und blickte wieder auf das verfallene Haus. »Da lebt niemand. Wo wohnen Sie wirklich?«

Als er den Kopf wieder umwandte, war die Frau verschwunden. Dabei war die Beifahrertür noch zu. Sie musste sich heimlich hinausgeschlichen und die Tür wieder geschlossen haben.

Natürlich. Das Ganze war ein Witz. Ein Halloween-Streich. Und er war darauf hineingefallen. Wahrscheinlich steckten seine Freunde dahinter. Vielleicht sogar Amy – das würde peinlich werden …

Verärgert stieg Troy aus und blickte in die Dunkelheit. Keine Menschenseele weit und breit. »Okay«, rief er in die Stille, »das war wirklich gut. Kompliment. Aber der Spaß ist vorbei. Soll ich verschwinden?«

Keine Antwort. Vorsichtig schlich Troy auf das alte Haus zu. Der Geruch von vermoderndem Holz schlug ihm entgegen, als er misstrauisch durch ein eingeschlagenes Fenster blickte. Dieses Haus musste seit Jahrzehnten leer stehen.

Troy schauderte. Langsam war er sich nicht mehr

sicher, ob das alles nur ein dummer Scherz gewesen war.

»Hallo?«, rief Troy durch das Fenster.

Irgendetwas im Inneren regte sich. Ein Schatten, der rasend schnell größer wurde und auf Troy zuschoss!

Troy schrie auf, als die fette Fledermaus um Haaresbreite an seinem Gesicht vorbeiflatterte.

Er verlor das Gleichgewicht, stürzte rücklings zu Boden, rappelte sich wieder auf und rannte zu seinem Auto zurück.

Was immer hier vorging – er wollte nichts damit zu tun haben. Troy startete den Motor, wendete hektisch auf der Einfahrt der Hausruine und raste davon.

Erst nach ein paar Hundert Metern wagte Troy wieder aufzuatmen. Er blickte in den Rückspiegel, um zu sehen wie weit das unheimliche Haus schon entfernt war.

Die Frau in Weiß starrte ihn über den Rückspiegel an. Sie saß reglos und schweigend auf dem Rücksitz. Nicht mehr hilflos-verführerisch, sondern mit einem dunklen Funkeln in den Augen.

Troy schrie auf, als sein Herz einen Schlag lang aussetzte. Der Wagen geriet ins Schleudern und durchbrach ungebremst die hölzerne Absperrung einer Brückenbaustelle.

Erst mitten auf der Brücke kam der Golf zum Stehen. Der Motor lief weiter, aber er konnte Troys Schreie nicht übertönen.

Der Wagen begann zu schaukeln. Wäre in diesem Augenblick ein anderer Autofahrer vorbeigekommen, hätte er vielleicht gedacht, zwei ungestüme Teenager gäben sich in dem hin- und herschaukelnden Wagen ihrer Leidenschaft hin. Jedenfalls so lange, bis eine Fontäne aus Blut gegen das Innere der Frontscheibe spritzte.

3

Die kalifornische Morgensonne schien grell und warm auf die heruntergekommene Tankstelle. Sam Winchester saß seitlich auf dem Beifahrersitz, die Tür geöffnet und einen zerschlissenen Schuhkarton mit Musikkassetten auf dem Schoß. Er schüttelte den Kopf, während er den Inhalt durchwühlte.

Der Wagen war nicht die einzige Antiquität, die Dean besaß.

Dean stieß die Tür der Verkaufsstelle auf und ging auf seinen Wagen zu, die Hände voll mit Müsliriegeln, Limonadeflaschen und zwei Pappbechern Tankstellenkaffee.

»Möchtest du Frühstück?«, fragte er und wedelte mit einem der zuckrigen Müsliriegel vor Sams Gesicht herum.

Sam schüttelte den Kopf. »Nein, vielen Dank. Sag mal – wie hast du eigentlich für das Zeug bezahlt? Dad und du – seid ihr immer noch als Kreditkartenbetrüger unterwegs?«

Dean grinste breit. »Na ja, Kreaturen der Nacht zu jagen wird nicht gerade gut bezahlt, weißt du? Außerdem, wir fordern die Kreditkarten ja nur an. Wenn wir tatsächlich welche zugestellt bekommen, ist das nicht unser Problem«, sagte er mit einem unschuldigen Gesicht.

Sam seufzte. Er stellte sich das kommende Bewerbungsgespräch am Montag vor.

Professor: »Und was macht Ihre Familie eigentlich, Mr Winchester?«

Er: »Oh, mein Dad und mein Bruder jagen Monster – mit einem Kofferraum voller illegaler Waffen und gefälschter Polizeimarken. Und sie finanzieren sich seit Jahren durch Kreditkartenbetrug. Bekomme ich jetzt den Studienplatz an der juristischen Fakultät?«

Die Vorstellung war so absurd, dass Sam grinsen musste. »Und welche Namen habt ihr dieses Mal in den Antrag geschrieben?«

Dean ließ sich auf den Fahrersitz fallen, warf das »Frühstück« auf die Rückbank und grinste.

»Lass mal überlegen … ach ja, Bert Aframian und sein Sohn Hector. Das hat uns zwei neue Kreditkarten gebracht.«

»Klingt großartig.« Sam deutete auf die Pappbox mit den Kassetten auf seinem Schoß. »Aber ich sage dir, Mann, du musst echt mal deine Kassettensammlung auf den neusten Stand bringen.«

»Warum?«

»Na ja, zuerst mal sind es Kassetten! Und dann …«, Sam zog ein paar selbstbeschriftete Musikkassetten heraus, »Black Sabbath? Motörhead? Metallica? Mann, das sind alles Typen mit Voku-Hila-Frisuren. Musik fürs Altenheim. Und aus dem Altenheim.«

Dean schnappte sich eine Kassette aus Sams Hand und

steckte sie in den Schacht des Autoradios. Ein Gitarrensolo von Motörhead ertönte.

»Das sind die Hausregeln, Sammy: Der Fahrer sucht die Musik aus, der Beifahrer hält die Klappe.«

Dean schaltete den Motor an und gab Gas.

»Sammy war ein pummeliger Zwölfjähriger! Ich heiße Sam«, protestierte Sam.

Dean machte ein entschuldigendes Gesicht. »Tut mir leid. Ich kann dich nicht hören. Die Musik ist zu laut!«

Drei Stunden später passierten die beiden ein Straßenschild.

JERICHO, 7 MEILEN

Sam beendete gerade ein Handygespräch. »Das war das letzte Krankenhaus in der Gegend«, sagte er zu Dean. »In keines davon ist jemand eingeliefert worden, der Ähnlichkeit mit Dad hätte. Das ist zumindest schon mal eine gute Nachricht. Schätze ich.«

Dean nickte und deutete dann nach vorn. Eine alte Holzbrücke spannte sich über einen Fluss. Sie war für Reparaturarbeiten abgesperrt worden, aber ein Wagen hatte die Absperrung durchbrochen. Jetzt stand er mitten auf der Brücke, und ein halbes Dutzend Uniformierte schwirrte um ihn herum, offenbar auf Spurensuche. Dean fuhr an den Straßenrand und stoppte den Motor. Dann öffnete er das Handschuhfach und zog eine alte Zigarrenkiste heraus.

Sie war gefüllt mit gefälschten Pässen und Ausweisen, von Identifikationsmarken der Forstbehörde bis hin zu

Ausweisen des FBI – genug für ein paar Jahre Gefängnis wegen Urkundenfälschung, falls ein Polizist jemals einen genaueren Blick in das Handschuhfach des Wagens werfen sollte.

Sam schluckte.

Allein die gefälschten FBI-Ausweise würden ihnen fünf Jahre Knast einbringen. Mindestens.

»Was ist?«, fragte Dean nur und öffnete die Fahrertür. »Wir sehen uns das mal an.«

Als sich Dean und Sam näherten, beugte sich gerade ein schwarzer Polizist in das verlassene Fahrzeug, wo sein Kollege nach Fingerabdrücken suchte. »Irgendwelche Spuren?«

»Nichts«, erwiderte der andere. »Keine Zeichen eines Kampfes, keine Fußabdrücke, keine Fingerabdrücke. Es ist fast *zu* sauber hier drinnen.«

Der schwarze Polizist nickte. »Dieser verschwundene Junge, Troy ... er ist der Freund deiner Tochter, oder?«, fragte er.

Der andere Polizist nickte, ohne seine Arbeit zu unterbrechen. »Yeah.«

»Wie kommt Amy damit klar?«

»Sie hängt in der Stadt Vermisstenposter auf.«

Dean trat an den schwarzen Polizisten heran, der sich überrascht umdrehte.

»Das ist schon euer zweiter Vermisster in diesem Monat, stimmt's?«, fragte er ohne ein Wort der Begrüßung.

»Und Sie wären?«, fragte der Polizist.

Dean zog lässig den gefälschten FBI-Ausweis aus der Tasche. Sam hielt den Atem an, aber Dean schien das nicht zum ersten Mal zu machen.

»FBI«, sagte er nur.

Der Polizist runzelte die Stirn und blickte die beiden Brüder misstrauisch an. »Ganz schön jung für Bundespolizisten.«

»Danke für das Kompliment«, grinste Dean kurz. »Das ist Ihr zweiter Vermisster innerhalb kurzer Zeit, oder?«, wiederholte er seine Frage noch einmal.

»Ja. Der andere ist etwa eine Meile die Straße aufwärts verschwunden. Und es gab andere Vermisstenfälle davor.«

»Kannten Sie das Opfer?«, fragte Sam.

»In so einer kleinen Stadt kennt jeder jeden«, nickte der Polizist.

»Gibt es irgendwelche Gemeinsamkeiten zwischen den Opfern? Abgesehen davon, dass es sich ausschließlich um Männer handelt?«

»Nein. Soweit wir wissen, nicht.«

»Und was ist Ihre Theorie?«, fragte Sam. Er fühlte sich immer noch nicht wohl in seiner Haut, aber wenn sie schon als FBI-Männer posierten, konnte er die Situation auch ausnutzen.

»Ganz ehrlich? Wir haben keine Ahnung. Ein Serienkiller? Ein Kidnapperring?«

»Ihr Jungs seid wirklich auf Draht«, knurrte Dean. Und keuchte im selben Augenblick unterdrückt auf. Sam hatte ihm den Absatz seines Schuhs auf den Fuß gerammt.

»Vielen Dank für Ihre Hilfe«, sagte Sam schnell und zog seinen Bruder unauffällig mit sich.

Kaum waren sie außer Hörweite der verwunderten Beamten, verpasste Dean seinem jüngeren Bruder eine Kopfnuss.

»Au! Was soll das?«

»Warum bist du mir auf den Fuß getreten?«, knurrte Dean.

»Warum musstest du so mit der Polizei reden?«

Dean winkte ab. »Komm schon. Die tappen völlig im Dunkeln. Wir sind auf uns allein gestellt. Wenn wir Dad finden wollen, dann müssen wir dieser Geschichte selbst auf den Grund gehen.«

Sam räusperte sich und deutete mit einem Kopfnicken nach vorn. Ein älterer Sheriff mit breiter Pilotensonnenbrille und Cowboystiefeln schritt auf das Auto zu. An seiner Seite gingen zwei Männer in schwarzen Anzügen, über die sie eine Signalweste gezogen hatten.

»FBI« stand in großen Lettern darauf.

»Kann ich euch Jungs irgendwie helfen?«, fragte der Sheriff.

Dean schüttelte den Kopf und lächelte unverbindlich. »Vielen Dank, Sir. Wir wollten gerade fahren.« Die beiden FBI-Agenten gingen an ihm vorbei, und Dean nickte ihnen zu. »Agent Mulder. Agent Scully.«

Sam verdrehte die Augen und folgte seinem Bruder mit schnellen Schritten zum Auto.

Der Sheriff blickte den beiden misstrauisch hinterher.

Sam und Dean streiften durch die kleine Ortschaft. Sam hatte sich an die Worte des Beamten erinnert, der den Wagen des Vermissten untersucht hatte: Seine Tochter, Amy, die Freundin des Jungen, war in der Stadt unterwegs, um »Vermisst«-Plakate aufzuhängen. Da die Winchesters keine andere Spur hatten, konnte es nichts schaden, diese Amy zu suchen und ihr ein paar Fragen zu stellen. Als Troys Freundin wusste sie vielleicht etwas über ihn, was die Polizei nicht wusste.

Jericho war eine kleine Ortschaft, und Amy zu finden war nicht schwer: Sam und Dean brauchten nur der Spur der fotokopierten Plakate zu folgen, die schon überall in der Stadt aushingen.

Als sie Amy sahen, klebte sie gerade ein weiteres Plakat an die Scheibe eines Cafés.

»Das muss sie sein«, sagte Dean und Sam nickte.

Dean räusperte sich und trat an Amy heran. »Hi. Du musst Amy sein.«

Das Mädchen blickte erstaunt auf. Sie war Anfang zwanzig, hübsch und hatte dunkelrot gefärbte Haare und ebenso dunkel geschminkte Augen. In ihrer linken Augenbraue steckte ein Piercingring. In einer größeren Stadt wäre sie damit gar nicht aufgefallen, aber in einem Kaff wie Jericho musste so eine Erscheinung schon provokant wirken.

»Ja. Bin ich«, antwortete Amy.

Dean stellte sich selbst und Sam vor. Mehr oder weniger, zumindest. »Troy hat uns von dir erzählt. Wir sind, äh, Onkel von ihm.«

Sam stöhnte innerlich auf. *Onkel?*

»Ich bin Dean, das ist Sam«, fuhr Dean fort.

»Er hat nie etwas von euch erzählt«, sagte Amy stirnrunzelnd.

Dean zuckte mit den Schultern. »Na ja, typisch Troy. Wir sehen ihn aber auch nicht oft. Wir kommen aus Modesto, im Norden. Aber wir haben gehört, dass er verschwunden ist, und wollten uns an der Suche beteiligen.«

Ein Mädchen mit schwarz gefärbten Haaren, dunkelrot geschminktem Mund und einem silbernen Kreuz um den Hals näherte sich den dreien. »Alles in Ordnung, Amy?«, fragte sie und blickte Sam und Dean misstrauisch an.

Wow, dachte Dean, wir sind mitten in die örtliche Grufti-Clique geraten. Aber so klein wie dieses Kaff war, waren die beiden Mädels wahrscheinlich auch die einzigen Mitglieder.

Amy nickte. »Alles in Ordnung. Die beiden sind Verwandte von Troy.«

»Ist es okay, wenn wir dir ein paar Fragen stellen?«, fragte Sam vorsichtig und Amy nickte. Sie, Sam, Dean und ihre düster geschminkte Freundin setzten sich in das Café. Um diese Tageszeit waren sie die einzigen Gäste. Sam bestellte Kaffee für alle, und Amy begann, von ihrem letzten Telefonat mit Troy zu erzählen.

»Ich habe mit ihm auf dem Handy telefoniert. Er war im Auto, auf dem Heimweg. Er sagte, er würde gleich zurückrufen, aber er hat es nicht getan.«

»Hat er dabei irgendetwas Seltsames oder Ungewöhnliches gesagt?«, wollte Sam wissen.

»Nein. Nicht, soweit ich mich erinnere.«

»Schöner Anhänger«, sagte Sam und deutete auf den Silberschmuck um Amys Hals. Amy zog ihn aus ihrem Dekolleté. Es war ein Pentagramm aus Silber. »Danke. Troy hat ihn mir geschenkt«, sagte sie und lächelte traurig bei der Erinnerung daran. »Eigentlich dient das ganze Teufelszeug nur dazu, meine Eltern zu erschrecken.«

»Streng genommen bedeutet ein Pentagramm genau das Gegenteil«, sagte Sam. »Es ist ein sehr mächtiges Schutzzeichen gegen das Böse. Ich meine, wenn man an so etwas glaubt«, fügte er schnell hinzu.

Dean schüttelte den Kopf und gab seinem Bruder einen Schlag auf die Schulter. Dies war weder die Uni noch der richtige Zeitpunkt, um Referate zu halten.

»Vielen Dank für die Information. Aber jetzt vergessen wir mal diese *Charmed*-Nummer, okay?« Er wandte sich wieder Amy und ihrer Freundin Ira zu. »Mädels, um es ganz offen zu sagen: Bei Troys Verschwinden ist es nicht mit rechten Dingen zugegangen. Also wenn ihr irgendetwas gehört habt …«

Amy und Ira tauschten einen Blick aus.

»Was?«, fragte Dean.

»Na ja, es verschwinden immer wieder Menschen … und die Leute fangen an, zu reden.«

»Und was sagen sie so?«

Ira druckste herum, dann fing sie an, zu erzählen. »Es

gibt diese Gruselgeschichte. Da ist so ein Mädchen, die vor der Stadt ermordet worden sein soll … vor Jahrzehnten. Es heißt, sie geht da draußen am Centennial Highway immer noch um. Sie hält Autos an, und wer immer sie mitnimmt … na ja, der verschwindet spurlos.«

Sam und Dean tauschten einen Blick aus.

Volltreffer.

4 Sam und Dean Winchester saßen in der Stadtbibliothek von Jericho – dem einzigen Ort mit öffentlichem Internetzugang. Dean beugte sich tief über den Bildschirm. Die beiden hatten sich in das Onlinearchiv der örtlichen Zeitung eingeloggt. Zum dutzendsten Mal tippte er eine neue Kette von Suchbegriffen in die Eingabemaske. Sein neuster Versuch war:

MORDOPFER WEIBLICH ANHALTER

Wenn Dean mit seiner naheliegenden Vermutung richtig lag, dann war vor zwanzig Jahren eine Anhalterin auf der Bundesstraße vor Jericho ermordet worden – und ihr Rachegeist irrte noch immer herum, auf der vergeblichen Suche nach ihrem Mörder. Dean drückte die Enter-Taste.

0 RESULTATE

Dean fluchte leise. Wieder nichts. Wie konnte das sein?

Sam streckte seine Hand nach der Maus aus – »Lass mich mal« –, aber Dean schlug sie weg. »Ich mach das schon«, zischte er.

Sam packte die Lehne von Deans Rollsessel und schob seinen Bruder kurzerhand schwungvoll weg. Dann drängte er sich selber vor die Tastatur.

»Du bist so ein Kontrollfreak«, grummelte Dean, aber Sam hörte gar nicht zu. Er hatte eine Idee.

»Rachegeister entstehen nach einem gewalttätigen Tod, nicht wahr?«

»Natürlich«, antwortete Dean. Das war nun wirklich Basiswissen.

»Aber das muss ja nicht unbedingt immer Mord sein.« Sam tippte eine neue Begriffskette ein:

SELBSTMÖRDERIN CENTENNIAL HIGHWAY

Sofort öffnete sich eine Seite mit der digitalen Version eines über zwanzig Jahre alten Zeitungsartikels. Der Fall musste damals Wellen geschlagen haben, denn der Artikel erstreckte sich über eine ganze Zeitungsseite. Illustriert wurde er von dem Foto einer hübschen, dunkelhaarigen Frau, die – offenbar in glücklicheren Tagen aufgenommen – in die Kamera lächelte. Etwas weiter unten sah man das Foto eines Mannes, der sich die Hände vors Gesicht schlug.

Sam las Dean die Überschrift vor: »Der Artikel stammt aus dem Jahr 1981. Constance Welch, vierundzwanzig Jahre, springt von der Sylvania-Brücke in den Tod!«

»Steht da auch, warum sie es getan hat?«

»Yeah. Eine Stunde, bevor sie gefunden wurde, hat sie den Notruf angerufen. Ihre zwei kleinen Kinder waren in der Badewanne. Sie hat sie wenige Minuten allein gelassen, und als sie wieder zurückkam, waren beide tot. Ertrunken.«

»Hmm«, sagte Dean nur.

Sam las weiter. »Hier ist ein Interview mit Constances Ehemann, einem Joseph Welch: ›Unsere Babys sind tot, und Constance konnte einfach nicht damit leben‹.«

Sam scrollte das Bild herunter. Der Artikel ging noch weiter und wurde von einem letzten Schwarz-Weiß-Foto abgeschlossen: Es zeigte die alte Brücke, von der sich Constance in den Tod gestürzt hatte. Ein paar Polizisten trugen ihre Leiche in einem Leichensack zu einem Krankenwagen.

»Kommt dir diese Brücke bekannt vor?«, fragte Dean.

Sam nickte. Allerdings. Es war dieselbe Brücke, auf der Troys Auto gefunden worden war. Sam wusste, wo sie den heutigen Abend verbringen würden.

Ein kalter Nachtwind wehte über die Sylvania-Brücke, ein paar Meilen vor Jericho. Von dem reißenden Fluss unter der Brücke stieg feiner Nebel auf. Sam und Dean standen am Brückengeländer und blickten hinab.

»Hier hat Constance also ihren Abgang gemacht«, murmelte Dean.

Sam war mit seinen Gedanken woanders. Der Montag rückte näher, und damit seine große Stunde vor dem Prüfungsausschuss.

»Meinst du, Dad war hier?«, fragte er Dean.

Dean zuckte mit den Schultern. »Sicher. Er arbeitete an demselben Fall wie wir.«

Sam seufzte. Da standen sie nun, mitten im Nirgendwo auf einer einsamen Brücke, und jagten – im wahrsten Sinne des Wortes – einem Gespenst nach. »Und was machen wir jetzt?«, fragte er.

»Jetzt forschen wir weiter, bis wir ihn finden. Das kann natürlich ein Weilchen dauern.«

Genau das hatte Sam befürchtet. »Dean, ich habe dir gesagt, ich habe am Montag ein …«

»… ein Bewerbungsgespräch, schon klar.«

»Ja. Allerdings.«

»Hatte ich fast vergessen. Es ist dir tatsächlich ernst damit, was? Glaubst du, du wirst wirklich mal ein Anwalt werden? Dein Mädel heiraten?«

Sam runzelte die Stirn und trat vor seinen Bruder. »Vielleicht. Warum nicht?«

Dean gab ein kurzes, verächtliches Schnaufen von sich. »Und Jessica? Weiß sie die Wahrheit über dich? Kennt sie deine Vergangenheit?«

»Nein«, antwortete Sam bestimmt. »Und sie wird sie niemals erfahren.«

»Wow, das klingt mir ja nach einer gesunden Grundlage für eine Beziehung. Du kannst dir einreden, was du willst, Sammy, aber früher oder später musst du dir darüber klar werden, wer du wirklich bist.« Dean drehte sich um und ließ Sam stehen.

»Und wer bin ich?«, rief Sam ihm hinterher.

»Einer von uns.«

Sam holte seinen Bruder mit schnellen Schritten ein. »Nein, ich bin nicht wie du.« Er machte eine ausholende Bewegung. »Das hier ist nicht mein Leben!«

»Tja, aber es ist deine Verantwortung«, entgegnete Dean nur.

Sam ballte die Fäuste. Was bildete sich sein Bruder eigentlich ein? Woher nahm er das Recht, so mit ihm zu reden, über sein Leben zu bestimmen?

»Verantwortung? Für Dad und seinen Kreuzzug? Hör zu, wenn es keine Fotos von Mom gäbe, dann würde ich mich nicht einmal daran erinnern, wie sie aussah! Was macht es denn für einen Unterschied? Selbst wenn wir das Ding finden, das sie umgebracht hat – Mom ist tot, und nichts wird sie zurückbringen.«

Das war zu viel. Bevor er überhaupt selbst wusste, was er tat, packte Dean seinen Bruder am Kragen und stieß ihn mit dem Rücken hart gegen einen der Brückenpfeiler. Dean konnte seine Faust gerade noch zurückhalten.

»Sprich nicht so über Mom!«, keuchte er. Er erinnerte sich an jeden furchtbaren Augenblick jener Nacht. Die Erinnerung jagte ihn bis in seine Albträume. Und er und Sam hatten seinem Vater das Versprechen gegeben, Moms Mörder zu finden und zu vernichten. Wie konnte Sam nur reden, als ob ihre Mom nichts weiter wäre als eine verblassende Erinnerung und ihr Tod eine abgeschlossene Tragödie der Vergangenheit?

Die beiden Brüder sahen sich schwer atmend in die

Augen. Dann ließ Dean Sam los und wandte sich verächtlich ab.

Im selben Augenblick sah er die Frau in Weiß.

Sie stand am Brückengeländer und blickte in die Tiefe.

»Sam!«, rief Dean, aber sein Bruder hatte die Erscheinung ebenfalls gesehen.

Die junge Frau, Constance, verharrte einen Augenblick. Sie blickte stumm zu Dean und Sam herüber.

Die beiden Brüder rannten los – und Constance schwang sich über das Geländer in die Tiefe.

Als Sam und Dean die Stelle auf der Brücke erreichten, war von der Erscheinung nichts mehr zu sehen. Weder auf der Brücke noch unten im Fluss.

»Wo ist sie hin?«, keuchte Dean.

»Keine Ahnung.«

Ein tiefes Röhren hallte über die Brücke, und blendendes Licht flammte auf. Dean fuhr herum – er kannte dieses Röhren nur zu gut. Es stammte vom aufgemotzten Motor seines Impala. Wie ein plötzlich zum Leben erwachtes bösartiges Tier stand der Wagen am Anfang der Brücke und strahlte die Brüder aus seinen Scheinwerferaugen an.

»Was zum …?«, keuchte Dean.

Sam schüttelte fassungslos den Kopf. »Wer zum Teufel fährt die Kiste?«

Statt einer Antwort zog Dean etwas aus seiner Jackentasche.

Die Autoschlüssel.

Die Reifen des Impala drehten durch, dann raste der Wagen mit einem Satz los. Direkt auf Sam und Dean zu.

»Lauf!«, schrie Dean.

Die Brüder rannten los. Bei einem Aufprall während dieser mörderischen Beschleunigung würden sie beide ihr Leben auf der Kühlerhaube des Impala aushauchen.

Der Wagen raste immer näher, das Röhren des Motors erfüllte die Nachtluft. Die Brücke war zu schmal, um ihm auszuweichen, und das andere Ufer würden sie niemals rechtzeitig erreichen. Es gab nur eine Möglichkeit.

Als Dean schon die Hitze des auf Hochtouren laufenden Motors hinter sich spüren konnte, schrie er auf: »Spring!«

Fast gleichzeitig änderten die beiden Brüder ihren Kurs und hechteten über das Brückengeländer.

Einen Sekundenbruchteil später jagte der Impala an ihnen vorbei. Das Röhren verstummte, und der Wagen rollte aus. Dann war nur noch das Ticken des abkühlenden Motors in der Nacht zu hören.

5

Sam stöhnte auf. Das nachtkalte Metall des Querpfeilers schnitt schmerzhaft in seine Handflächen. Es kostete ihn eine enorme Kraftanstrengung, sich selbst an der Metallstrebe hochzustemmen. Keuchend tastete er mit dem rechten Bein nach einem sicheren Halt, dann klammerte er sich an das Brückengeländer und hatte endlich wieder festen Boden unter den Füßen.

Sam hatte das Glück gehabt, nach dem Hechtsprung über das Geländer einen Halt an der Brücke zu finden. Sonst wäre er wie sein Bruder in den Fluss gestürzt.

Dean.

Sam blickte in den reißenden Fluss unter ihm. Es war ein Sprung von mindestens zehn Metern gewesen.

»Dean!«, rief er in die Tiefe.

Keine Antwort, nur das gleichgültige Rauschen des Flusses. Dann sah Sam einen Schatten, der sich mühsam an das Kiesufer schleppte.

»Was denn?«, klang es wütend und mürrisch von unten herauf.

Sam fiel ein Stein vom Herzen. Dean lebte, und seinem Tonfall nach zu urteilen ging es ihm gut.

»Bist du in Ordnung?«, rief er trotzdem in die Tiefe.

Dean ließ sich in den Kies fallen. »Alles supergut«, keuchte er.

Sam lachte erleichtert auf. Dann kletterte er endgültig in Sicherheit und wartete, bis sein Bruder die Auffahrt der Brücke entlanggeschlurft kam. Er war klatschnass und über und über mit Schlamm bedeckt. Und natürlich galt Deans erste Sorge seinem Impala – dem Wagen, der sie beide beinahe umgebracht hätte. Mit ein wenig Hilfe von Constance.

»Ist der Wagen okay?«, fragte Sam.

Dean nickte. »Yeah. Was immer sie damit angestellt hat, es ist vorbei. Constance-Baby«, schrie Dean dann wütend in die Nacht, »du bist eine blöde kleine Schlampe!«

Sam grinste und ließ sich erschöpft auf der Motorhaube nieder. Dean setzte sich neben ihn.

»Sie will ganz offensichtlich nicht, dass wir hier herumschnüffeln«, sagte Sam. Dann rümpfte er die Nase. »Und was machen wir jetzt, du Obergenie? Du stinkst wie ein Klo.«

Eine halbe Stunde später stapften zwei verdreckte, nicht sehr vertrauenerweckende Gestalten in die Rezeption eines schäbigen Highway-Motels. Der Nachtportier, ein alter Mann mit zerfurchtem Gesicht und einer Alkoholfahne, schaute misstrauisch auf. Dean warf ihm eine Kreditkarte auf den Tisch.

»Ein Doppelzimmer, bitte.«

Der alte Mann sah auf die Karte und runzelte die Stirn. »Habt ihr Typen ein Familientreffen, oder was?«, murrte er.

»Wie meinen Sie das?«, fragte Sam.

»Na ja, da ist dieser andere Aframian. Bert. Er hat sich hier gleich für einen ganzen Monat eingemietet.«

Die beiden Brüder sahen sich an.

Dad.

Ein paar Augenblicke später machte sich Sam bereits mit einem Stück gebogenem Draht an der Tür zu dem Zimmer zu schaffen, das ihr Dad unter dem falschen Namen angemietet hatte. Er war selbst erstaunt, wie leicht es ihm noch immer fiel, ein Schloss zu knacken. Ein leises Schnappen, dann öffnete sich die Tür. Sam zog Dean, der Schmiere gestanden hatte, in das Apartment.

Die Vorhänge waren zugezogen, und es war düster und muffig. Das Bett war ungemacht und zerwühlt – und die Wände waren mit Dutzenden von Zeichnungen, Kopien aus alten okkulten Büchern, Zeitungsausschnitten und allerlei mystischen Symbolen beklebt.

Ihr Dad war hier gewesen, kein Zweifel. Und er war die Sache gründlicher und methodischer angegangen als Sam und Dean.

»Whoa«, sagte Sam nur.

Dean entdeckte einen angebissenen Hamburger auf dem Nachttisch. Vorsichtig roch er daran und drehte dann angewidert das Gesicht weg. »Er war schon ein paar Tage nicht mehr hier. Mindestens.«

Sam blickte auf ein paar an der Decke aufgehängte, glänzende Muscheln, die in Form und Farbe an Katzenaugen erinnerten. Und rund um das Bett war ein Kreis aus Salz gezogen worden. Eine mächtige Barriere gegen Geschöpfe der Finsternis.

»Salz, Katzenaugen-Muscheln ... Dad muss Angst gehabt haben, dass irgendetwas zu ihm hereinkommt. Was hast du da?«, fragte Sam, als er sah, wie Dean ein paar kopierte Zeitungsartikel an den Wänden studierte.

»Das sind Artikel über die verschiedenen Vermissten vom Centennial Highway. Ich raffe das einfach nicht: die unterschiedlichsten Typen. Jobs, Alter und Hautfarbe waren verschieden. Zwischen Serienopfern gibt es doch immer eine Verbindung, oder? Was verbindet diese Typen?«, fragte er ratlos.

Sam antwortete nicht. Er hatte auf der gegenüberliegenden Wand noch ein paar Notizen und Zeichnungen entdeckt. Die herausgerissene Seite aus einem uralten Buch zeigte einen Scheiterhaufen, auf dem zwei Frauen verbrannt wurden. Kindsmörderinnen. Und daneben hing ein Ausdruck desselben Zeitungsartikels, auf den auch er und Dean gestoßen waren. Ihr Dad hatte neben das Foto von Constance einen Notizzettel geklebt. Darauf standen nur zwei Worte.

»Weiße Frau«.

Sam musste grinsen. Wie lautete die alte Redensart? »Papa weiß es immer noch am besten.«

»Dad hat es herausgefunden«, murmelte Sam.

»Was meinst du?« Dean kam zu ihm herüber.

»Er hat denselben Artikel entdeckt, wie wir. Constance Welch … Sie ist unsere Weiße Frau.«

Dean betrachtete erneut die Artikel über die vermissten Männer. »Ihr Schlauberger.« Dann wandte er sich wieder Sam zu. »Na schön, wenn wir es mit einer Weißen Frau zu tun haben, dann hätte Dad die Leiche gefunden und vernichtet.«

»Vielleicht hat sie eine andere Schwäche?«

Dean schüttelte nur den Kopf. »Nein. Dad wäre auf Nummer sicher gegangen und hätte die Leiche ausgebuddelt. Steht da auch, wo sie begraben liegt?«

»Soweit ich das sehe, nicht. Aber an Dads Stelle hätte ich einfach den Witwer gefragt. Wenn der noch lebt.«

»Okay, das werden wir auch tun. Schau dich doch mal um, ob du irgendwo eine Adresse findest. Ich gehe jetzt duschen. Ich glaube, das habe ich nötig.«

Dean drehte sich um und steuerte das kleine Badezimmer an. Sam räusperte sich.

»Hey, Dean! Was ich vorhin gesagt habe, über Mom und Dad. Es tut mir leid.«

Dean hob in einer beschwörenden Geste die Hände. »Jetzt werd bloß nicht sentimental, okay?«

Sam grinste. »Okay, Volltrottel.«

»Heulsuse«, grunzte Dean und verschwand im Bad.

Sam atmete auf. Er war froh, dass das aus der Welt geschafft war. Vorhin, auf der Brücke, war er einfach nur genervt und frustriert gewesen. Er selbst hatte sich für ein anderes Leben entschieden, als Dean und Dad es führten, aber er musste auch ihre Lebensweise akzeptieren.

Sam blickte sich um, auf der Suche nach einer Adresse des Welch-Witwers. Stattdessen entdeckte er ein altes Foto, das im Rahmen eines Spiegels steckte. In vergilbten Farben zeigte es ihn, Dean und Dad, an die Motorhaube ihres alten Pick-ups gelehnt. Sam selbst war auf diesem Bild vielleicht vierzehn Jahre alt. Es musste auf einem ihrer »Jagdausflüge« mit Selbstauslöser aufgenommen worden sein. Sam betrachtete das Foto mit einem wehmütigen Lächeln. Dean hatte recht gehabt: Es war nicht immer so schlimm gewesen.

Sam steckte das Foto wieder in den Rahmen des Spiegels und zog sein Handy heraus. Auf der Mailbox war eine Nachricht von Jess. Sam hörte sie ab. Jess war beunruhigt und wollte wissen, wann er nach Hause käme.

In diesem Moment kam Dean aus dem Bad. Er durchquerte das Zimmer und schlüpfte in seine Lederjacke. »Mann, ich bin am Verhungern. Ich hole mir etwas aus dem Diner am Ende der Straße. Soll ich dir was mitbringen? Aframian bezahlt«, sagte er augenzwinkernd.

Sam schüttelte nur den Kopf. Am anderen Ende meldete sich gerade Jessica.

Selbst schuld, dachte Dean und trat hinaus. Die Morgensonne war aufgegangen und tauchte den Parkplatz in warmes Licht. Dean spazierte ein paar Schritte, bis er den Polizeiwagen sah. Zwei Uniformierte, darunter der schwarze Sheriff von der Brücke, unterhielten sich mit dem alten Mann von der Rezeption.

Mist, dachte Dean. Das roch nach Ärger.

Der Rezeptionist sah Dean an und deutete mit dem Finger auf ihn. Dean drehte sich um, ging langsam davon und zog dabei sein Handy aus der Tasche.

Im Motelzimmer hörte Sam immer noch Jessicas Voicemail ab.

»Komm bitte bald nach Hause, ja? Ich liebe dich.«

Es tat einfach nur gut, ihre Stimme zu hören. Er konnte es kaum erwarten, wieder zurück zu Jessica zu kommen. Jemand klopfte in der Leitung. Dean.

Sam nahm das Gespräch an. »Was ist denn?«

Ein paar Meter weiter, auf dem Parkplatz, atmete Dean auf. Er konnte die Schritte der beiden Polizisten hinter sich hören. Sam war gerade noch rechtzeitig rangegangen.

»Kumpel, mach die Fliege!«, sagte Dean nur mit gedämpfter Stimme.

»Was ist denn?«, fragte Sam durch das Telefon.

»Sie haben mich erwischt. Zieh ab und finde Dad!«

Dean steckte das Handy weg und drehte sich um, sein harmlosestes Grinsen auf dem Gesicht. »Gibt es ein Problem, Officers?«

»Wo ist Ihr Partner?«, fragte der schwarze Polizist nur.

»Partner? Welcher Partner?«

Der Beamte gab seinem Kollegen ein Zeichen. Der andere Polizist ging mit gezückter Waffe auf die Tür zu Dads Zimmer zu.

Los, Sam! *Verschwinde*!, dachte Dean.

»Gefälschte Polizeiausweise, gefälschte Kreditkarten – ist irgendetwas an Ihnen echt?«, fragte der Polizist.

Dean grinste. »Meine Brüste.«

Ein paar Sekunden später knallte Deans Kopf gegen die Motorhaube des Polizeiwagens. Der Beamte hatte Deans Arme auf den Rücken gedreht und ließ die Handschellen zuschnappen.

»Sie haben das Recht, zu schweigen ...«

6

Der Stuhl vor dem Schreibtisch des Sheriffs war hart und unbequem, aber Dean achtete darauf, nicht darauf herumzurutschen. Das würde wie Nervosität wirken, und Nervosität wirkte wie ein Schuldeingeständnis.

»Also noch einmal«, sagte der Sheriff. Seine blauen Augen stachen aus dem sonnengegerbten Gesicht heraus wie Gebirgsseen aus einer ausgetrockneten Landschaft. »Wie heißt du wirklich, Junge?«

Dean blickte den Sheriff unschuldig an. »Das habe ich Ihnen doch schon gesagt. Mein Name ist Nugent. Ted Nugent.«

Die Augen des Sheriffs verdüsterten sich. Ted Nugent war ein bekannter, mittlerweile steinalter Gitarrist, den anscheinend selbst er kannte. »Ich glaube, du weißt gar nicht, Bürschchen, in welchen Schwierigkeiten du steckst.«

Dean lehnte sich vor. »Meinen Sie Einen-Klaps-auf-die-Finger-Schwierigkeiten oder Du-wirst-schreien-wie-am-Spieß-Schwierigkeiten?«

Der Sheriff ging gar nicht darauf ein. Er griff in eine Pappbox und zog eine Mappe mit den Zeitungsausschnitten heraus, die seine Kollegen an der Wand des Motelzimmers gefunden hatten.

»Die Gesichter von zehn verschwundenen Männern klebten an deiner Wand. Zusammen mit einer Menge satanischem Hokuspokus. Junge, ich würde sagen, das macht dich mehr als verdächtig.«

Dean grinste verächtlich. »Klar, das ergibt ja auch Sinn. Als das erste Opfer 1982 verschwunden ist, war ich drei Jahre alt.«

»Ich weiß, dass du Partner hast«, knurrte der Sheriff. »Einer davon ist dieser ältere Typ. Vielleicht hat er damals damit angefangen, und du führst seine Arbeit fort. Also sag mir, *Dean* ...«

Dean ballte unter dem Tisch die Fäuste. Woher kannte der Bulle seinen Vornamen?

»Was hältst du hiervon?«

Der Sheriff griff wieder in die Box. Diesmal zog er ein altes, in abgegriffenes Leder gebundenes Notizbuch hervor. Es war dick wie ein Brikett. Geräuschvoll schleuderte der Polizist es auf die Tischplatte. Das Notizbuch rutschte ein Stück und blieb dann genau vor Dean liegen.

Nicht irgendein Notizbuch. Das Tagebuch seines Vaters. Darin standen alle seine Aufzeichnungen, die Ergebnisse seiner Recherchen, seine Zaubersprüche und Abwehrmittel gegen übersinnliche Mächte. Dieses Notizbuch war unendlich kostbar – und konnte vielleicht zu ihrem Vater führen.

Dean versuchte, sich nichts anmerken zu lassen, aber

der Sheriff war kein Dummkopf. Er nahm das Buch wieder an sich und blätterte es durch. »Ich dachte mir, dass das dein Name ist. Ich habe mir das hier mal angeguckt. Ziemlich verrückter Kram. Aber ich bin auch auf etwas gestoßen ...«

Der Sheriff schlug eine Seite auf, die nur eine kurze, mit kräftigen Strichen aufs Papier gemalte, Botschaft enthielt. Sie war mit einem dicken Kreis markiert:

DEAN 35-111

Dean starrte auf die Handschrift seines Vaters. Er wusste, was die Notiz bedeutete. Und der Sheriff wusste, dass Dean es wusste.

»Du wirst so lange da sitzen bleiben, bis du mir genau sagst, was zum Teufel das bedeutet.«

Dean sagte nichts und blickte nur auf die Zahlen. Es waren GPS-Koordinaten. Sie markierten den Ort, an dem er seinen Dad finden würde.

Das reichlich heruntergekommene Haus duckte sich flach unter der heißen, kalifornischen Oktobersonne. Sam hatte Deans Impala auf einer unbefestigten, staubigen Auffahrt geparkt und suchte nun vergeblich nach einer Türglocke. Die Tür war zwar nur angelehnt, aber er wollte nicht einfach hineingehen. Sam klopfte gegen die Tür, und nur ein paar Sekunden später öffnete ein Mann von vielleicht fünfzig Jahren. Sein Gesicht war zerfurcht und von der

Sonne verbrannt – es war die Haut eines Mannes, der viel und hart unter freiem Himmel arbeitete. Der Mann trug eine schmutzige Baseballkappe und ein kariertes Hemd über einem noch viel schmutzigeren Unterhemd. Offenbar hatte er im Hinterhof des Hauses gearbeitet und nicht mit Besuch gerechnet. Wohl schon seit Jahren nicht mehr.

»Hi. Sind Sie Joseph Welch?«, fragte Sam höflich.

Der Mann war einen Kopf kleiner als Sam und blickte misstrauisch zu ihm auf.

»Yeah.«

Sam räusperte sich und zog das verblichene Foto heraus, das er am Spiegel von Dads Hotelzimmer gefunden hatte.

»Haben Sie diesen Mann schon einmal gesehen?«, fragte Dean.

Joseph Welch grunzte nur bejahend und machte Sam eine Geste, ihm zu folgen. Kurz darauf schritten die beiden durch den Hinterhof, der Welch offenbar sowohl als Werkstattgelände als auch als Müllabladeplatz diente. Welch deutete auf das Foto in Sams Hand.

»Der Typ auf dem Foto – er war vor drei oder vier Tagen hier. Er war älter als auf dem Foto, aber er war es. Er sagte, er wäre Reporter.«

Sam nickte schnell. »Stimmt. Wir, äh, arbeiten gemeinsam an einer Geschichte.«

»Kann mir beim besten Willen nicht vorstellen, was für 'ne Geschichte das sein soll. Er hat die seltsamsten Fragen gestellt.«

»Über Ihre verstorbene Frau Constance?«

Welch nickte. »Wollte wissen, wo sie begraben liegt.«

»Und wo war das noch mal?«

Welch blieb stehen und blickte Sam missmutig an. »Soll ich das jetzt alles noch mal beantworten?«

»Ich muss die Fakten überprüfen«, erwiderte Sam. »Wenn es Ihnen nichts ausmacht.«

Welch sah zu Sam auf. Wahrscheinlich überlegte er gerade, wie er Sam am schnellsten wieder loswurde – indem er ihn vom Hof warf oder die Fragen beantwortete, die er stellte?

»Hinter meinem alten Haus in Breckenridge.«

Sam blickte über die Schulter auf das schäbige kleine Haus, in dem Welch jetzt wohnte. Eigentlich eher ein lang gezogener, flacher Schuppen mit ein paar Fenstern darin.

»Warum sind Sie von dort weggezogen?«

»Ich konnte nicht mehr in dem Haus leben, in dem meine Kinder gestorben sind.«

Sam nickte. Die Erinnerung an den Verlust seiner Kinder schien Welch immer noch zu schmerzen.

»Mr Welch, haben Sie jemals wieder geheiratet?«

»Niemals! Constance war die einzige Liebe meines Lebens. Die schönste Frau, die ich je getroffen habe.«

»Ihre Ehe war also glücklich?«, fragte Sam.

Welch blieb stehen und zögerte einen Augenblick, bevor er antwortete. »Das war sie.«

Sam bedankte sich. »Das sollte mir jetzt reichen. Vielen Dank für Ihre Zeit, Sir.«

Welch nickte nur und ging zurück zu seinem Haus. Sam sah ihm hinterher. Ihm war nicht entgangen, dass Welch bei der Frage nach seiner und Constances Ehe kurz gezögert hatte. Sam war sich sicher, dass Welch nicht ganz die Wahrheit sagte. Er holte Luft und ging Welch noch einmal hinterher.

»Mr Welch? Haben Sie jemals von einer Weißen Frau gehört?«

Welch drehte sich um und kniff die Augen gegen das Sonnenlicht zusammen. »Einer was?«

»Einer Weißen Frau. Manchmal auch Weinende Frau genannt. Es ist im Wesentlichen eine Geistergeschichte. Na ja, streng genommen eine übersinnliche Erscheinung. Weiße Frauen sind Geister. Man erzählt sich seit Hunderten von Jahren von ihnen, an den verschiedensten Orten ... Hawaii, Mexiko, neuerdings auch in Arizona und Indiana. Es sind natürlich immer andere Frauen, aber ihre Geschichte ist die gleiche.«

Welch schüttelte nur ungeduldig den Kopf und wandte sich wieder ab. »Junge, ich gebe nicht viel auf solche Ammenmärchen.«

Sam redete weiter. »Zu ihren Lebzeiten hatten diese Frauen einen untreuen Ehemann ...«

Joseph Welch blieb stehen.

»Was zu einem vorübergehenden Anfall von Eifersucht und Wahnsinn führte. Und in diesem Zustand der Unzurechnungsfähigkeit ermordeten diese Frauen ihre Kinder. Und nachdem ihnen dann klar wurde, was sie da getan hatten, nahmen sie sich selbst das Leben. Ihre Seelen sind verflucht. Sie suchen Straßen und Wasserwege heim und halten Ausschau nach untreuen Männern. Sobald sie einen finden, töten sie ihn, und ihr Opfer taucht nie wieder auf.«

Joseph Welch funkelte Dean böse unter seiner Kappe an. Die Adern am ledrigen Hals des Mannes schwollen pochend an. Unwillkürlich wich Sam einen Schritt zurück.

»Du glaubst … du glaubst, das hätte irgendetwas mit Constance zu tun, du Klugscheißer?«, knurrte Welch.

Sam schluckte. »Sagen Sie es mir.«

Welch atmete schwer. Er sah aus, als würde er jeden Augenblick auf Sam losgehen.

»Vielleicht habe ich ja wirklich einen Fehler gemacht. Aber egal, was ich getan habe – Constance hätte niemals Hand an ihre eigenen Kinder gelegt. Und jetzt verschwinde hier und lass dich nie wieder blicken, verdammt!«

Joseph Welchs Unterlippe begann zu zittern. Vor Wut. Und in dem Versuch, bittere Tränen zurückzuhalten. Dann drehte er sich um und ging zurück zu seinem heruntergekommenen Haus. Das Mahnmal eines ruinierten Lebens.

Sam blickte dem verbitterten Mann lange hinterher. Joseph Welch tat ihm leid. Aber es gab nichts, das er für ihn tun konnte. Nicht jedes Problem ließ sich mit einer Silberkugel oder einem geweihten Dolch lösen.

Im Polizeirevier saß Dean Winchester noch immer an dem schäbigen kleinen Tisch.

Der Sheriff verlor langsam die Geduld mit ihm. »Zum letzten Mal, du Clown – was bedeuten diese Zahlen?«, fragte er, auf die Notiz in John Winchesters Notizbuch deutend.

»Ich weiß nicht, wie oft ich es Ihnen noch sagen soll«, seufzte Dean. »Das ist die Kombination meines Spindes aus der Highschool.«

Der Sheriff schüttelte den Kopf. »Sollen wir dieses Spielchen die ganze Nacht spielen?«

Bevor Dean antworten konnte, steckte ein anderer Uniformierter seinen Kopf zum Büro des Sheriffs herein. »Wir haben einen Notruf reinbekommen, Chef. Ein paar Unbekannte ballern draußen bei der Whiteford Road herum.«

Der Sheriff blickte kurz Dean an. »Musst du noch mal aufs Klo?«, knurrte er.

Dean blickte ihn fragend an. »Nein. Wieso?«

»Gut«, antwortete der Sheriff nur. Dann klickte er das eine Ende eines Paares Handschellen um Deans Handgelenk. Das andere befestigte er blitzschnell an einem dafür vorgesehenen Bügel an der Schreibtischplatte. Ohne Dean noch eines weiteren Blickes zu würdigen, nahm der Sheriff seinen breitkrempigen Hut vom Ständer und stürmte hinaus.

Dean wartete eine Sekunde, bis er das Geräusch der sich wieder schließenden Eingangstür hörte. Er war allein.

Eine Schießerei von Unbekannten, weit draußen vor der Stadt. Wie praktisch.

Dean streckte die Finger nach dem Notizbuch seines Dads aus, das der Sheriff auf dem Schreibtisch liegen gelassen hatte. Dann zog Dean eine einfache Büroklammer von einer der Seiten. Mit geschickten Fingern formte er die Klammer zu einem gebogenen Stück Draht, das er in das kleine Schloss der Handschelle bugsierte.

Das Knacken von Schlössern gehörte zu den ersten Dingen, die ihr Vater ihm und Sam beigebracht hatte. Es dauerte nur ein paar Sekunden, bis die Handschellen vor Deans Fingerfertigkeit kapitulierten. Dean rieb sich kurz das Handgelenk. Dann sprang er auf, schnappte sich das Notizbuch und stieß ein Fenster auf. Das Büro des Sheriffs befand sich im zweiten Stock, aber direkt vom Fenster führte eine Feuerleiter auf die Straße hinunter. In die Freiheit.

Zum Glück war Jericho eines dieser verschlafenen Städtchen, in denen nachts die Bürgersteige hochgeklappt wurden. Niemand war auf der Straße, um sich zu wundern, warum ein junger Mann mitten in der Nacht aus dem Fenster des Polizeireviers kletterte. Dean landete mit einem letzten Sprung sicher auf der Straße. Dann rannte er ein paar Blocks weit, bis er eine Telefonzelle außerhalb der Sichtweite des Polizeireviers fand. Er fingerte ein paar Münzen aus der Tasche, um den Mann anzurufen, der die schießwütigen Unbekannten beobachtet hatte, und sich bei ihm zu bedanken.

Sam Winchester steuerte den Impala durch die Nacht, als sein Handy bimmelte. Ein unbekannter Anrufer, zeigte das Display an, aber Sam ahnte, wer da in der Leitung war.

»Hallo?«

Sam konnte Deans stolzes Grinsen regelrecht aus dessen Stimme heraushören. »Ein vorgetäuschter Notruf bei der Polizei, Sammy? Ich weiß ja nicht, aber das hört sich für mich ziemlich illegal an.«

»Gern geschehen«, erwiderte Sam ins Handy. Draußen huschte die nächtliche Landschaft vorbei.

»Hör zu, wir müssen uns unterhalten«, fuhr Dean fort, aber Sam war schneller.

»Allerdings. Ich habe den Ehemann gefunden. Er war definitiv untreu, und wir haben es mit einer Weißen Frau zu tun. Sie ist hinter ihrem alten Haus beerdigt. Dad hat das wohl auch herausgefunden.«

»Sammy, kannst du mal für eine Sekunde die Klappe halten?«, tönte es aus dem Hörer.

Aber Sam war zu aufgeregt. Sie waren der Lösung des Falles jetzt zum Greifen nah, und danach würde er wieder nach Hause fahren können.

»Ich verstehe nur noch nicht, warum er die Leiche nicht einfach vernichtet hat«, sagte er.

»Mann, das will ich dir die ganze Zeit schon sagen. Weil er nicht mehr hier ist. Er hat Jericho verlassen!«

Vor Überraschung hätte Sam fast das Steuer verrissen.

»Was? Woher willst du das wissen?«

»Ich habe Dads Notizbuch.«

»Aber ohne das Ding geht er nirgendwohin.« Sam wusste, wie besessen sein Vater von diesem Notizbuch war. Er würde sich eher die Hand abschlagen lassen, als es freiwillig loszulassen.

»Tja, dieses Mal ist er ohne das Buch gegangen.«

»Hast du da drin irgendeinen Hinweis gefunden?«, wollte Sam wissen.

»Erinnerst du dich an den alten Marines-Kram, den er uns beigebracht hat? Um uns wissen zu lassen, wo er hingeht?«

Natürlich erinnerte sich Sam. Er hatte diesen »Kartenunterricht« gehasst.

»Koordinaten. Wo ist er hin?«

»Das weiß ich noch nicht«, erwiderte Dean.

Sam schüttelte den Kopf. »Ich verstehe das nicht. Was könnte so wichtig sein, dass Dad einen angefangenen Job stehen und liegen lässt? Dean, was zum Teufel ist hier los?«

Tausend Gedanken gingen Sam durch den Kopf. Wenn Dad tatsächlich Hals über Kopf abgereist war, dann musste irgendetwas Bedrohliches passiert sein. John Winchester war nicht der Mann, der sich so leicht ins Bockshorn jagen ließ. »Dean, ich …«, setzte Sam an und ließ fast im selben Augenblick das Handy fallen. Er fühlte sich, als hätte ihn jemand von einer Sekunde zur anderen in Eiswasser getaucht.

Wenige Meter vor ihm stand eine wunderschöne, junge Frau in einem weißen Kleid. Direkt auf der Straße.

Instinktiv trat Sam auf die Bremse, aber es war zu spät. Der Impala war viel zu schnell gewesen. Er durchfuhr die Gestalt wie eine Nebelwolke. Sam spürte keinen Aufprall, nur ein leises Wispern und eine plötzliche Kälte, als der Wagen die Stelle passierte, an der die Frau gerade noch gestanden hatte.

Jetzt war sie verschwunden.

»Whoa«, schluckte Sam nur, als der Impala endlich zum Stehen kam. Deans Stimme tönte leise aus dem Handy, das jetzt auf dem Boden lag. »Sam? Sam, was ist los?«

Sam antwortete nicht. Seine Kehle war wie zugeschnürt.

Er hatte in den Rückspiegel geblickt, um nach der Frau auf der Straße zu sehen. Jetzt blickte er über den Spiegel direkt in ihre Augen.

Sie saß hinter ihm auf dem Rücksitz.

»Bring mich nach Hause«, wisperte sie.

7

»Bring mich nach Hause.«

Die Stimme der Frau – Constance – war ein verführerisches Flüstern. Mit einem bedrohlichen Unterton.

Sam atmete keuchend. Die Temperatur in dem Wagen war mit einem Mal gefallen, und er konnte die Atemwölkchen vor seinen Lippen sehen.

»Bring mich nach Hause«, sagte Constance noch einmal.

Sam blickte sie über den Innenspiegel an.

»Nein«, sagte er.

Hinter ihm senkte Constance den Kopf. Mit einem *Klack* schlossen sich die Türriegel wie von allein. Sam griff nach dem Türgriff, aber der bewegte sich keinen Millimeter.

Ich sitze in der Falle, dachte Sam. Und es wurde noch schlimmer. Wie von Geisterhand bewegt, klickte der altmodische Schalthebel des Impala nach vorn. Dann drückte ein unsichtbarer Fuß das Gaspedal herunter.

Sam spürte die Beschleunigung, als der Wagen nach vorn schoss. Instinktiv griff er nach dem Lenkrad, doch es gehorchte einem anderen Willen.

Dem Willen von Constance, der Frau in Weiß.

Reglos saß sie auf dem Rücksitz und beobachtete teilnahmslos, wie Sam versuchte, den Wagen unter Kontrolle zu bringen. Vergeblich. Mit traumhafter Sicherheit raste der Impala über den verlassenen Highway.

Nach wenigen – endlosen – Minuten bog er von selbst in eine lehmige Auffahrt. Sam kannte sie. An ihrem Ende stand das Haus von Joseph Welch. Das Haus, in dem Constance in einem Anfall von wahnsinniger Eifersucht ihre beiden Kinder ertränkt hatte.

Langsam rollte der Impala aus und der Motor erstarb. Nur die Lichtfinger der beiden Scheinwerfer beleuchteten das alte, zerfallene Anwesen.

Sam versuchte gar nicht erst noch einmal, die Tür zu öffnen. Es war Constance, die hier die Spielregeln bestimmte und die Naturgesetze außer Kraft setzte. Und Sam wusste, wie dieses Spiel enden würde.

»Tu das nicht«, sagte er und blickte Constance über den Rückspiel an.

Das bedrohliche Funkeln in den dunklen Augen der Frau war einem unendlich traurigen Schimmern gewichen, als sie auf ihr altes Zuhause blickte.

»Ich kann niemals nach Hause gehen«, flüsterte sie.

Natürlich, schoss es Sam durch den Kopf. Er konnte sich vorstellen, wie die Tragödie vor über zwanzig Jahren abgelaufen war. Constance hatte, vielleicht durch einen Zufall, einen Telefonanruf, einen Brief oder das Foto einer anderen Frau herausgefunden, dass ihr Mann sie betrog.

In rasender Eifersucht hatte sie ihre beiden Kinder in der Badewanne ertränkt und war dann aus dem Haus gelaufen. Irgendwann musste ihr klar geworden sein, was sie getan hatte. Aber es war zu spät. Sie hatte keine Familie mehr, kein Zuhause. Alles, was dort auf sie wartete, waren die toten, anklagenden Augen ihrer beiden Kinder.

»Du hast Angst, nach Hause zu gehen, stimmt's?«, flüsterte Sam. Er blickte in den Rückspiegel. Constance war nicht mehr da.

Stattdessen saß sie jetzt direkt neben ihm, auf dem Beifahrersitz.

Bevor Sam reagieren konnte, beugte sich Constance über ihn und drückte ihn mit ihrem Gewicht in den Sitz hinein, wie eine leidenschaftliche Liebhaberin. Constances bebender Leib war kalt und schwer; er trug das Gewicht ihrer Schuld in sich, das sie damals in die Tiefe des Flusses gerissen hatte. Sam konnte den Geruch von Schlamm und brackigem Wasser riechen.

Er zuckte zurück, doch Constance schlang ihre Arme um ihn.

»Halt mich fest. Mir ist so kalt.«

Constance war ein Geist, eine gequälte Seele, doch trotzdem konnte Sam ihren Körper auf seinem spüren. Die Brüste der jungen Frau pressten sich auf seinen Oberkörper, und ihre Hände waren überall. Schmeichelnd, verführerisch, aufreizend.

Sam schluckte und dachte an Jessica.

»Du kannst mich nicht töten«, keuchte Sam. Constances Lippen waren nur noch Zentimeter von seinen entfernt. »Ich bin nicht untreu. Ich bin es niemals gewesen!«

»Du wirst es sein. Halt mich einfach fest«, wisperte Constance. Sie drückte ihre kalten, weichen Lippen auf Sams Mund.

Sam ließ es geschehen. Er gab sich Constance hin.

Jedenfalls so lange, bis seine Finger die Autoschlüssel ertasteten, die immer noch im Zündschloss steckten.

Als Constance die Finte bemerkte, bäumte sie sich auf. Eine unglaublich starke Hand packte Sam an der Kehle und presste ihn in den Sitz. Constances Flüstern wurde zu einem wütenden Grollen. Ihre Erscheinung begann zu flackern, und für einen Sekundenbruchteil sah Sam ihr wahres Antlitz.

Auf ihm hockte ein Monster mit dem halb verwesten, vor Hass verzerrten Gesicht einer Frau. Die Lippen, die Sam eben noch auf den seinen gespürt hatte, waren weggefault und gaben den Blick auf das Gebiss eines Raubtiers frei. In den dunklen Augenhöhlen glänzte wahnsinnige Mordlust.

Dann spürte Sam den Schmerz. Dort, wo Constances Hand seine Brust berührte, fing sein T-Shirt an zu schmoren. Die Abdrücke ihrer Fingerspitzen fraßen sich mit der Hitze des Höllenfeuers durch den Stoff bis auf seine Haut.

Sam schrie auf, und die Kreatur über ihm knurrte hasserfüllt.

War dies sein Ende? Würde es ihm ergehen wie all den anderen Opfern, deren einzige Schuld es gewesen war, eine scheinbar einsame, verwirrte Frau in ihrem Wagen mitzunehmen?

Mit einer kleinen Explosion zerplatzte die Scheibe des Beifahrersitzes. Dann hallte ein zweiter Knall durch die Nacht.

Sam erkannte das kurze, harte Echo eines Schusses. Die Kugel sauste durch den Kopf der Kreatur über ihm, fuhr durch das Abbild des verwesenden Fleisches wie durch einen Nebelhauch.

Dann folgte eine zweite Kugel. Und noch eine.

Constance kreischte wütend auf.

Ein paar Schritte von seinem Auto entfernt stand Dean, den Revolver im Anschlag.

Constance fauchte Dean an. Sam spürte, wie der Druck auf seiner Brust nachließ. Die Silberkugeln konnten sie nicht vernichten, aber Geister waren in der Lage, die Geschosse zu spüren. Sie war abgelenkt, für ein paar Sekunden wenigstens.

Und das war alles, was Sam brauchte.

»Du willst nach Hause?«, knurrte er. »Ich bringe dich nach Hause.«

Seine Finger fanden den Zündschlüssel und drehten ihn um. Gehorsam sprang der Impala sofort an. Sam stemmte seinen Fuß gegen das Gaspedal. Für einen Sekundenbruchteil sah Sam noch Deans verdutztes Gesicht, als sein Wagen an ihm vorbeischoss. Dann raste der Impala auf das alte Haus zu. Er durchbrach krachend das Geländer der Terrasse und durchschlug die morsche Holzfassade.

Holzbalken und zerberstende Möbel prasselten gegen die Windschutzscheibe, aber Sam gab weiter Gas.

Scheppernd kam der Impala in einem Raum zum Stehen, der einst das Wohnzimmer gewesen sein mochte. Die Scheinwerfer stachen in die Dunkelheit und erzeugten auf den verstaubten, zerborstenen Möbeln ein bizarres Muster aus Licht und Schatten.

Sam war nicht angeschnallt gewesen, und der Ruck beim Durchbrechen der Hauswand hatte ihn hart gegen das Lenkrad geschleudert. Er spürte jede einzelne Rippe.

»Sam!«

Mit gezogener Waffe stürmte Dean durch das Loch in der Hauswand. »Bist du okay?«

»Ich glaube schon«, stöhnte Sam und ließ sich von Dean aus dem Wagen helfen.

Vor ihnen, vom Scheinwerferlicht grell erleuchtet, stand Constance. Zum ersten Mal seit ihrem Selbstmord stand sie wieder inmitten der vier Wände, die einst ihr Zuhause gewesen waren. Constance bückte sich und nahm ein eingerahmtes, vergilbtes Foto von einer Kommode.

Es zeigte eine glückliche junge Frau zwischen einem kleinen Jungen und einem Mädchen.

Tränen schimmerten in Constances untoten Augen auf.

Sam und Dean hielten den Atem an. Noch über den Tod hinaus war Constance vor ihrer Verantwortung davongelaufen. Jetzt wurde sie, am Ort ihres Verbrechens, mit ihrer Schuld konfrontiert. Würde Constance sie annehmen und ihre Ruhe finden?

Constance ließ den Rahmen fallen. Das Glas zerbrach am Boden. Dann blickte sie Sam und Dean hasserfüllt an.

Die beiden Winchester-Brüder tauschten einen Blick aus. Sie hatten verloren. Das mächtigste Gefühl in Constance war noch immer nicht Reue, sondern Wut. Wut auf alle Männer, treulos oder nicht, denen sie die Schuld an der Tragödie gab. Sam und Dean wollten gerade flüchten, als Constance zur Seite trat. Die schwere Kommode, von der sie das Foto genommen hatte, setzte sich plötzlich in Bewegung. Mit unfassbarer Geschwindigkeit raste das schwere Möbelstück auf die beiden Brüder zu. Dean stöhnte gequält auf, als die Kommode seine Oberschenkel traf und ihn gegen die Kühlerhaube seines Impala drückte. Er war eingeklemmt. Sam, der direkt neben ihm gestanden hatte, erging es nicht besser.

Constance schritt langsam auf die beiden Brüder zu.

Dann geschah etwas Seltsames. Das Haus musste schon vor zwanzig Jahren vom Stromnetz abgeschnitten worden sein, aber plötzlich flackerten die Deckenleuchten des ehemaligen Wohnzimmers auf.

Constance erstarrte. Sie blickte sich um. Ein plätscherndes Geräusch war zu hören.

Sam konnte im flackernden Licht erkennen, wie ein Rinnsal aus Wasser die alten Treppen herunterfloss. Es kam aus dem ersten Stock des Hauses. Von dort, wo das Badezimmer sein musste. Constance ging zur Treppe. Auch im ersten Stock war trübes Licht aufgeflammt. Und am oberen Treppenabsatz standen die Silhouetten zweier Kinder.

Ein Mädchen und ein Junge, Hand in Hand.

Ein Flüstern und ein Wispern erfüllten plötzlich das ganze Haus. Selbst Dean bekam eine Gänsehaut.

»Mama, du bist zurückgekommen.«

Constance starrte reglos auf die Silhouetten der Kinder. Im nächsten Augenblick waren sie verschwunden – und tauchten aus dem Nichts direkt neben Constance auf. Die beiden sagten nichts mehr. Sie streckten nur noch ihre kleinen Hände nach ihrer Mutter aus, wie um von ihr in den Arm genommen zu werden.

Constance breitete ihre Arme aus.

Und die Kinder griffen nach ihr.

Constance schrie auf, als ihre beiden Kinder sie mit sich zogen, in eine schlammige Pfütze, die plötzlich unter ihren Füßen entstanden war. Ein wütendes Knurren hallte durch das Haus. Von ihren beiden Kindern immer weiter in die Tiefe gezogen, zerfiel das Geisterbild Constances. Lichtblitze flackerten auf, und der Körper der wunderschönen Frau verweste innerhalb von Sekundenbruchteilen. Mit einem gurgelnden Geräusch verschwanden ihre sterblichen Überreste in der Wasserlache wie in einem Stück Treibsand.

Dann wurde es schlagartig still.

Constance war fort.

Im selben Moment verebbte auch die übernatürliche Kraft, die die Kommode gegen Sam und Dean gepresst hatte. Schnaufend machten sich die Brüder von dem Möbelstück frei.

Vorsichtig näherten sie sich der Stelle, an der Constance und ihre Kinder verschwunden waren. Nur eine kleine Wasserlache auf dem alten Teppich deutete jetzt noch darauf hin, aber Dean war sich sicher, dass auch dieser letzte Fleck verschwinden würde, sobald der erste Sonnenstrahl des Morgens ihn traf.

»Hier in diesem Haus hat sie also ihre Kinder ertränkt«, sagte Dean.

Sam nickte. »Deshalb konnte sie nicht mehr zurück nach Hause. Sie hatte zu viel Angst, ihnen in die Augen zu sehen.«

»Und du hast ihren wunden Punkt gefunden. Nicht schlecht, *Sammy*.«

Sam lachte auf, erleichtert und froh. »Von dir kann man das nicht gerade sagen, Mann«, sagte er. »Was hast du dir eigentlich dabei gedacht, Caspar dem Geist ins Gesicht zu ballern, du Wahnsinniger?«

Dean zuckte mit den Schultern und begann damit, seinen geliebten Impala zu inspizieren. Er hatte einiges abbekommen.

»Hey, immerhin habe ich damit deinen Hintern gerettet. Aber eins sage ich dir: Wenn du meinen Wagen ruiniert hast, mache ich dich fertig.«

8

Ein paar Stunden später brauste ein einäugiger Impala durch die Nacht. Sam saß auf dem Beifahrersitz und hatte sich eine kleine Taschenlampe zwischen Kinn und Schulter geklemmt. Der Lichtschein fiel auf eine militärische Karte der USA. Sam benutzte die freie Hand, um damit einen Koordinatenschnittpunkt einzukringeln.

»35-111. Ich hab's. Wir wissen jetzt, wo Dad ist. An einem Ort in den Bergen, nennt sich Blackwater Ridge, in Colorado.«

»Klingt ja reizend«, knurrte Dean. »Wie weit?«

Sam schätzte die Entfernung auf der Karte ab. »Etwa sechshundert Meilen.«

Dean nickte. »Wenn wir Gas geben, schaffen wir es bis morgen früh.«

Sam atmete scharf aus. »Ähm, Dean ...«

»Du willst nicht mit«, sagte Dean, bevor Sam weitersprechen konnte.

»In zehn Stunden findet mein Vorstellungsgespräch statt. Ich muss einfach rechtzeitig da sein.«

Dean starrte auf die Straße. »Schon klar«, sagte er nur. »Ich bringe dich hin.«

Den Rest der Nacht wechselten die beiden kaum ein Wort.

Die Sonne war noch nicht aufgegangen, als der schwarze Impala direkt vor der Tür zu Sams Wohnheim anhielt. Dean ließ den Motor laufen. Das regelmäßige Tuckern war das einzige Geräusch zu dieser frühen Stunde, als Sam ausstieg.

»Rufst du mich an, wenn du ihn findest?«, fragte Sam durch die offene Tür.

Dean nickte. Sam fühlte sich furchtbar, und er konnte die Enttäuschung im Gesicht seines Bruders ablesen.

»Vielleicht kann ich dich ja später irgendwann treffen«, sagte Sam und versuchte ein Lächeln.

Dean zuckte mit den Schultern. »Klar, sicher.«

Beide wussten, dass das eine Lüge war.

Sam atmete tief ein, schloss die Wagentür und ging auf den Eingang des Wohnheims zu.

»Sam?«

Sam blickte sich um. Dean beugte sich zum Beifahrerfenster. »Wir waren ein verdammt gutes Team.«

Sam lächelte. »Yeah.«

Dean legte den Gang ein und rollte davon. Sam blickte dem schwarzen Impala nach, bis Dean hinter der nächsten Ecke verschwunden war. Dann öffnete er die Tür zum Wohnheim. Er war zu Hause. In seinem richtigen Leben.

Ein paar Sekunden später schloss Sam die Tür seines Studentenapartments auf.

»Jess? Bist du zu Hause?«, rief er.

Keine Antwort – dafür hörte Sam das Rauschen der Dusche. Jessica hatte ihn nicht kommen hören. Umso besser. Desto größer würde die Überraschung sein, wenn sie aus dem Badezimmer kam. Sam ging in das kleine Schlafzimmer. Auf einer Kommode stand ein Teller mit selbst gebackenen Keksen. Ein Zettel steckte dazwischen.

»Ich habe dich vermisst! Ich liebe dich, Jess«.

Sam lächelte. In den vergangenen Tagen hatte er kaum Zeit gehabt, um an Jess zu denken, aber während dieser ganzen Zeit hatte er trotzdem dasselbe Gefühl gehabt: Er hatte sie vermisst. Aus ganzem Herzen.

Sam nahm einen der Kekse, knabberte ihn an und ließ sich dann rücklings auf das Bett fallen. Er war erschöpft, aber er spürte schon, wie die Anspannung langsam von ihm wich.

Es war überstanden.

Sam schloss zufrieden die Augen. Vielleicht konnte er noch ein paar Minuten schlafen, bevor Jess aus dem Badezimmer kam. Und dann …

Etwas tropfte auf Sams Stirn. Etwas Warmes, Flüssiges.

Sam schlug die Augen auf.

Sein Herz blieb stehen, und sein Verstand setzte aus.

Jessica war schon da. Über ihm.

Mit verrenkten Gliedern und nur mit einem Nachthemd bekleidet klebte sie rücklings an der Decke. Aus weit aufgerissenen Augen starrte sie Sam fassungslos an.

Warum?

»Jess!«

Ein Ring aus Flammen schoss aus Jessicas halb nacktem Leib. Innerhalb von Sekundenbruchteilen verschmorten die Flammen ihr Fleisch. Dann griffen sie auf den Rest des Zimmers über.

»Jess!«, schrie Sam noch einmal. Er achtete gar nicht auf die Flammen, die von überall her auf ihn zu züngelten.

Die Tür wurde aufgestoßen. Es war Dean. Er warf nur einen kurzen Blick auf Jessicas verschmorenden Körper, dann packte er seinen Bruder und zerrte ihn hinaus.

»Nein! *Nein*!«

Sam brüllte und wehrte sich verzweifelt, aber Dean war stärker.

»Wir müssen hier raus!«

Dean zog seinen Bruder in den Flur. Weg von den Flammen, die einen Augenblick später brüllend den Rest des Apartments eroberten.

Dean Winchester starrte auf die Flammen, die aus dem Fenster des Studentenwohnheims loderten. Feuerwehrwagen waren mit flackernden Lichtern vorgefahren, Schaulustige und Nachbarn standen entsetzt am Rande des Geschehens. Und über ihren Köpfen zerfiel der Traum von einem glücklichen Leben zu Asche.

Es war genau wie vor zweiundzwanzig Jahren.

Dean blickte so lange in die Flammen, bis seine Augen tränten. Dann wandte er sich ab. Er konnte nichts mehr tun.

Nicht hier.

Sam stand eine Straßenecke weiter, am geöffneten Kofferraum des Impala. Als Dean an ihn herantrat, lud Sam gerade den Lauf eines Jagdgewehrs mit Silberpatronen.

Dean blickte seinen Bruder stumm an. Sie brauchten keine Worte. Nicht in diesem Augenblick.

Sam legte das Gewehr in das Geheimfach, zurück zu dem Arsenal der anderen Waffen. Dann warf er den Kofferraumdeckel zu.

»Uns erwartet viel Arbeit«, sagte er nur.

9 BLACKWATER RIDGE, LOST CREEK, COLORADO

Gary Bright wirbelte herum und ging gleichzeitig in die Knie. In einer fließenden Bewegung hob er seine Waffe und drückte ab. Ein Anvisieren seines Opfers war nicht nötig, nicht bei dieser Distanz. Und nicht bei Dauerfeuer.

Die Mündung des schweren Sturmgewehrs blitzte auf, und mit einem bösartigen Zischen verließ eine Salve Stahlmantelgeschosse den Lauf. Sein Gegner hatte nicht den Hauch einer Chance und zerbarst förmlich in einer Explosion aus undefinierbarer Masse.

»Hey, du mogelst, Mann!«

Gary grinste und warf einen triumphierenden Blick auf seinen Freund. »Nee. Du bist einfach zu schlecht.«

Brad Wilson war Garys Freund seit Highschooltagen und schon immer ein schlechter Verlierer. Besonders bei allen Arten von Computerspielen. Brad blickte auf das Display seiner portablen Minispielkonsole, die über eine drahtlose Bluetooth-Verbindung mit einem identischen Modell in Brads Händen kommunizierte. Das kleine Batteriesymbol in der Ecke des Displays leuchtete grün auf. Das bedeutete, dass die Konsolen noch für mindestens eine Stunde Spielzeit Saft hatten. Und diese Zeit würde er nutzen, um Brad in Grund und Boden zu ballern. Was sollte man auch sonst tun, in dieser gottverdammten Wildnis?

Gary lehnte sich so gut es ging an die Wand des Zweimannzeltes und blickte seinen Freund herausfordernd an.

»Neues Spiel, neues Glück?«

Tommy Collins saß im Schneidersitz in dem Einmannzelt gegenüber und konnte sich ein Grinsen nicht verkneifen. Seit Stunden ballerten Gary und Brad nun schon auf ihren Spielkonsolen herum. Was war eigentlich aus den Zeiten geworden, in denen man sich bei einem Campingausflug nachts am Lagerfeuer versammelte, Marshmallows über dem Feuer röstete und versuchte, sich gegenseitig mit Gruselgeschichten zu erschrecken?

Andererseits kannte er solche romantischen Lagerfeuerabende auch nur vom Hörensagen. Draußen prasselte zwar tatsächlich ein gemütliches Lagerfeuer, doch auch in seinem eigenen Zelt wurde der Widerschein des Feuers von dem kalten Leuchten eines elektronischen Displays überstrahlt. Heutzutage schleppten Camper und Wanderer mehr elektronische Gerätschaften mit sich herum, als nötig gewesen waren, um die ersten Menschen auf den Mond zu schicken. Und was für Gary und Brad ihre Spielkonsolen waren, war für Tommy sein Hightech-Handy, von dem er sich nur ungern trennte.

Erstaunlicherweise zeigte das Display selbst hier draußen, in den abgelegenen Wäldern Colorados, noch einen schwachen Empfangsbalken an. Irgendwie war es beruhigend und deprimierend zugleich, in jedem entlegenen Winkel der Welt noch nach Hause telefonieren zu können.

Telefonieren ...

Tommy war todmüde, doch er musste sich unbedingt noch bei seiner Schwester Haley melden, bevor er sich in seinen Schlafsack verkriechen konnte. Haley, ganz die immer besorgte große Schwester, würde bestimmt kein Auge zutun können, bevor sie nicht wusste, dass es ihm gut ging. Sie war von Anfang an gegen diesen Campingtrip gewesen und hatte darauf bestanden, dass Tommy sich mindestens einmal am Tag bei ihr meldete.

Rührend, irgendwie ... aber auch ein wenig nervend.

Tommy seufzte. Es war kurz nach Mitternacht, und er war eigentlich zu müde, um jetzt noch ein Telefongespräch zu führen. Stattdessen drückte er die MMS-Taste seines Handys. Sofort erschien sein eigenes Gesicht auf der Anzeige des Handys, ein wenig unscharf und verschwommen im Zwielicht des Zeltes, aber deutlich erkennbar.

»Hallo Haley«, lächelte Tommy in das winzige Kameraauge des Handys. »Heute ist der sechste Tag hier draußen. Wir sind immer noch in der Nähe von Blackwater Ridge. Es geht uns gut, also mach dir keine Sorgen, okay? Ich melde mich morgen wieder!«

Tommy drückte auf »Senden« und legte das Handy zur Seite. Er ahnte nicht, dass es damit sein letztes Zeichen an die Welt der Lebenden von sich gegeben hatte.

Im Nachbarzelt schleuderte Brad fast im selben Moment seine Mini-Konsole auf seinen Schlafsack und kroch in Richtung Zeltausgang.

»Hey, wo willst du hin?«, protestierte Gary. »Ich bin gerade dabei, dich fertigzumachen!«

»Ich muss mal für kleine Jungs«, knurrte Brad und zog den Reißverschluss des Zeltes auf. Sofort schlug ihm kalte Nachtluft entgegen. Vor den beiden Zelten flackerte zwar noch immer das Lagerfeuer, aber das warme Licht der Flammen wurde schon nach wenigen Metern von der Nacht verschluckt. Die drei waren nun schon fast eine Woche in den Wäldern, aber Brad konnte sich noch immer nicht an die totale Dunkelheit hier draußen gewöhnen. Und wenn er ehrlich war, machte sie ihm ein wenig Angst. Nicht sehen zu können, was sich ein paar Meter vor der eigenen Nase im Dunkeln verbarg, weckte uralte Ängste im Menschen – besonders, wenn er nur das dämmrige Halbdunkel einer Großstadtnacht gewohnt war.

Aber der Druck in Brads Blase war im Augenblick noch viel stärker als alle Instinkte. Brad wählte einen einladenden Baum in der Nähe der Zelte aus und ging darauf zu.

Plötzlich raschelte das Unterholz, und Brad erstarrte.

Da war nichts, sagte er zu sich selbst, wahrscheinlich nur ein verdammtes Eichhörnchen mit Einschlafstörun-

gen. Mach dir mal nicht in die Hose – beziehungsweise …
du machst dir gleich in die Hose, wenn du jetzt nicht bald
erledigst, wozu du hergekommen bist, Braddyboy.

Brad stellte sich breitbeinig vor den Baum und tastete
nach dem Hosenschlitz.

Wieder ein Rascheln. Brads Finger erstarrten auf halbem Weg. Wenn das ein Eichhörnchen war, dann musste es ein verdammt großes sein. Brad blickte sich um. Die Nacht schien plötzlich dunkler zu sein als je zuvor. Waren da drüben im Unterholz nicht ein paar Zweige in Bewegung geraten? Ein paar Zweige in Kopfhöhe?

Natürlich. Das musste Tommy sein, der ebenfalls aus seinem Zelt gekrabbelt war, um dem Ruf der Natur zu folgen. Brad wollte gerade nach Tommy rufen, als das Knurren über die kleine Lichtung rollte. Es schien von überall und nirgends zu kommen. Und es war sehr nah.

Ein Bär!, schoss es Brad durch den Kopf. Mein Gott, wir haben mit unserem Feuer einen Bären angelockt!

Brads Glieder fühlten sich plötzlich wie Eis an. Mühsam versuchte er, ruhig zu bleiben, sich daran zu erinnern, was ihnen der Ranger über die richtige Verhaltensweise bei einer Begegnung mit einem Bären eingetrichtert hatte.

Wieder das Knurren. Diesmal gab es keinen Zweifel über die Richtung, aus der es gekommen war. Es war direkt hinter ihm.

Brad wirbelte herum und riss die Augen auf.

Es war kein Bär.

Gary erstarrte in seinem Zelt. Er wusste nicht, was ihm mehr Angst einjagte: der verzweifelte Aufschrei seines Freundes – oder sein plötzliches Verstummen. Achtlos ließ Gary seine Spielkonsole fallen und krabbelte zum Zelteingang. Ohne darüber nachzudenken, zog er den Reißverschluss auf und steckte den Kopf in die Nacht.

Ein scheußlicher Gestank schlug ihm entgegen – eine Mischung aus dem Geruch menschlicher Exkremente und dem süßlichen Aroma, das einem an heißen Sommertagen aus den geöffneten Türen einer Metzgerei entgegenquoll.

»Brad?«

Keine Reaktion. Gary zog den Reißverschluss des Zeltes weiter auf, um vollends hinauszukrabbeln, als er aus den Augenwinkeln eine Bewegung wahrnahm. Der Gestank nach Exkrementen und Blut war plötzlich allgegenwärtig – jedenfalls, bis das dunkle Knurren jeden anderen Sinneseindruck verdrängte. Noch immer auf allen vieren kniend, blickte Gary auf.

In den letzten Sekunden vor dem Tod, heißt es, lässt der menschliche Verstand noch einmal die Erinnerungen an das gesamte Leben Revue passieren. Garys Verstand dagegen setzte im Angesicht des Grauens einfach aus, unfähig, das Unfassbare zu begreifen. Und das war eine Gnade.

Wie aus weiter Ferne registrierte er noch, wie sich die Klauen der Kreatur in das Fleisch seines Oberkörpers bohrten und ihn in die Höhe rissen.

Er schrie auf.

Tommy Collins schälte sich hektisch aus seinem Schlafsack, in dem er mit einem Buch in den Händen eingenickt war. Den ersten Schrei hatte er noch für das Produkt eines Albtraumes gehalten, mit dem er sich selbst aus dem Dämmerschlaf gerissen hatte. Aber der zweite Aufschrei – das war eindeutig Gary gewesen. Und nicht nur in einem bösen Traum!

Irgendetwas ging da draußen vor sich. Tommy hörte ein tiefes Grollen, das immer wieder von einem widerlichen Schmatzen unterbrochen wurde.

»Gary! Was ist da draußen los?!«, rief Tommy und bereute es im gleichen Augenblick.

Das Grollen verstummte, und das war kein gutes Zeichen. Was immer da draußen war – er hatte es auf sich aufmerksam gemacht. Fast im gleichen Augenblick huschte der Schatten einer Gestalt um das Zelt. Schneller, als Tommy mit den Augen folgen konnte. Das Grollen war einem leisen, bedrohlichen Knurren gewichen.

Hatten sie ein wildes Tier angelockt?

Nein, der Schatten, den der Eindringling im Schein des Feuers auf die Zeltwand geworfen hatte, war zwar blitzschnell gewesen, aber Tommy war sich sicher, dass er eine menschliche Gestalt ausgemacht hatte. Eine beinahe menschliche Gestalt.

Geistesgegenwärtig löschte Tommy das Licht der kleinen Laterne, die noch immer in seinem Zelt brannte. Seine eigene Silhouette musste durch die Zeltwand hindurch ebenso gut zu sehen sein wie die des Eindringlings.

Tommy kauerte sich in die Dunkelheit und hielt den Atem an. Wenn er gekonnt hätte, dann hätte er auch den Schlag seines Herzens angehalten, der jetzt scheinbar verräterisch laut in seinen Ohren dröhnte.

Endlose Sekunden vergingen, in dem das dunkle Knurren an- und abschwoll. Sollte er versuchen, aus dem Zelt zu stürmen und sich in der Dunkelheit des Waldes zu verbergen? Wahrscheinlich war das Wahnsinn, aber immer noch besser, als hier drinnen in der Dunkelheit zu hocken und diesem Ding da draußen die Initiative zu überlassen.

Die Kreatur nahm Tommy die Entscheidung ab. Immer schneller umkreiste sie das Zelt wie ein Raubtier und war dann plötzlich verschwunden.

Stille.

Was immer die Kreatur auch war – sie war fort. Tommy wagte es wieder, Luft zu holen. Vorsichtig und jedes verräterische Geräusch vermeidend tastete er nach dem Zeltausgang.

Triumphierend ertönte das Grollen erneut – diesmal von der genau entgegengesetzten Seite des Zeltes.

Es hat nur mit mir gespielt, dachte Tommy. Sein Körper verkrampfte sich, als sich die Silhouette der Kreatur vor dem Zelt aufrichtete. Eine Klaue sauste durch die Luft und zerriss den stabilen Zeltstoff wie Papier.

Tommy tat, was auch seine besten Freunde getan hatten.

Er schrie.

10

Die Vormittagssonne tauchte den Friedhof von Palo Alto in warmes Licht. Im Gras funkelten winzige Tautropfen wie zur Erinnerung an die Tränen, die an diesem Ort schon vergossen worden waren.

Sam Winchester umklammerte den Feldblumenstrauß in seiner Hand. Sein Verstand wusste, dass er hier war, um sich endgültig von Jessica zu verabschieden, aber sein Herz weigerte sich noch immer, zu begreifen, dass sie hier begraben lag – dass er sie nie wieder berühren, nie wieder in den Arm nehmen und den Duft ihrer Haare einatmen würde.

Es war so unfair. Jessicas einziger Fehler war es gewesen, Sams Liebe zu erwidern – und dafür hatte der Dämon sie auf grausame Weise ermordet. Für Sam war Jessica alles gewesen. Für den Dämon dagegen nur ein Bauernopfer, das er lebendig verbrannt hatte, um Sam daran zu erinnern, dass es kein normales Leben für ihn geben konnte.

Nicht in dieser Welt.

Sam schüttelte still den Kopf. Hier ging es nicht um ihn. Er hätte sein Herz niemals einem anderen Menschen öffnen dürfen. Doch seine Gefühle für Jessica waren stärker gewesen als seine Vorsicht, und sie hatte dafür bezahlen müssen.

Mit ihrem Leben.

Mit langsamen Schritten näherte sich Sam dem frischen Grab. Freunde und Verwandte hatten es mit ein paar Blumensträußen geschmückt, und irgendjemand hatte sogar einen kleinen Plüschbären vor der einfachen Grabplatte abgelegt. Aber Sam hatte nur Augen für das kleine Foto, das in die Marmorplatte eingelassen worden war. Das Foto musste aus dem Besitz von Jessicas Eltern stammen, denn er hatte es noch nie zuvor gesehen. Trotzdem zeigte das Bild die Jessica, die er gekannt und geliebt hatte: ein junges, fröhliches Mädchen mit einem lebensfrohen Lachen, das ihn jedes Mal verzauberte.

Ein Blitzgewitter aus Erinnerungen schoss durch Sams Kopf. Und immer wieder: Jessicas fassungsloses, von Schmerz und Furcht entstelltes Gesicht, das ihn von der Decke aus anstarrte. Warum hast du mich nicht gewarnt?, schien ihr vorwurfsvoller Blick zu sagen, warum hast du mir nicht gesagt, wer du wirklich bist?!

Mit einiger Mühe fegte Sam dieses Bild beiseite. Das war nicht die Jessica, die er in Erinnerung behalten wollte. Das hatte sie nicht verdient und nicht gewollt.

Sam schluckte und lächelte gequält das Porträt auf dem Grabstein an. »Du hast Rosen nie besonders gemocht«, murmelte er stockend. »Deshalb habe ich dir …«

Sams Stimme versagte, und er ließ den Blumenstrauß

sinken. Seine Liebe war es – und damit seine Selbstsucht –, die Jessica ins Grab gebracht hatte. Und nun wollte er sich mit einem Strauß Feldblumen entschuldigen?

»Oh, Jess, ich hätte dich beschützen sollen«, schluchzte Sam. Er sank vor dem Grab auf die Knie wie ein Pilger, der um Vergebung bittet.

»Ich hätte dir die Wahrheit sagen müssen und …«

Eine wachsbleiche Hand schoss ohne jede Vorwarnung aus dem Lehmboden des Grabes. Jessicas Griff war wie ein Schraubstock, unerbittlich und eiskalt wie der Tod selbst. Sams Herz blieb stehen.

Fassungslos und viel zu geschockt, um auch nur an Widerstand zu denken, ließ er es zu, dass Jessica ihn zu sich zog, hinab in ihr Grab.

Und dann …

Rockmusik. Das Dröhnen eines kraftvollen Motors und das Vorbeihuschen einer Waldlandschaft. Sam brauchte ein paar Sekunden, um wieder zu wissen, wo er war. Natürlich, auf der Interstate 70. Durch das Wagenfenster strömte kalte, frische Waldluft, die Sam gierig einatmete. So real war der Albtraum gewesen, dass Sam sogar noch den modrigen Geruch der Friedhofserde in der Nase hatte.

Das war kein Albtraum, dachte Sam Winchester und rieb sich die Augen. Jedenfalls kein normaler. Dazu war er viel zu realistisch gewesen. Viel zu …

»Alles in Ordnung?«, fragte Dean Winchester vom Fahrersitz aus, ohne den Blick von der Straße zu nehmen.

Sams älterer Bruder trug wie immer seine schwarze Lederjacke wie eine zweite Haut. Sein Tonfall war bemüht beiläufig, aber Sam kannte seinen Bruder besser. Dean machte sich Sorgen um ihn.

»Ja, geht schon«, erwiderte Sam schließlich, und ohne es selbst zu bemerken, ebenfalls um einen gleichmütigen Tonfall bemüht.

Die beiden jungen Männer waren so verschieden, wie zwei Brüder nur sein konnten – und sich doch ähnlicher, als sie es jemals zugegeben hätten.

»Wieder so ein Albtraum?«

Sam vermied es, seinem großen Bruder in die Augen zu schauen, und fixierte seinen Blick auf die vorbeirasenden Fichten. Statt einer Antwort gab er nur ein leises Räuspern von sich.

Dean Winchester warf Sam einen kurzen Blick zu. »Möchtest du mal fahren?«

Sam konnte sich ein Schmunzeln nicht verkneifen. »Das hast du mich in deinem ganzen Leben noch nicht gefragt«, erwiderte er fast ungläubig. Der Impala war das Ein und Alles seines großen Bruders, genauso gut hätte er Sam anbieten können, ihm seine Freundin auszuborgen – wenn er eine gehabt hätte.

Etwas beleidigt kniff Dean die Lippen zusammen und klammerte seine Hände fester um das Lenkrad. »War ja nur so eine Idee, okay? Vergiss es einfach.«

Sam atmete tief durch. Ihm das Steuer über seinen Schlitten anzubieten, war Deans Versuch, seinen jüngeren

Bruder auf andere Gedanken zu bringen. Natürlich ohne sich die Blöße einer erkennbaren Emotion zu geben.

»Hör zu, Dean, ich weiß, dass du dir Sorgen machst, aber mir geht es bestens, okay?« Sams Antwort klang gereizter, als er es beabsichtigt hatte, und er bedauerte das im selben Augenblick. Aber er war einfach noch nicht so weit, mit seinem Bruder über die Gefühle zu reden, die in ihm tobten. Noch nicht. Vielleicht nie.

Zwischen den beiden Brüdern entstand eine peinliche Stille. Aus Verlegenheit griff Sam schließlich nach der Straßenkarte auf der Ablage des Handschuhfachs. »Wo sind wir überhaupt?«

»Irgendwo kurz vor Grand Junction.«

Sam seufzte. Grand Junction, Colorado – noch nicht das Ende der Welt, aber man konnte es von hier aus sicher schon sehen. Wie viele Stunden waren sie jetzt unterwegs? Zehn? Fünfzehn? Sam fragte sich, ob sie ihre Zeit nicht mit einer sinnlosen Schnitzeljagd vergeudeten – nur wegen einer kryptischen Notiz im Tagebuch ihres verschwundenen Vaters.

»Vielleicht hätten wir Stanford nicht so schnell verlassen sollen. Vielleicht hätten wir dort doch noch irgendeinen Hinweis gefunden und …«

Dean schüttelte den Kopf. »Wir haben dort eine Woche lang alles abgegrast und nicht das Geringste gefunden. Wenn wir das Ding aufspüren wollen, das Jessica getötet hat, dann müssen wir zuerst …«

»… Dad finden«, beendete Sam den Satz.

»Richtig. Erst verschwindet Dad spurlos – und dann taucht dieses Ding nach zwanzig Jahren plötzlich wieder auf. Das kann kein Zufall sein. Dad wird wissen, was das alles zu bedeuten hat. Er wird wissen, was zu tun ist.«

Sam nickte geistesabwesend. Er wusste, dass sein Bruder recht hatte. Aber je weiter sie sich von dem Ort entfernten, an dem Jessica getötet worden war, desto mehr hatte er das Gefühl, sie im Stich zu lassen. Es fühlte sich einfach nicht richtig an.

»Das ist seltsam, Mann.« Sams Murmeln wurde von dem Röhren des kraftvollen Motors fast übertönt, trotzdem blickte Dean zu ihm hinüber.

»Was meinst du?«

»Diese Koordinaten aus Dads Tagebuch, dieses Blackwater Ridge …«

»Was ist damit?«

Sam blickte erneut die Karte auf seinem Schoß an. Mitten ins Nichts war dort mit Filzschreiber ein großes »X« eingezeichnet. »Da gibt es überhaupt nichts! Nur Wald und noch mal Wald. Warum sollte uns Dad mitten ins Niemandsland schicken?«

Dean antwortete nicht und drückte das Gaspedal des Impala weiter herunter. Der Wagen schoss nach vorn.

Das war Deans Art zu sagen: »Finden wir es heraus …«

Der Lost-Creek-Wildpark ist ein fast fünfhundert Quadratkilometer großes Areal südwestlich von Denver. Lost Creek ist berühmt für seine sanft gerundeten Felsformationen, die zu den schönsten und erhabensten ihrer Art zählen. Aus den dichten Waldgebieten des Parks erheben sich hier die Ausläufer der Rocky Mountains bis auf majestätische 3800 Meter. Der Wildpark beherbergt eine fast unberührte Wildnis, die sich den zahlreichen Zähmungsversuchen der letzten Jahrhunderte erfolgreich widersetzt hat. Heute durchzieht ein Netz von insgesamt über zweihundert Kilometer langen Wanderwegen – darunter der berühmte Colorado Trail – den Wildpark. Wanderer, die sich in die Wildnis wagen, haben eine gute Chance, gleich einer ganzen Reihe von seltenen Wildtieren zu begegnen, von Elchen über Wildluchse bis hin zu den unberechenbaren Schwarzbären.

Lost Creek, der »verlorene Bach«, verdankt seinen Namen einem kleinen Gewässer, das den Park durchzieht und immer wieder abrupt im Boden verschwindet, um an einer anderen Stelle unerwartet wieder hervorzutreten. Dieses Glück wird einer Handvoll Wanderer jährlich nicht zuteil – sie verschwinden für alle Zeiten in den undurchdringlichen Tiefen des Lost Creek. Spurlos.

Als Sam und Dean Winchester das geräumige Blockhaus betraten, das gleichermaßen als Rangerstation und Willkommenscenter für Wanderer diente, waren sie die einzigen Besucher. Die meisten Wanderer waren zu dieser Uhrzeit bereits unterwegs und nutzten jede Minute des Tageslichts. Niemand würde bei klarem Verstand das Risiko eingehen, sich hier unvorbereitet von der Dunkelheit überraschen zu lassen.

Die beiden Brüder atmeten das Holz- und Harzaroma der Blockhütte ein und blickten sich um. Die Wände und Regale der Hütte waren mit einer Mischung aus ermahnenden Plakaten – WANDERPFADE NIEMALS VERLASSEN! – und verblichenen Fotos vergangener Tage geschmückt. In der Mitte des Raums stand ein plastisches Modell des Parks mit seinen eindrucksvollen Bergspitzen und tiefen Tälern auf einem Tisch. Sam hatte schon als Grundschüler solche Modelle geliebt und fühlte sich magisch davon angezogen. Mit einiger Mühe entdeckte er auf dem Modell Blackwater Ridge – die Hügelkette, deren Namen ihr Vater in seinem Tagebuch notiert hatte.

»Sieht aus, als wäre dieses Blackwater Ridge selbst für hiesige Verhältnisse ziemlich weit weg vom Schuss«, sagte er mit einem Blick auf die Legende des Modells. »Unwegsames Gelände, eingeschlossen von ein paar Schluchten. Dichte Wälder, ein paar aufgegebene kleinere Silberminen …«

Dean hörte seinem Bruder nur mit halbem Ohr zu. Seine Aufmerksamkeit galt einem Foto an der Wand. Es zeigte, in den verblichenen Technicolor-Farben der Sechzigerjahre, einen Mann in karierter Jacke, der vor dem Kadaver eines gigantischen erlegten Schwarzbären posierte.

»Ganz schön groß, unser Meister Petz hier«, murmelte Dean ehrfurchtsvoll.

Sam trat an ihn heran und verschränkte die Arme vor der Brust. »Und dazu ein Dutzend Grizzlybären, die nur auf uns warten«, beendete er seinen Satz. »Ein gemütlicher Wanderausflug wird das nicht, so viel ist schon mal klar.«

»Ihr zwei habt nicht etwa vor, in der Nähe von Blackwater Ridge zu campieren, oder?«

Sam und Dean fuhren herum. Ohne dass sie es bemerkt hatten, war ein Mann mittleren Alters in die Hütte getreten. Sein Gesicht wies die Bräune und die Furchen eines Mannes auf, der sein Leben lang in der Natur verbracht hatte. Ein Namensschild an der grüngrauen Uniform wies ihn als »Ranger Wilkinson« aus.

Sam räusperte sich. »Nein, Sir«, erwiderte er respektvoll. »Wir studieren Umwelttechnik an der Universität von Boulder.« Es überraschte ihn selbst, wie leicht ihm diese Lüge von der Zunge ging. Langsam gewöhnte er sich daran, mit falscher Identität durch das Land zu reisen. »Wir recherchieren für ein Referat.«

»Ja. Übers Recyceln! Recyceln ist gut!«, ergänzte Dean mit aufgesetztem, naivem Enthusiasmus. So dumpf stellte sich Dean also einen typischen Studenten vor, dachte Sam. Darüber würde er später mit seinem Bruder noch einmal reden müssen.

Ranger Wilkinson machte sich nicht einmal die Mühe, die beiden Brüder skeptisch anzublicken.

»Redet keinen Scheiß«, sagte er nur.

Sam schluckte. »Wie bitte?«

Der Ranger deutete mit seiner dampfenden Kaffeetasse anklagend in die Richtung der beiden Brüder. »Ihr seid Freunde von dieser Haley, stimmt's?«

Dean trat vor und drängte Sam zur Seite, worüber dieser froh war. Dean hatte definitiv mehr Erfahrung darin, aus fremden Menschen Informationen herauszulocken, ohne seine wahren Absichten preiszugeben. »Ja, Ranger Wilkinson. Sie haben recht, das sind wir.«

»Gut, dann sage ich euch noch einmal, was ich ihr schon gesagt habe.« Die Stimme des Rangers nahm den Tonfall eines Mannes an, der ein etwas einfältiges Kind zum dritten Mal zu etwas ermahnt. Noch geduldig, aber mit dem Unterton einer Drohung in der Stimme. »Auf der Genehmigung ihres Bruders stand, dass er bis zum vierundzwanzigsten auf Blackwater Ridge sein würde.«

Dean nickte. Er war nicht gerade ein typischer Wandervogel, aber soweit er wusste, musste jeder Wanderer, der zu einem mehrtägigen Ausflug in einen Nationalpark aufbrach, ein Meldeformular ausfüllen. Zu seiner eigenen Sicherheit.

»Bis zum vierundzwanzigsten«, wiederholte der Ranger vorsichtshalber noch einmal. Diese Städter waren manchmal einfach schwer von Begriff. »Heute haben wir den dreiundzwanzigsten. Also kann er schlecht als vermisst gelten, richtig?«

Dean nickte brav.

»Seht ihr. Dann sagt dem Mädel einfach, sie soll sich keine Sorgen machen. Ich bin sicher, ihr Bruder ist quietschfidel.«

»Das machen wir«, erwiderte Dean schnell. »Unsere Haley kann manchmal schon ziemlich zickig sein, was?«

Sam staunte, wie schnell sich sein Bruder auf eine neue Situation einstellen konnte. Was hatte er vor?

»Das ist noch milde ausgedrückt.« Ranger Wilkinson nickte den beiden Brüdern noch einmal zu und drehte sich um.

»Wissen Sie, was vielleicht helfen würde?«, fragte Dean, bevor der Ranger den Raum verlassen konnte. »Eine Kopie von dieser Meldebescheinigung. Dann könnten wir Haley das Datum schwarz auf weiß vorlegen.«

Ranger Wilkinson blickte die beiden jungen Männer unschlüssig an. Normalerweise waren die Meldebescheinigungen vertraulich; außer den Rangern ging es niemanden etwas an, wer sich gerade schutzlos in der Wildnis aufhielt, meilenweit von der Zivilisation und der nächsten Polizeistation entfernt. Aber diese beiden jungen Männer sahen nicht gerade aus wie Gewaltverbrecher auf der Suche nach neuen Opfern. Und wenn es dabei half, endlich Ruhe vor dieser kleinen Wildkatze zu haben ...

Ein paar Minuten später verließen Sam und Dean das Blockhaus. Triumphierend wedelte Dean mit der Kopie des Meldeformulars.

»Nicht schlecht, was?«, fragte er.

Sam runzelte nur die Stirn. »Was willst du damit? Willst du das Mädel aufreißen, oder was?«

»Was soll das denn wieder heißen?«, fragte Dean verblüfft.

»Dads Koordinaten weisen auf Blackwater Ridge hin.

Also lass uns einfach dorthin fahren. Was willst du von dieser Frau?«

»Es wäre vielleicht nicht schlecht, wenn wir wüssten, was uns erwartet, *bevor* es uns erwartet«, konterte Dean.

Sam riss die Wagentür auf und blickte seinen älteren Bruder ungeduldig an. »Was ist? Heute noch?«

Dean staunte. Gewöhnlich galt *er* als der impulsive Hitzkopf der Familie, aber es schien, als wollte Sam ihm diesen Ruf streitig machen.

»Seit wann bist du der Typ, der erst schießt und dann fragt?«, wollte Dean halb belustigt und halb beunruhigt wissen.

»Seit jetzt.«

Sam stieg in den Impala und schlug die Tür zu.

Das kann ja heiter werden, dachte Dean.

11

»Sie müssen Haley Collins sein. Hi, ich heiße Dean, das ist Sam.«

Dean hatte sein charmantestes Lächeln aufgesetzt und blickte in das Gesicht der jungen Frau, die misstrauisch durch die nur einen Spaltbreit geöffnete Tür blickte. Obwohl das Fliegenschutzgitter geschlossen war und das Gesicht von Haley Collins unscharf erscheinen ließ, verschlug es Dean fast die Sprache.

Der Ranger in der Station hatte vergessen zu erwähnen, wie hübsch Haley war. Ihre langen, gelockten Haare flossen über ihre Schultern und kontrastierten mit den blauen Augen und den perfekten, üppigen Lippen. Haley Collins trug ein einfaches, ausgeblichenes T-Shirt, das ihrem perfekten Aussehen zusätzliche Gelassenheit verlieh: Ich sehe hübsch aus, okay. Keine große Sache.

Haley zog skeptisch ihre schmalen Augenbrauen zusammen, als sie die beiden Brüder musterte.

»Äh, wir sind Ranger, von der Parkaufsicht«, schob Dean schnell hinterher, bevor die junge Frau Zeit zum Nachdenken hatte. »Ranger Wilkinson hat uns vorbeigeschickt. Wir hätten ein paar Fragen bezüglich Ihres Bruders Tommy.«

Ein winziges Aufflackern in Haley Collins' Augen verriet Dean, dass er den richtigen Nerv getroffen hatte. Ihm war klar, dass er und Sam in ihrem Outfit – Dean trug wie immer seine schwarze Lederjacke, und auch Sam sah in seiner Cordjacke nicht unbedingt wie ein bärbeißiger Naturbursche aus – nicht wie überzeugende Ranger wirkten. Aber ein Kostümfundus passte nun wirklich nicht mehr in das Geheimfach im Kofferraum des Impala – erst recht nicht, da dieses bereits mit einem Arsenal bizarrer Waffen vollgestopft war. Dean setzte darauf, dass Haleys Sorge um ihren Bruder größer war als die gesunde Vorsicht gegenüber zwei fremden Männern, die plötzlich an ihrer Tür standen.

»Können Sie sich ausweisen?«, fragte Haley zögernd.

Deans Lächeln wurde noch ein wenig breiter, als er einen gefälschten Plastikausweis hervorzog. Jetzt war er dankbar dafür, dass das Fliegengitter geschlossen war und Haley die plump gefälschte Plastikkarte auch nur unscharf erkennen konnte.

Haley Collins nickte und öffnete schließlich die Tür. Dean trat ein, doch Sam erstarrte einen Augenblick lang, als Haley den schwarzen Impala sah. Dieser Flitzer war nicht gerade ein Fahrzeug, in dem Park-Ranger normalerweise herumfuhren.

»Nettes Auto«, kommentierte Haley Collins nur, und Sam schlüpfte an ihr vorbei ins Haus, bevor die junge Frau

Zeit hatte, es sich anders zu überlegen, und noch einmal einen Blick auf die Ausweiskarte werfen wollte.

Die Winchester-Brüder betraten das bescheidene, aber gemütlich eingerichtete Haus. Mehrere Stehlampen verbreiteten ein behagliches Licht, und aus der kleinen Küche drang der Geruch von Abendessen. Am Küchentisch saß ein dreizehn- oder vierzehnjähriger Junge, der appetitlos in einem Teller mit Salat herumstocherte. Er blickte kaum auf, als die beiden Brüder eintraten, aber eine gewisse Ähnlichkeit mit Haley war nicht zu übersehen. Haley war viel zu jung, um die Mutter des Jungen zu sein, also musste er ihr kleiner Bruder sein, dachte Dean.

Aber wo waren die Eltern?

»Wenn Tommy noch nicht überfällig ist«, fragte Sam ohne große Vorrede – Dean würde sich erst noch an die neue Ungeduld seines Bruders gewöhnen müssen –, »woher wissen Sie dann, dass ihm etwas passiert ist?«

»Er meldet sich sonst täglich übers Handy und schickt mir Fotos oder kurze Videos«, antwortete Haley im Tonfall einer Frau, die diese Frage schon tausendmal beantwortet hatte.

»Vielleicht hat er einfach keinen Empfang?«

Haley blickte Sam missbilligend an. »Er hat sein Satellitentelefon dabei.«

Dean blickte sich um und versuchte, den Jungen am Tisch mit einem freundlichen Lächeln aufzuheitern. Vergeblich. »Vielleicht hat er ja Spaß da draußen und dabei einfach vergessen, sich zu melden. So was kommt vor.«

Der Junge am Tisch ließ seine Gabel in den Salatteller fallen und blickte Dean an. »Das würde Tommy niemals tun!«

Haley legte dem Jungen beruhigend eine Hand auf die Schulter. »Das ist Ben. Unsere Eltern sind verstorben. Es gibt nur meine zwei Brüder und mich. Wir halten zusammen – jeder lässt den anderen wissen, was er gerade macht. Immer.«

Sam nickte. »Könnte ich die Bilder sehen, die Ihr Bruder Ihnen geschickt hat?«, fragte er dann in einem verständnisvolleren Tonfall. Es war nicht zu übersehen, dass Haley und Ben wirklich beunruhigt waren. Und Haley machte nicht den Eindruck einer hysterischen, überprotektiven Schwester.

Haley nickte und entschuldigte sich kurz. Eine Minute später kam sie mit einem Laptop zurück und stellte ihn auf den Küchentisch.

»Das ist Tommy.«

Haley drückte die Play-Taste auf dem Bildschirm, und ein Video in bemerkenswert hoher Auflösung flimmerte auf. Es zeigte einen sympathisch aussehenden jungen Mann, Tommy, der in einem Zelt hockte und sich selbst mit seiner Handykamera filmte. Der Hintergrund war unscharf, aber das flackernde Licht ließ darauf schließen, dass draußen ein Lagerfeuer brannte.

»Hallo Haley!«, sagte Tommy auf dem Bildschirm. »Heute ist der sechste Tag hier draußen. Wir sind immer noch in der Nähe von Blackwater Ridge. Es geht uns gut, also mach dir keine Sorgen, okay? Ich melde mich morgen wieder!« Tommy grinste noch einmal in die Kamera, dann war das Video zu Ende.

Dean bemerkte, dass Sam das kurze Filmchen stirnrunzelnd betrachtet hatte. Irgendetwas ging im Kopf seines kleinen Bruders vor. Er würde ihn nachher danach fragen. Aber erst einmal musste er Haley etwas Mut machen.

»Okay, Haley, wir werden Ihren Bruder finden. Gleich morgen früh brechen wir nach Blackwater Ridge auf.«

»Gut. Dann sehen wir uns vielleicht.«

Dean und Sam blickten Haley fragend an. Wie meinte sie das?

Haley seufzte. »Hören Sie – ich kann hier einfach nicht mehr dumm herumsitzen und abwarten. Ich habe mir einen Führer gesucht – morgen früh breche ich selbst auf und suche nach Tommy.«

Dean nickte. Aber wenn da draußen in den Wäldern wirklich irgendeine Kreatur ihr Unwesen trieb, dann würde Haleys Gegenwart die Jagd nur erschweren. Trotzdem konnte er der jungen Frau nicht verdenken, dass sie sich für ihre Familie verantwortlich fühlte und etwas unternehmen wollte.

»Ich kenne das Gefühl«, sagte Dean nur, mit einem Seitenblick auf Sam.

Wenn Sam diesen Blick bemerkt hatte, ließ er sich jedenfalls nichts anmerken. Der jüngere der Winchester-Brüder deutete auf den Laptop. »Können Sie mir diesen Film auf mein Handy weiterleiten?«, fragte er.

Haley nickte. »Sicher.«

Diesmal warf Dean seinem Bruder mehr als nur einen kurzen Blick zu. Irgendetwas an dem Video schien ihn stutzig gemacht zu haben. Aber was?

Das *Junction* war exakt die Art von Kneipe, die man in dieser Gegend erwartet hätte. Rockmusik mit Countryanklängen waberte durch den Bierdunst, breitschultrige Waldarbeiter der umliegenden Holzindustrie begossen ihren Feierabend an der Bar oder verspielten ihren Lohn auf dem abgewetzten Filz des Billardtisches in der Mitte des Raumes.

Sam und Dean hatten sich einen halbwegs ruhigen Platz am Rand der Kneipe ausgesucht. Dean blickte Sam erwartungsvoll an – Sam hatte den größten Teil des Abends im Zeitungsarchiv von Grand Junction verbracht. Und das nicht umsonst. Es schien, als hätte ihr Vater sie nicht ohne Grund hierher beordert.

»Also?«, fragte Dean nur.

Sam zog ein paar kopierte Zeitungsausschnitte hervor und breitete sie auf dem Tisch aus. Trotz der Trauer und der Wut über Jessicas Tod spürte er so etwas wie Jagdfieber in sich aufsteigen. Vielleicht hatte Dean recht, und diese Lebensart – das Aufspüren und Zur-Strecke-Bringen von düsteren Kreaturen – lag im Blut der Winchesters.

»Okay, auf Blackwater Ridge ist nicht viel los«, begann Sam, »höchstens ein paar Camper aus der Umgebung schlagen dort dann und wann mal ihre Zelte auf. Aber im letzten April«, Sam deutete auf einen der Zeitungsausschnitte, »sind zwei Wanderer da draußen verschwunden. Spurlos.«

Dean nickte. Zwei verschwundene Wanderer waren noch keine Spur. Aber dem Funkeln in Sams Augen nach zu urteilen, war das noch nicht alles.

»Und?«

»Das war nicht das erste Mal. 1982 sind insgesamt acht Menschen verschwunden. Alle im gleichen Jahr. Die Behörden haben Grizzlybären verantwortlich gemacht.«

Dean schluckte und dachte an das Foto des erlegten riesigen Bären in der Ranger-Station.

»Und wenn es wirklich ein Grizzly war?«

»Dann ist er sehr alt. Und er kann gut zählen.«

Dean blickte Sam fragend an, und Sam zog nacheinander weitere Kopien alter Zeitungsschlagzeilen hervor: »Davor sind 1959 mehrere Menschen verschwunden. Und davor 1936!«

Dean rechnete im Kopf nach, aber Sam kam ihm zuvor. »Alle dreiundzwanzig Jahre! Wie ein Uhrwerk. Und jetzt kommt der Hammer! Schau dir das an – ich habe mir Tommys Video auf den Laptop geladen!«

Dean klappte seinen Laptop auf. Er war bereits eingeschaltet, und auf dem Display war der Film mit Tommy Collins' letztem Videogruß eingefroren. Die Zeitungsausschnitte, das Video – eine richtige kleine Präsentation, dachte Dean amüsiert. Was kommt als Nächstes? Ein PowerPoint-Vortrag? Doch insgeheim war Dean stolz auf seinen kleinen Bruder – war das derselbe Junge, der sich vor ein paar Tagen noch strikt geweigert hatte, auf die Jagd nach Dämonen und anderem Gefleuch zu gehen?

Sam drückte die Play-Taste, und das Video lief erneut ab. Nur diesmal im Zeitlupentempo, Bild für Bild. Fast unendlich langsam öffnete Tommy stumm den Mund. Und im Hintergrund ...

»Spiel das noch mal ab«, sagte Dean. Das Bier, das er sich gerade von der Theke geholt hatte, war längst vergessen.

Sam nickte. »Du hast es auch gesehen, nicht wahr?« Sam spielte dieselbe Stelle noch einmal ab, und diesmal achtete Dean nur auf den Hintergrund. Irgendetwas huschte zwischen Zeltwand und Lagerfeuer vorbei. Die Silhouette einer aufrecht gehenden Kreatur. Unscharf und verschwommen, aber wenn man wusste, worauf man achten musste, war sie zweifellos da! Jedenfalls für einen winzigen Augenblick.

»Es ist nur auf drei Einzelbildern zu sehen«, erklärte Sam. »Das ist in Echtzeit nur der Bruchteil einer Sekunde. Was immer es auch ist – es bewegt sich verdammt schnell!«

Unvermittelt verpasste Dean seinem Bruder einen anerkennenden Klaps auf die Schulter. »Siehst du? Ich habe dir doch gesagt, irgendetwas geht hier vor!«

»Und da ist noch mehr«, ergänzte Sam. »Im Jahr 1959 hat ein Camper die angebliche Grizzly-Attacke überlebt. Er war damals noch ein Kind und ist mehr tot als lebendig aus den Wäldern gekrabbelt.«

Gute Arbeit, kleiner Bruder, dachte Dean – auch wenn er das in tausend Jahren nicht laut aussprechen würde. »Dieser Überlebende – hast du auch seinen Namen herausgefunden?«, fragte er stattdessen.

Sam grinste.

12

Der Biergeruch des *Junction* war ein Frühlingshauch verglichen mit der Alkoholfahne, die Sam und Dean von Mr Shaw entgegenschlug. Shaw war ein etwas fülliger, gebeugter Mann in den Sechzigern, mit schütterem Haar und einem eisgrauen Dreitagebart. Die Zigarettenkippe in Shaws Mundwinkel schien ein fester Bestandteil seines zerfurchten Gesichts zu sein. Es war das Gesicht eines einsamen Trinkers, der im Fusel Vergessen und den Trost suchte, den ihm das Leben nicht bieten konnte.

»Hören Sie, Ranger«, grollte Shaw, »ich weiß nicht, warum Sie mir diese Fragen stellen. Das stand doch alles in den Zeitungen. Und ich war damals noch ein Kind.«

Die meisten anderen Menschen hätten Dean und Sam mit dieser Antwort gleich abgewiesen und ihnen die Tür vor der Nase zugeschlagen. Doch Alkohol und Gram hatten Shaw schon vor Jahren den Willen geraubt, sich gegen die Welt außerhalb seines Apartments zur Wehr zu setzen. Gleichgültig schlurfte er zurück in das Dämmerlicht des schäbigen Raums, der als Küche, Schlaf- und Wohnzimmer zugleich diente.

Sam und Dean traten ein und ignorierten den säuerlichen Geruch, der in der Luft hing.

Shaw brabbelte weiter – seine Sätze waren eine auswendig aufgesagte Litanei, mit der er sich weitere Fragen vom Halse hielt: »Es gibt nichts zu erzählen. Meine Eltern wurden getötet. Von einem ...«

»... von einem Grizzly?«, unterbrach Sam den alten Mann. »War es wirklich ein Grizzly, der sie umgebracht hat?«, fragte er bohrend.

Mr Shaw blickte in das Gesicht des jungen Mannes. Dann ließ er sich schwerfällig in einen zerschlissenen Sessel fallen und nickte stumm.

Komm schon, alter Mann, wem machst du etwas vor?, dachte Dean. Wir alle hier wissen, dass es kein Grizzly ist, der da draußen sein Unwesen treibt. Was hast du gesehen?

»Die anderen Wanderer, die damals verschwunden sind«, fragte Dean und blickte fest in Shaws müde Augen, »sind die auch einem Bären zum Opfer gefallen? Und was ist mit denen, die in diesem Jahr verschwunden sind? Mr Shaw, wenn wir wüssten, mit was wir es hier zu tun haben, dann könnten wir es vielleicht aufhalten.«

Shaw lachte trocken auf. »Das möchte ich ernsthaft bezweifeln, junger Mann. Außerdem – was macht es für einen Unterschied, was ich euch erzähle. Ihr würdet mir sowieso nicht glauben. Niemand hat mir jemals geglaubt.«

Shaw wandte den Blick ab, doch Sam trat auf den alten Mann zu. »Mr Shaw«, fragte er sanft, »was haben Sie gesehen?«

Shaw zögerte einen Moment, um abzuschätzen, ob Sam ihm nur einen üblen Streich spielen wollte oder ob wirklich jemand vor ihm stand, der ihm glauben würde. Nach so vielen Jahren.

»Nichts«, antwortete Shaw schließlich. »Ich habe nichts gesehen. Dafür war es viel zu schnell und hat sich viel zu gut versteckt. Aber ich habe es gehört.«

Sam und Dean sahen, wie ein Schauer den alten Mann durchlief. Allein die Erinnerung an das Erlebte musste für ihn furchtbar sein – so furchtbar, dass aller Alkohol der Welt sie nicht restlos ertränken konnte. »Es war ein Gebrüll ... Ich habe nie einen Menschen oder ein Tier so heulen hören.«

»Es kam in der Nacht?«, fragte Sam.

Shaw nickte.

»Und es ist in Ihr Zelt eingedrungen?«

Shaw schüttelte kaum merklich den Kopf. »Es ist in unsere Hütte eingedrungen! Ich schlief vor dem Kamin, als es hereingekommen ist. Es hat nicht etwa ein Fenster eingeschlagen oder die Tür aufgebrochen – es hat sie geöffnet! Habt ihr schon mal von einem Bären gehört, der so etwas fertigbringt?«

Sam und Dean tauschten einen Blick aus. Das war kein Bär gewesen, so viel stand fest.

»Ich habe nicht einmal etwas bemerkt«, fuhr Shaw fort, gefangen im Strudel seiner Erinnerungen. »Ich habe nicht bemerkt, dass es da war, bis ich von den Schreien meiner Eltern aufgeweckt wurde.«

»Es hat sie getötet?«

»Es hat sie hinausgezerrt. In die Nacht.«

Tränen schimmerten in den Augen des alten Mannes. »Seit jener Nacht frage ich mich, warum es mich verschont hat. Aber es hat mir ein Andenken hinterlassen ...«

Shaw knöpfte den obersten Knopf seines schmutzigen Hemdes auf. Von der Brust bis zur Schulter verunstaltete eine entsetzliche Narbe den Oberkörper des alten Mannes. Drei parallel verlaufende Furchen aus Narbengewebe – Male einer riesigen Kralle.

Sam und Dean schluckten. Shaw blickte ihnen fest in die Augen. Zum ersten Mal seit vielleicht dreißig Jahren war der alte Mann wieder nüchtern.

»Da draußen in den Wäldern geht irgendetwas Bösartiges um. Es war eine Art Dämon.«

Sam und Dean Winchester durchquerten den Flur des schäbigen Apartmenthauses und steuerten ihren Wagen an, der vor der Tür geparkt war.

»Geister und Dämonen öffnen keine Türen. Wenn sie irgendwo reinwollen, gehen sie einfach durch die Wände.«

Sam nickte. »Also muss es etwas anderes sein. Irgendetwas Körperliches.«

Dean warf seinem Bruder einen spöttischen Blick zu. »Etwas ›Körperliches‹, Herr Professor?«

»Halt die Klappe«, erwiderte Sam nur. Er war nicht in der Stimmung, sich von seinem Bruder aufziehen zu lassen. Die Geschichte des alten Mannes hatte in ihm die Erinnerung an Jessicas Tod wieder wachgerufen. Und ihn daran erinnert, dass er nur hier war, um ihren Vater zu finden – damit dieser ihnen dabei helfen konnte, die Kreatur zu töten, die seine Freundin ermordet hatte. Mit jeder Minute, die sie damit verbrachten, irgendein Monster durch die Wälder zu jagen, wurde die Spur des Dämons kälter.

»Also, was denkst du, Dean?«, fragte Sam. »Mit was haben wir es zu tun?«

Die beiden Brüder verließen den Hausflur und gingen auf Deans Wagen zu. »Ich weiß nicht.« Dean machte eine abwägende Geste. »Die Krallen, die Geschwindigkeit, mit der es sich bewegt ... Es könnte ein Gestaltwandler sein. Vielleicht ein Werwolf. Was immer es auch ist, es ist ein lebendiges Wesen. Körperlich. Und das bedeutet ...«

Dean öffnete den Kofferraum des Wagens. Zwei kurze Handgriffe legten den versteckten Stauraum frei. Im Mondlicht funkelten ein Dutzend gut geölte Waffen auf.

»... wir können es töten.«

Dean zog eine Stofftasche heraus und begann damit, sie scheinbar wahllos mit diversen Waffen zu füllen: einer abgesägten Schrotflinte, einer hässlichen, gefährlich aussehenden Pistole und diversen Messern mit Silberklinge.

Sam stand stumm daneben.

»Was?«, fragte Dean, nun ebenfalls etwas gereizt.

»Wir können nicht zulassen, dass diese Haley mit in die Wälder geht.«

»Ach, und was sollen wir ihr sagen? Dass da draußen ein großes, böses Monster auf sie lauert?«

»Zum Beispiel.«

Dean schüttelte nur den Kopf. »Ihr Bruder ist verschwunden. Sie wird nicht einfach zu Hause bleiben und Däumchen drehen. Wir begleiten sie und passen auf, dass sie nicht unserem pelzigen Freund in die Hände fällt.«

Sam schlug lautstark den Kofferraum des Impala zu. »Reicht es dir nicht, Dad zu suchen? Sollen wir jetzt auch noch Babysitter spielen?«

Der Vorwurf in Sams Stimme war nicht zu überhören. Dean blickte seinen jüngeren Bruder an. Dean war schon länger im Geschäft als Sam, und er wusste eines: Diese Art von Ungeduld konnte einen umbringen.

13

»Ich sage es noch einmal: Ich finde, Ben sollte hierbleiben!«

Roy Sharpe ließ den Verschluss seines Jagdgewehrs zuschnappen und sah missbilligend zu Ben Collins hinüber, der in seiner Wanderausrüstung etwas verloren auf der Lichtung herumstand.

Haley Collins blickte in die hellgrauen Augen des jungen Mannes. Roy wirkte mit dem kurz geschorenen Haar, seiner Ausrüstung und dem Gewehr über der Schulter eher wie ein Soldat als ein Wanderführer. Und offensichtlich gefiel er sich in dieser Rolle. Aber er schien zu wissen, was er tat und wie man sich in dieser Wildnis behauptete, deshalb hatte sie ihn als Führer engagiert. Aber genau genommen war sie für die Dauer der Suchexpedition Roys Chefin. Und wenn sie ihren Bruder dabeihaben wollte, dann war das allein ihre Entscheidung.

Haley trat Roy selbstbewusst gegenüber.

»Roy …«, setzte sie an, aber der junge Mann hob abwehrend die Hände. »Hör zu, Haley«, fiel er ihr ins Wort, »du bezahlst mich dafür, dass ich euch helfe und aufpasse, dass nichts passiert. Und Ben ist zu Hause nun einmal am sichersten aufgehoben!«

Ben senkte stumm den Kopf. Haley hatte keine Lust, sich auf Diskussionen einzulassen. Je länger sie hier diskutierten, desto mehr wertvolles Tageslicht verschwendeten sie. Doch die junge Frau kam nicht dazu, Roy zurechtzuweisen. Ein tiefes Röhren hallte plötzlich über die Lichtung.

Haley, Roy und Ben fuhren herum – gerade rechtzeitig, um zu sehen, wie ein alter, nachtschwarzer Sportwagen die Biegung des Waldweges passierte und direkt hinter Roys Geländewagen anhielt. Hier, vor der Kulisse der mächtigen Berge und Wälder des Naturparks, wirkte der schwarze Impala wie ein Fremdkörper.

Und die beiden jungen Männer, die jetzt ausstiegen, passten nicht unbedingt besser in diese Umgebung. Es waren Dean und Sam, die beiden Ranger vom Vorabend.

Obwohl sich Haley gar nicht mehr so sicher war, dass die beiden tatsächlich Ranger waren.

Dean Winchester stieg aus seinem Wagen und musterte den Typen mit dem Gewehr über der Schulter.

Wow, ein ganz harter Kerl, dachte Dean, jedenfalls hält der sich dafür. Dean kannte solche Gestalten, die ihre Ausrüstung in irgendwelchen Armyshops kauften und sich dann für den großen, weißen Jäger hielten. Er kannte sie – und mochte sie nicht besonders. Wenn es hart auf hart kam, würde dieser Knabe ihnen nur vor den Füßen herumlaufen.

Die beiden Winchester-Brüder warfen sich einen Blick zu. Sam war noch weniger davon begeistert als Dean, dass sich ihr kleiner Jagdausflug zu einer Gesellschaftsveranstaltung ausgewachsen hatte. Jetzt mussten sie nicht nur auf Haley aufpassen, sondern auch noch auf ihren kleinen Bruder und diesen Wald-und-Wiesen-Rambo hier.

Dean machte gute Miene zum bösen Spiel und lächelte Haley an. »Habt ihr noch Platz für uns?«

Haley blickte Dean stirnrunzelnd an. »Moment mal, wollen Sie etwa mitkommen?«, fragte sie.

»Wer sind diese Typen?«, wollte Roy wissen.

»Die beiden sind offensichtlich alles, was die Parkaufsicht entbehren konnte«, erklärte Haley schnippisch.

»Ihr seid Ranger?!«, fragte Roy ungläubig.

»Allerdings.«

Haley deutete auf Deans Schuhwerk. »Und Sie schlagen sich mit Jeans und Bikerstiefeln durchs Gelände?«

Dean seufzte. Sich hier festzuquatschen brachte niemandem etwas. »Tja, Schätzchen, ich stehe nun mal nicht auf kurze Hosen.« Entschlossen stapfte Dean an Haley vorbei, und Sam folgte ihm.

»Findet ihr das hier vielleicht komisch?«, rief Roy, der angeheuerte Führer, den beiden Brüdern hinterher. »Da draußen kann es verdammt gefährlich werden – und ihr Bruder ist vielleicht verletzt!«

Dean machte sich nicht die Mühe, stehen zu bleiben.

»Glauben Sie mir«, sagte er nur, »ich weiß, wie gefährlich es ist.«

Er wusste nicht, wie lange er hier schon hing, in diesem Zustand zwischen Albtraum und Wirklichkeit. Der Schmerz in seinen Handgelenken, an denen ihn die Kreatur wie ein Stück Fleisch aufgehängt hatte, war schon längst zu einem dumpfen Pochen geworden, das er kaum noch spürte. Seine Augen hatten sich mittlerweile perfekt an die Dunkelheit gewöhnt, und er konnte im Licht einiger einzelner hereinfallender Sonnenstrahlen die Details seines Gefängnisses ausmachen. Er hing irgendwo in einer der alten, aufgegebenen Silberminen, die im letzten Jahrhundert in das Gestein von Blackwater Ridge getrieben worden waren.

Brad, sein Freund und Leidensgenosse, hing nur ein paar Meter weiter entfernt, ebenfalls an den Handgelenken an einem Deckenbalken des Schachtes aufgehängt. Auch Brad hatte die Kreatur schwere Verletzungen beigebracht – ihn hatte es sogar noch schlimmer erwischt. Obwohl auf diese Entfernung schon ein Flüstern gereicht hätte, um miteinander zu reden, waren die beiden jungen Männer sogar dazu zu schwach.

Mit jeder Stunde hier unten konnte Tommy Collins spüren, wie seine Lebensgeister ihn verließen; immer wieder verlor er das Bewusstsein und glitt in furchtbare Albträume hinein – nur um beim Erwachen festzustellen, dass die Realität noch viel schlimmer war.

Plötzlich wurde der allgegenwärtige Gestank nach verwestem Fleisch, der die Mine durchzog, noch intensiver. Hätte Tommys Körper noch die Kraft dazu gehabt, hätte er sich übergeben. Ein Schatten, der sich mit unglaublicher Geschwindigkeit bewegte, erschien im Eingang der Mine.

Die Kreatur war zurück.

Und das hungrige Grollen aus ihrer Kehle ließ keinen Zweifel daran, was sie vorhatte. Die Frage war nur – wen würde sie sich aussuchen?

Nimm mich, dachte Tommy Collins, nimm mich und mach ein Ende. Alles ist besser, als hier zu hängen und langsam zu sterben.

Tatsächlich verharrte die Kreatur ein paar Augenblicke lang vor den beiden hilflos von der Decke baumelnden jungen Männern. Genießerisch schien sie den Geruch von Blut und Angst in sich aufzusaugen. Dann traf sie ihre Wahl. Lautlos huschte sie auf Brad zu.

»Nein! Bitte …« Brads Flehen war nur ein kraftloses Wispern.

Tommy Collins wandte den Blick ab, als die Krallen der Kreatur hervorschnellten und Brads Flehen zu einem kurzen, aber entsetzlichen Todesschrei anschwoll.

Dann war da nur noch das feuchte Schmatzen, als die Kreatur ihr furchtbares Mahl begann …

»Also, sagen Sie mal, Roy, Sie kennen sich also ein bisschen mit der Jagd aus, ja?«, fragte Dean in einem fast beiläufigen Tonfall. Es trug vielleicht nicht zur Entspannung der ohnehin miesen Stimmung innerhalb des kleinen Trüppchens bei, aber Dean konnte es einfach nicht lassen, Roy zu provozieren. Sam Winchester fragte sich, ob nicht auch so etwas wie Eifersucht im Spiel war – es war nicht zu übersehen, dass Dean ein Auge auf Haley geworfen hatte.

Roy antwortete, ohne stehen zu bleiben. Wie ein Soldat auf Patrouille spähte er mit dem Gewehr in der Hand nach links und rechts in den ersten Abendnebel, der sich über das Dickicht legte. »Sogar mehr als nur ein bisschen«, antwortete Roy knapp.

»Mhm. Und was für Tierchen jagen Sie so?«, wollte Dean wissen.

»Meistens Rehe. Manchmal Bären.«

»Und haben Bambi oder Yogi Bär schon mal zurückgeschossen?«, fragte Dean bissig.

Statt einer Antwort packte Roy den älteren Winchester-Bruder ohne Vorwarnung am Kragen und riss ihn zu sich heran. Sam, Haley und Ben erstarrten. Eine Prügelei zwischen Dean und Roy schien nun unausweichlich. Warum hast du ihn auch so provoziert, verdammt!, dachte Sam und war wütend auf seinen Bruder – auch wenn der drauf und dran war, eine Tracht Prügel zu beziehen.

Roy hielt Dean noch immer am Kragen gepackt, und einige Sekunden lang starrten sich die beiden Männer in die Augen.

»Was soll das, Roy?«, zischte Dean zwischen den Zähnen hindurch.

Roy ließ Dean los und griff nach einem langen Ast, der auf dem Waldboden lag. Ohne ein Wort der Erklärung stieß er das Ende des Astes in den Boden – genau an die

Stelle, auf die Dean im nächsten Augenblick getreten wäre.

Mit einem hässlichen, metallischen Geräusch schnappte eine getarnte Bärenfalle zu. Sam, Haley, Ben und vor allem Dean zuckten zurück. Die scharfzackigen Klammern der Schnappfalle hätten ausgereicht, um Deans Knöchel zu durchtrennen.

»Sie sollten aufpassen, wo Sie hintreten, *Ranger*«, sagte Roy nur. Dann ging er weiter.

Dean setzte ein etwas bemüht beiläufiges Lächeln auf und blickte Haley an. »Eine Bärenfalle. Sachen gibt's«, sagte er schulterzuckend.

Haley funkelte Dean böse an. »Ihr zwei habt nicht mal Vorräte dabei«, knurrte sie. »Nur so eine komische Sporttasche!« Sie deutete auf die mit Waffen gefüllte Stofftasche, die Sam über der Schulter trug. »Ich weiß nicht, wer ihr seid – aber Ranger ganz sicher nicht.«

Haley baute sich vor Dean auf und machte keine Anstalten weiterzugehen. Jedenfalls nicht ohne eine Erklärung. Dean zögerte einen Augenblick, dann gab er seinem Bruder Sam ein Zeichen: Geh weiter, ich erkläre ihr alles.

Sam nickte und folgte Roy und Ben, die schon fast im Bodennebel verschwunden waren. Sein Bruder hatte sich das Ganze hier eingebrockt, sollte er es auch allein wieder auslöffeln.

Dean wartete, bis der Rest des Trupps außer Hörweite war. »Sam und ich sind Geschwister«, sagte er dann leise. »Wir suchen unseren Vater. Es könnte sein, dass er hier irgendwo ist. Auf jeden Fall sitzen wir im gleichen Boot.«

Haley blickte Dean prüfend an. »Warum haben Sie das nicht gleich gesagt?«

»Tue ich ja jetzt«, antwortete Dean und zuckte mit den Schultern. »Und so ehrlich war ich noch zu keiner Frau«, fügte er mit dem Lächeln des geborenen Charmeurs hinzu. Haley erwiderte es nicht.

Dean holte tief Luft. »Also – alles klar zwischen uns?«

Haley nickte kaum merklich mit dem Kopf. »Ja. Alles klar.«

Dean griff in die Innentasche seiner Jacke und zog eine Familienpackung M&M's heraus. »Und überhaupt – was heißt hier, wir hätten keine Vorräte dabei?«, fragte er grinsend und warf sich ein Schokodragee in den Mund. Dann drehte er sich um und stapfte den anderen hinterher.

Haley blickte Dean nach. Einen Augenblick lang konnte sie sich ein Lächeln nicht verkneifen. Dann erinnerte sie sich daran, warum sie hier waren, und ihr Blick wurde wieder ernst.

Die nächsten zwei Stunden bahnte sich die Gruppe mehr oder weniger schweigend den Weg durch den immer dichter werdenden Wald. Roy mochte vielleicht den großen Oberwaldmeister spielen, aber Dean musste zugeben, dass er seinen Job verstand: Immer wieder, wenn Dean oder Sam dachten, unüberwindlich dichtes Unterholz vor sich zu haben, fand Roy schmale Wege oder Trampelpfade, die tiefer in die Wildnis hineinführten. Es war kurz vor Sonnenuntergang, als die fünf Wanderer eine kleine Lichtung auf dem Rücken einer bewaldeten Hügelkette erreichten.

»Das ist es«, verkündete Roy. »Blackwater Ridge.«

Der Trupp stoppte, und die Winchester-Brüder blickten sich um. Das Dickicht um sie herum schien das letzte Licht des Tages zu verschlingen. Sie tappten wortwörtlich im Dunkeln – Dean und Sam hätten nie gedacht, dass dieser Ausdruck mehr ist als nur eine Redewendung. Sam musste an die Märchen der Gebrüder Grimm denken, die nicht selten in einer solch unheimlichen Umgebung spielten. Er wollte lieber gar nicht wissen, wie diese uralten Volksmärchen entstanden waren, welche wahren und furchtbaren Ereignisse dahintersteckten.

Sam blickte zu Roy herüber. »Welche Koordinaten?«

Roy zog einen kleinen GPS-Empfänger aus seiner Jackentasche und warf einen kurzen Blick auf das Display. »35 zu minus 111.«

Sam nickte. Das waren genau die Koordinaten, die ihr Vater ihnen gegeben hatte. Dean trat an ihn heran. »Hörst du das?«, fragte er leise.

Sam brauchte einen Moment, bis er darauf kam, was sein Bruder meinte. Dann wurde ihm klar, was hier nicht stimmte.

»Absolute Stille. Nicht mal Grillengezirpe.«

Es war, als würden selbst die Geschöpfe der Natur diesen Ort meiden. Die normalsterblichen Geschöpfe zumindest. Auch Roy schien die unheimliche Stimmung um sie herum zu spüren. Ohne sich dessen bewusst zu werden, umklammerte er sein Jagdgewehr so fest wie ein Soldat, der einen Hinterhalt befürchtet. »Ich sehe mich mal um«, sagte er.

»Sie sollten nicht allein gehen«, warnte Dean, doch Roy blickte den älteren Winchester-Bruder nur spöttisch an. »Wie süß. Aber machen Sie sich mal keine Sorgen um mich. Ich komme schon klar.« Selbstgefällig grinsend verschwand Roy im Unterholz.

Dean schüttelte den Kopf. Am liebsten würde er diesen Idioten in seinen Untergang rennen lassen, aber so liefen die Dinge nicht. Ob sie wollten oder nicht – er und Sam waren die Einzigen, die auch nur ahnten, in was für einer Gefahr sie alle schwebten. Also waren sie für die Sicherheit der anderen verantwortlich. Dean seufzte und ging in die Richtung, in der Roy verschwunden war. »Okay. Wir bleiben dicht zusammen, klar?«

Dean und Sam waren erst ein paar Schritte weit gekommen, als Roys Stimme durch das Unterholz hallte. »Haley! Hier drüben!«

Haley, Ben und die beiden Winchesters stürmten durch das Unterholz. Ein paar Sekunden später standen sie mitten auf dem Zeltplatz der verschwundenen jungen Männer.

Oder auf dem, was davon übrig war.

»Mein Gott«, hauchte Haley.

Es war ein Bild der Verwüstung. Die Zelte waren buchstäblich zerfetzt worden, als hätte ein wildes Tier seine animalische Wut daran ausgelassen. Und überall klebte getrocknetes Blut.

»Das sieht nach dem Werk eines Grizzlys aus«, sagte Roy leise.

Haley ließ ihren Rucksack von der Schulter gleiten und rannte zum Rand des Zeltplatzes. »Tommy!«, rief sie in die Dämmerung. »Tommy!«

Mit schnellen Schritten ging Sam zu ihr und legte der verzweifelten jungen Frau die Hand auf die Schulter. Er konnte – besser als jeder andere – ihre Sorge verstehen. Aber wer immer dieses Blutbad angerichtet hatte, war vielleicht noch in der Nähe.

»Pssst«, sagte Sam sanft. »Es könnte vielleicht noch hier lauern.«

»Sam!«, vernahm er den gedämpften Ruf seines Bruders. Sam drückte Haley noch einmal tröstend die Schulter, dann rannte er zu Dean, der auf der anderen Seite des Zeltplatzes auf dem Boden hockte. Irgendetwas hatte auf dem Laubbett des Waldbodens eine Schleifspur hinterlassen.

»Sie wurden aus dem Lager in den Wald gezerrt«, flüsterte Dean. Es war besser, wenn die anderen dies nicht hörten. »Die Spuren sind deutlich – aber hier hören sie plötzlich auf.«

Sam nickte. Tatsächlich endete die Spur auf dem Boden unvermittelt.

»Das ist mehr als seltsam, Alter«, fuhr Dean fort. »Ich sage dir was ... Das war kein Gestaltwandler und kein Werwolf.«

Dean stand auf und ging zurück zum Camp. Sam blickte noch ein paar Sekunden nachdenklich auf die Spur, dann folgte er seinem Bruder.

Auf dem verwüsteten Zeltplatz zog Haley etwas aus dem Zelt ihres Bruders. Das Handy, mit dem er sein letztes Lebenszeichen an sie geschickt hatte. Das Display des Handys war zerborsten, ebenso die Rückseite des Gerätes. Ein Film aus Blut klebte auf der Handyschale und auf den herausgerissenen Kabeln und Schaltkreisen – so als ob das Gerät selbst ausgeweidet worden wäre wie ein lebendes Wesen.

Haley sank auf die Knie und starrte auf das Handy. Das Blut darauf musste von ihrem Bruder stammen. Welche Chance gab es jetzt noch, dass sie ihn lebend finden würden?

»Tommy«, flüsterte Haley.

Dean näherte sich der jungen Frau. »Tommy könnte noch leben«, versicherte er Haley.

In diesem Augenblick hallte der Ruf über die Lichtung.

»Hilfe!«

14

Das Echo des verzweifelten Hilferufes war noch nicht ganz verklungen, als die Winchester-Brüder, Roy, Haley und Ben schon durch das Dickicht des Waldes stürmten. Roy führte den Trupp an, sein Jagdgewehr fest umklammert. Inmitten einer kleinen Lichtung blieb er stehen. Aufmerksam sah er sich um, die Blickrichtung stets in einer Linie mit dem Lauf seiner Waffe.

Auch Sam und Dean spähten verdutzt in das Gebüsch. Es war Haley, die nach ein paar Sekunden aussprach, was alle dachten.

»Hier ist nichts. Aber der Hilferuf – er kam doch von hier, oder?«

Sam blickte wieder in das Unterholz. Je mehr der Tag sich dem Ende zuneigte, desto mehr hatte er den Eindruck, dass das Dickicht des Waldes das letzte verbleibende Licht geradezu in sich hineinsaugte und verschlang. Haley hatte recht: Der Hilferuf war eindeutig von hier gekommen. Doch um sie herum gab es nichts als den unheimlichen, totenstillen Wald. Das konnte nur eins bedeuten.

Sie waren in eine Falle getappt!

»Alles zurück zum Lager!«, zischte Sam. Neben sich

hörte er, wie Dean zwischen zusammengebissenen Zähnen einen Fluch ausstieß. Sein älterer Bruder hatte also denselben Verdacht wie er. Diesmal von Sam angeführt, stürmte die kleine Gruppe auf ihren eigenen Spuren zurück zum Lager.

Eine atemlose Minute später wurde aus Sams Verdacht eine Gewissheit. Aufgeschreckt von dem Hilferuf hatten sie ihre Ausrüstung auf dem verwüsteten Zeltplatz zurückgelassen.

Und nun war sie verschwunden.

Roy fluchte. »So viel zu meinem Navi und meinem Satellitentelefon. Was soll der Scheiß? Was geht hier vor?«

»Es ist schlau«, murmelte Sam. »Es hat dafür gesorgt, dass wir nicht um Hilfe rufen können.«

»Sie meinen, irgend so ein Idiot hat unsere Sachen geklaut?«

Sam ignorierte Roys fassungslose Frage und trat an seinen Bruder heran. »Ich muss mit dir reden«, flüsterte er, »unter vier Augen!«

Die fragenden Blicke der anderen ignorierend, stapften die beiden Brüder etwas tiefer in den Wald hinein. Sam blickte sich misstrauisch um, aber sie schienen allein zu sein. Gut.

»Gib mir Dads Tagebuch«, sagte Sam.

Dean zog das dicke, in abgewetztes Leder gebundene Tagebuch aus der Innentasche seiner Jacke. Sam nahm es entgegen und blätterte zielstrebig in den eng beschriebenen Seiten. Dann fand er, wonach er gesucht hatte. Eine verblichene, von ihrem Vater im indianischen Stil selbst angefertigte Skizze zeigte eine menschenähnliche Gestalt mit auffälligen Reißzähnen. Der Kopf der Figur wurde von einer Reihe von Symbolen umgeben.

»Hier«, sagte Sam und deutete auf die Figur.

Dean schüttelte den Kopf. »Das ist nicht dein Ernst. Wendigos gibt es in Minnesota oder vielleicht noch Nord-Michigan. Aber so weit westlich? Unmöglich.«

Sam blickte seinem Bruder in die Augen. Er konnte dessen Vorbehalte verstehen: Wendigos – die exakte Pluralform lautete eigentlich Wendigowak – waren dämonische, dem europäischen Werwolf verwandte Wesen aus der Mythologie der indianischen Ureinwohner Kanadas. Sie waren einstmals gewöhnliche Sterbliche, die in einer Hungersnot zu Kannibalen geworden waren – und jetzt mit einem unstillbaren Hunger nach immer mehr Menschenfleisch verflucht waren. Wendigos hatten der Legende nach ein Herz aus Eis und waren schattenhafte, furchtbare Jäger. Reißende, übernatürliche Tötungsmaschinen, die nur ein einziges Ziel kannten: ihren Hunger zu stillen.

»Es muss ein Wendigo sein«, sagte Sam. »Überleg doch mal: die Klauen, die Fähigkeit, wie ein Mensch zu sprechen ...«

Dean blickte in das Tagebuch seines Vaters. Auch wenn er es nicht wahrhaben wollte – Sam hatte recht.

Ein Wendigo – großartig. Das hatte ihnen noch gefehlt. Dean zog seine mit Silberkugeln geladene Pistole aus seinem Hosenbund. »Dann sind die hier nutzlos«, knurrte er. Tatsächlich waren Wendigos – anders als Werwölfe oder Vampire – immun gegen Kugeln, ob sie nun aus Silber oder Blei bestanden.

Sam nickte. »Wir müssen die anderen in Sicherheit bringen.«

»Alle mal herhören!«, sagte Sam mit lauter Stimme. Haley, Ben und Roy blickten auf. »Es ist Zeit, zu verschwinden. Die Sache gestaltet sich etwas komplizierter, als wir gedacht hatten.«

Sehr gediegen ausgedrückt, dachte Dean grimmig. Bringt eure Hintern in Sicherheit, solange ihr noch welche habt, würde es wohl besser treffen.

»Was? Was meinst du?«, fragte Haley. Sie machte nicht den Eindruck, als wäre sie bereit, die Suche nach ihrem Bruder aufzugeben.

Roy war schon dabei gewesen, ein erstes, provisorisches Zelt für die Nacht aufzubauen. Jetzt deutete er auf sein Gewehr und sah Sam selbstsicher an. »Keine Sorge. Was immer es ist, ich erledige es.«

»Wenn Sie darauf schießen, wird es nur noch gefährlicher!«, erwiderte Sam. »Wir müssen hier weg. Sofort!«

»Ihr redet Unsinn!« Roy baute sich vor Sam auf. »Und ihr habt hier überhaupt nichts zu befehlen, klar?«

»Hey! Nur die Ruhe!«, warf Dean ein. Tatsächlich sah Roy aus, als würde er jeden Augenblick auf Sam losgehen. Der Jäger war niemand, der seine Autorität gern infrage stellen ließ.

»Wir wollen euch nur beschützen«, erwiderte Sam ruhig, aber Roy lachte nur auf.

»Ihr uns? Hör zu, Junge, ich war schon auf der Jagd, als du dir noch in die Windeln gemacht hast!« Roy trat noch näher an Sam Winchester heran. Nur noch Zentimeter trennten die Gesichter der beiden.

»Das Ding da draußen ist ein verdammt guter Jäger. Und es ist cleverer als Sie! Es wird Sie zur Strecke bringen und bei lebendigem Leib fressen – wenn wir Ihren Arsch nicht bald hier wegkriegen!«

Das war zu viel für Roy. Blitzschnell fuhr seine Hand vor und packte Sams Jackenkragen. »Ihr seid beide verrückt, oder?!«, zischte er.

»Ach ja? Haben Sie jemals einen Wendi-«

»Hey! Immer mit der Ruhe!«, drängte sich Dean schnell zwischen seinen Bruder und den aufgebrachten Jäger und riss die beiden auseinander, bevor Sam das Wort beenden konnte. Bist du *wahnsinnig?*, dachte er. Wenn Sam Roy und den anderen in diesem Moment etwas von einem Wendigo erzählte, würden sie ihm niemals glauben. Das hatte Zeit bis später.

In diesem Augenblick trat Haley an die drei Streithähne heran. »Aufhören!«, rief sie. »Alle drei – hört auf damit!«

Die Entschlossenheit in Haleys Stimme ließ Sam, Dean und Roy aufhorchen. Sie blickten Haley an.

»Mein Bruder ist vielleicht noch irgendwo da draußen«, sagte sie, »und ich werde nicht ohne ihn gehen!«

Dean runzelte die Stirn. Das hatte keinen Sinn. Roy

würde ihnen nie glauben, und Haley und Ben würden ihren Bruder niemals im Stich lassen. Außerdem war es ohnehin schon zu spät, um den Rückzug anzutreten. In ein paar Minuten würde die Nacht hereinbrechen, und bei einem Marsch durch die Dunkelheit hatten sie nicht den Hauch einer Chance gegen diese Kreatur.

»Es wird spät«, sagte Dean ruhig, »Dieses Ding ist bei Tag schon ein guter Jäger, aber bei Nacht ist es perfekt. Wir schlagen ein Lager auf und schützen uns.«

Haley blickte Dean an. »Und wie?«

Gute Frage, dachte Dean.

15

»Also noch mal«, sagte Haley im Schein des Lagerfeuers. »Das sind …«

»Anasazi-Symbole. Sie schützen uns.«

Dean hockte am Rand des provisorischen Nachtlagers und zeichnete mit einem Stock komplexe Symbole in den lockeren Waldboden. Die Anasazi waren eine der ältesten indianischen Kulturnationen im Südwesten der USA. Sie hatten dieses Land schon seit dem ersten Jahrhundert nach Christus bevölkert – und in dieser unglaublich langen Zeit gelernt, wie man die übernatürlichen Kräfte dieses einstmals ungezähmten Kontinents in Schach halten konnte. Das Erlernen der komplizierten Anasazi-Symbole gehörte zur übernatürlichen Grundausbildung, die Dean und Sam bei ihrem Vater durchlaufen hatten. Dean war froh, dass er seine Kenntnisse mithilfe der Notizen im Tagebuch seines Vaters aufgefrischt hatte. Ein einziger, falsch gezogener Strich, ein nicht richtig geschlossener Kreis – und die ganze Mühe war umsonst. In gewisser Weise waren magische Symbole wie ein Computercode: Ein einziges, fehlerhaftes Element – und das ganze System bricht in sich zusammen.

Dean warf einen letzten, zufriedenen Blick auf sein Werk, dann stand er auf und warf den Stock ins Lagerfeuer.

»Diese Symbole beschützen uns«, erklärte er noch einmal. »Ein Wendigo kann sie nicht überschreiten.«

Roy, der damit beschäftigt war, sein Gewehr zu ölen, lachte trocken auf.

»Da gibt es nichts zu lachen, Roy«, sagte Dean nur. Dann ging er achtlos an dem Jäger vorbei zu seinem Bruder hinüber. Seit dem Einbruch der Nacht hockte Sam nun schon allein am äußersten Rand der magischen Schutzzone und starrte geistesabwesend in das Feuer.

»Verrätst du mir, was in deinem verdrehten Hirn vorgeht?«, fragte Dean und setzte sich neben seinen Bruder.

»Dean, ich bin …«

»Nein, du bist nicht okay, Sam. Du bist ein Pulverfass, Mann. Das passt nicht zu dir.« Dean setzte ein schiefes Grinsen auf. »Schließlich bin *ich* der Streitlustigere von uns beiden, schon vergessen?«

Sam atmete tief aus, seine Augen blickten in die Dunkelheit. »Dad ist nicht hier. Das dürfte wohl klar sein. Sonst hätte er uns irgendeine Nachricht hinterlassen.«

Dean seufzte. »Yeah, ich schätze, du hast recht. Um ehrlich zu sein: Ich glaube nicht, dass er jemals hier in Lost Creek war.«

Sam Winchester blickte seinen älteren Bruder an. Das Flackern des Lagerfeuers spiegelte sich in seinen Augen wieder. »Dann lass uns diese Leute hier in Sicherheit bringen«, sagte er mit ungeduldiger Stimme, »und verschwinden. Um Dad zu suchen. Ich meine, warum sind wir überhaupt hier?«

Dean blickte Sam lange an. Man musste kein Psychologe sein, um zu sehen, was für ein Widerstreit der Gefühle in ihm tobte. Es reichte, wenn man sein Bruder war. Sam hatte in kurzer Zeit alles verloren: die Illusion, ein normales Leben führen zu können, seine Freundin, vielleicht seinen Vater. Dean kannte die Wut, die in seinem kleinen Bruder tobte, nur zu gut. Wenn man sie nicht in vernünftige Bahnen lenkte, war sie gefährlicher als alle übersinnlichen Kreaturen dieser Welt. Denn irgendwann würde sie sich gegen ihn selbst richten.

Dean zog das alte Tagebuch ihres Vaters aus seiner Jackentasche. Er hielt es vor Sams Gesicht und presste seinen Zeigefinger auf den Ledereinband. »Deswegen sind wir hier, Sam. Wegen diesem Buch. Es ist Dads wertvollster Besitz. Alles, was er über das Böse weiß, steht hier drin. Und er hat es an uns weitergegeben – damit wir weitermachen, wo er aufgehört hat. Du weißt schon: um Menschen zu helfen, um Kreaturen zu jagen. Nach unserer Familientradition.«

Sam schluckte, doch dann schüttelte er den Kopf. »Das ergibt doch alles keinen Sinn. Warum hat er uns nicht einfach angerufen? Warum sagt er uns nicht, wo er steckt?«

»Ich weiß es nicht, Sam«, antwortete Dean ehrlich. »Aber so wie ich es sehe, hat Dad uns eine Aufgabe übertragen, die ich erfüllen will.«

»Nein, Dean. Ich kann das nicht.« Sam musste um die

Worte kämpfen. Nach dem, was sein Bruder gerade gesagt hatte, kam er sich wie ein Verräter vor. Aber er konnte nichts für seine Gefühle. Jessicas Tod hatte eine riesige Leere in seinem Leben hinterlassen. Und er konnte sich nur einen Weg vorstellen, diese Leere zu füllen.

»Ich muss Dad finden«, sagte Sam. »Ich muss ihn finden, damit wir Jessicas Mörder finden! Ich kann an nichts anderes denken.«

Die beiden Brüder blickten ein paar Sekunden schweigend in die Dunkelheit. »Na schön«, sagte Dean dann. »Sam, ich verspreche dir, dass wir beide finden. Okay?«

Sam schwieg.

»Aber jetzt hör gut zu«, fuhr Dean fort, »du musst wieder einen klaren Kopf bekommen. Diese Sache hier könnte ein Weilchen dauern. Und deine Wut … Sie lässt dich zu sehr unter Spannung stehen. Sie frisst dich auf! Du musst Geduld haben, Mann.«

»Und wie soll ich das schaffen?«, fragte Sam mit gesenktem Blick. »Wie schaffst du das?«

Dean deutete mit einem Kopfnicken Richtung Lagerfeuer. Haley und Ben saßen dicht beisammen und wärmten sich gemeinsam an den Flammen. »Schau dir die beiden an. Unsere eigene Familie ist ein Trümmerhaufen, aber vielleicht können wir anderen Familien helfen. Diese Vorstellung macht die Dinge ein bisschen erträglicher. Und weißt du, was sonst noch hilft?«

Dean grinste grimmig.

»Was?«, fragte Sam.

»Die Vorstellung, so viele bösartige Arschgeigen fertigzumachen wie möglich.«

Ein winziges Lächeln machte sich auf Sams Mundwinkeln breit. Das war wenigstens schon mal ein Anfang, dachte Dean zufrieden.

Dann hallte der Schrei durch die Nacht.

»Hilfe! Oh, Gott! Helft mir bitte!«

Mit einem Satz waren Haley und ihr Bruder Ben auf den Beinen. Roy stand am Rande des Camps und richtete den Lauf seines Jagdgewehrs in die Dunkelheit. Wer immer auch den Hilferuf ausgestoßen hatte, er musste sich in unmittelbarer Nähe des Lagers befinden.

»Es will uns in den Wald locken! Bleibt hier!«, mahnte Dean.

»Innerhalb des Zauberkreises, ja?«, erwiderte Roy höhnisch. Dabei ging er bedrohlich nahe an die Markierungen, die Dean in den Boden gezeichnet hatte.

Wieder hallte ein furchtbarer, flehentlicher Schrei durch die Nacht. »Hilfe! So helft mir doch!«

Näher und lauter als zuvor.

»Okay, das ist kein Grizzly«, gab Roy zu. Dean leuchtete mit seiner Taschenlampe in das Dickicht. Eine Sekunde lang glaubte er, einen Schatten zu erkennen. Dann raschelte das Gebüsch, und was immer Dean gesehen hatte, verschwand mit unfassbarer Geschwindigkeit aus dem Lichtkegel der Taschenlampe.

Haley nahm ihren Bruder Ben in den Arm. »Keine Sorge, dir wird nichts passieren«, beruhigte sie ihn.

Dein Wort in Gottes Ohr, dachte Dean. Plötzlich knackte es wieder im Gehölz, diesmal von der anderen Seite des Lagers. Dieses verdammte Ding war wirklich schnell.

Roys Jagdinstinkte waren besser ausgeprägt, als Dean ihm zugestanden hätte. »Es ist hier!«, rief er aus, hob sein Gewehr und feuerte drei oder vier Schüsse in die Dunkelheit.

Etwas schrie auf, mehr wütend als verletzt. Dann rollte ein tiefes Knurren über die Lichtung. Das Unterholz raschelte, bis nichts mehr zu hören war.

»Ich hab's erwischt!«, triumphierte Roy. Er rannte in die Richtung, in der das Rascheln verklungen war.

»Roy! Nicht!«

Deans Ruf blieb ungehört. Achtlos überquerte Roy die Anasazi-Markierungen auf dem Boden und stürmte ins Dickicht hinein.

»Verdammt«, murmelte Dean. Eine Sekunde lang zögerte er, die magische Markierung selbst zu überschreiten. Außerhalb des Zauberkreises würde auch er dem Wendigo hilflos ausgeliefert sein. Sollte Roy doch sehen, was passierte. Gewarnt hatten sie ihn schließlich oft genug.

Aber so lief das nicht. Er und Sam wussten mehr als alle anderen über die Geschöpfe der Nacht, und so waren sie für die Sicherheit ihrer Begleiter verantwortlich. Ob sie nun aufgeblasene Westentaschen-Rambos waren oder nicht.

»Keiner rührt sich von der Stelle!«, rief Dean Haley und Ben zu. Was überflüssig war, denn die beiden Geschwister standen wie erstarrt neben dem Lagerfeuer. Haley hielt einen brennenden Ast in der Hand, als ob sie ihren Bruder damit beschützen könnte. Sinnlos, aber ziemlich mutig, dachte Dean, dann stürmte er ebenfalls in das Dickicht.

»Roy!«, rief er in die Dunkelheit hinein. Dean bemerkte, dass Sam ihm durch das Unterholz folgte. Dann hörte er Roy. Der Jäger befand sich vielleicht zehn oder fünfzehn Meter vor ihm.

»Hier! Es ist hier!«, rief Roy. Er hatte keine Ahnung, was es war, das er mit seinem Gewehr getroffen hatte – aber getroffen hatte er es, daran konnte kein Zweifel bestehen. Seltsam nur, dass er auf dem deutlichen Pfad aus umgeknickten Zweigen und Ästen, den das Ding hinterließ, keinerlei Blutspuren entdeckte.

Einerlei. Nichts auf dieser Welt kam weit, wenn es drei oder vier Kugeln eines Jagdgewehrs im Körper stecken hatte. Ein einzelner, gut platzierter Schuss reichte aus, um einen Fünfhundert-Kilo-Grizzly zur Strecke zu bringen – und dieses Ding war auf jeden Fall bedeutend kleiner gewesen.

Roy blieb einen Moment lang stehen, um sich zu orientieren. Seine Augen hatten sich längst an die Dunkelheit gewöhnt. Trotzdem schien die Spur aus umgeknickten Zweigen vor ihm urplötzlich zu enden. Das war unmöglich. Es sei denn ...

Roy blickte nach oben. Irgendwo über seinem Kopf huschte ein Schatten, fast unsichtbar im dichten Laubwerk eines Baumes, zwischen den Zweigen umher. Das verdammte Ding hat sich in die Vertikale geflüchtet, dachte Roy und grinste. Guter Versuch. Aber nicht gut genug.

Roy hob sein Gewehr. Er freute sich schon auf das Gesicht der beiden Spinner mit ihrem Hokuspokusgerede, wenn er ihnen den Kadaver des Dings vor die Füße warf.

»Es ist hier!«, rief er in die Nacht. »Auf dem Baum!«

Roy hörte, wie dieser Dean und sein kleiner Bruder durch das Unterholz brachen. Einen winzigen Augenblick lang war er abgelenkt – und hatte keine Zeit mehr, diesen Fehler zu bedauern.

Eine dürre, sehnige Pranke sauste aus dem Astwerk nach unten. In einer fließenden Bewegung umschloss sie Roys Hals und riss den Jäger ruckartig in die Höhe. Das trockene Geräusch seines brechenden Genicks hörte Roy schon nicht mehr.

Von einem Moment auf den anderen herrschte nur noch Dunkelheit.

16.

Als die ersten Strahlen der Morgensonne durch das Blätterdach drangen, saß Sam Winchester schon am Rande des Lagers. Weder er noch die anderen hatten in dieser Nacht ein Auge zugetan. Mindestens eine Stunde lang hatten sie nach Roy gesucht, aber keine Spur des Jägers gefunden. Er war wie vom Erdboden verschwunden. Und dabei wäre es ihr Job gewesen, ihn zu schützen – ob er das nun wollte oder nicht.

Ein paar Schritte weiter untersuchte Dean zwei breite Krallenspuren, die in der Rinde eines Baumes klafften. Hier hatte der Wendigo wahrscheinlich seine Wut darüber ausgelassen, die magische Barriere nicht überschreiten zu können. Erst an dem Baum, dann an Roy.

Haley hockte noch immer fassungslos auf dem Boden. Ihr Bruder Ben hatte die ganze Nacht keinen Ton gesagt.

»Solche Dinge gibt es doch nicht wirklich«, murmelte sie. »Das kann doch nicht sein!«

»Leider doch«, erwiderte Dean nur.

»Wie können wir sicher sein, dass es uns nicht beobachtet?«

»Können wir nicht. Aber im Moment sind wir sicher.

Der Kreis beschützt uns. Allerdings sitzen wir dadurch auch selber in der Falle.«

Haley schüttelte den Kopf und starrte Dean an. »Woher wisst ihr nur so viel über solche Dinge?«

Dean grinste schief. »Sagen wir, es liegt in der Familie.«

Sam schlenderte zu seinem Bruder herüber. »Bei Tageslicht haben wir vielleicht eine Chance«, sagte er. »Und ich für meinen Teil will dieses Drecksvieh erwischen.«

Dean nickte. »Ich bin dabei – keine Frage.«

»Was genau ist eigentlich ein Wendigo?«, wollte Haley wissen.

Die beiden Winchester-Brüder tauschten einen Blick aus. Dean nickte Sam zu. Es war nur fair, dass Haley und Ben erfuhren, womit sie es zu tun hatten. »›Wendigo‹ ist ein Wort der Cree-Indianer«, erklärte Sam. »Es bedeutet so viel wie ›das verschlingende Böse‹.«

Während Sam seine Erklärung abgab, beobachtete er, wie Dean in den Überresten des verwüsteten Lagers nach Gegenständen suchte. Als Dean aus einem Zelt eine kleine Metallflasche herauszog, ahnte Sam, was sein Bruder vorhatte.

»Wendigos sind oft mehrere Hundert Jahre alt«, fuhr Sam fort. »Jeder von ihnen war einmal ein Mensch. Ein Indianer, ein Bergmann oder Jäger.«

»Und wie wird ein Mensch zu so einem – Ding?«

»Es ist jedes Mal das Gleiche«, setzte Dean die Erklärungen seines Bruders fort, »während eines harten Winters fürchtet jemand, zu verhungern, weil ihm die Vorräte ausgehen. Um zu überleben, tötet und verspeist er andere Mitglieder seines Stammes oder seines Lagers.«

Ben schluckte. »Wie bei der Donner-Gruppe«, flüsterte er schaudernd. Ben meinte damit die auf Tatsachen beruhende Schauergeschichte, die in den USA fast jedes Kind kannte: Im neunzehnten Jahrhundert war eine Gruppe von Siedlern unter der Führung eines Mannes namens Donner in den Bergen der Sierra Nevada von einem Blizzard überrascht worden. Von den siebenundachtzig Siedlern überlebten vierzig den Winter – weil sie in der Not die verstorbenen Mitglieder ihres Trecks gegessen hatten.

Sam nickte. »Viele Kulturen auf der Welt glauben auch, dass Kannibalismus bestimmte Fähigkeiten verleiht: Schnelligkeit, Kraft, Unsterblichkeit.«

»Aber je mehr Menschenfleisch du isst«, fuhr Dean fort, »desto weniger menschlich wirst du. Schließlich wirst du zu einem Wendigo – und dein Hunger auf immer mehr Fleisch ist unstillbar.«

»Wenn das wirklich stimmt«, fragte Haley mit Tränen in den Augen, »wie kann Tommy dann noch leben?«

»Möchtest du das wirklich wissen?«, erwiderte Dean. Er hätte Haley diese Information gerne erspart. Aber die junge Frau blickte ihn nur fordernd an.

»Natürlich.«

»Ein Wendigo kann viele Winter ohne Nahrung auskommen. Er hält jahrelang Winterschlaf. Aber wenn er wach ist, hält er seine Opfer am Leben. Er – na ja ... Er lagert sie ein, damit er immer frisches Fleisch hat. Wenn dein Bruder noch lebt, dann hält der Wendigo ihn an einem dunklen und sicheren Ort versteckt. Und da werden wir ihn aufspüren.«

»Und wie sollen wir den Wendigo aufhalten?«

Dean grinste entschlossen und hielt die Metallflasche mit Feuerzeugbenzin hoch, die er in den Überresten des Camps gefunden hatte. »Schusswaffen und Klingen sind nutzlos. Also werden wir den Mistkerl abfackeln.«

Mit jedem Schritt, den die dezimierte Gruppe weiter in den Wald vordrang, schien das Blätterdach über ihren Köpfen dichter zu werden. Es musste mittlerweile längst Mittag sein, aber von dem Sonnenlicht über ihren Köpfen kam kaum mehr als ein Zwielicht bei ihnen an. Dean führte die anderen an. In seiner Hand hielt er einen selbst gebastelten Molotowcocktail: eine kleine, mit Feuerzeugbenzin gefüllte Limonadenflasche, in deren Hals ein ebenfalls in Benzin getränkter Lappen steckte. Er würde der Kreatur diese kleine Aufmerksamkeit nur zu gerne in das hässliche Gesicht werfen. Obwohl es wahrscheinlich taktisch klüger wäre, die Brust der Kreatur in Brand zu setzen: Der Legende nach schlug unter der Brust eines Wendigos nur noch ein Herz aus Eis. Der einzige Weg, einen Wendigo zu töten, bestand darin, dieses Herz zu schmelzen. Dean selber glaubte allerdings, dass diese Vorstellung nur eine hübsche, poetische Ausschmückung der Wendigo-Legende war, aber in einer Sache war er sich sicher – Flammen konnten die Kreatur töten.

Vielleicht zwei Stunden später – die Zeit schien im Zwielicht des Unterholzes keine Rolle mehr zu spielen – stoppte Sam die Gruppe. Haley und Ben blickten ihn an. Sam deutete auf drei parallel verlaufende Klauenspuren, die in der Rinde eines Baumes prangten. Sie waren mit Blut verklebt.

Und nicht nur das – auch die umstehenden Bäume wiesen ähnliche Spuren auf, die jetzt kaum zu übersehen waren.

»Schau dir das an«, murmelte Sam seinem Bruder zu. »Findest du nicht, diese Spuren sind ein bisschen zu auffällig? Fast, als wollte er, dass wir sie finden.«

Dean nickte und wollte gerade etwas erwidern, als ein tiefes Grollen durch die Luft hallte.

Der Wendigo. Sie waren schon wieder in seine Falle getappt. Dean fingerte ein Feuerzeug aus seiner Jackentasche – bereit, den Molotowcocktail zu entzünden und auf die Kreatur zu schleudern.

»Da!«

Sam deutete auf ein paar Büsche, die sich kaum zehn Meter von der Gruppe entfernt bewegten. Schemenhaft konnten sie die Silhouette einer Kreatur erkennen, die mit dem Hintergrund zu verschmelzen schien. Nicht ganz unsichtbar, aber sehr nahe dran.

»Bleibt zusammen!«, rief Dean. Er, Sam, Haley und Ben wichen zurück, vergeblich nach einem erneuten Auftauchen der Kreatur spähend. Haley drückte sich unwillkürlich gegen den Stamm eines uralten, mächtigen

Baumes. Sie erstarrte, als irgendetwas auf sie heruntertropfte.

Blut.

Fast gegen ihren bewussten Willen legte sie den Kopf in den Nacken und blickte nach oben. Im selben Augenblick stürzte der Schatten auf sie herab. Haley schrie auf und warf sich im letzten Augenblick zur Seite. Mit einem dumpfen Geräusch prallte der reglose Körper von Roy neben ihr auf dem Waldboden auf.

Sam und Dean waren sofort bei ihr. Sam half Haley auf die Beine. Dean untersuchte Roys Körper. Der Kopf des Mannes ließ sich verdächtig leicht zur Seite drehen. Dean atmete scharf aus.

»Was ist mit ihm?«, fragte Sam.

Dean sprang auf die Füße. »Sein Genick ist gebrochen! Los! Lauft!«

Der Wendigo hatte Roys Leiche nicht aus Vergnügen auf den Baum geschafft und dann auf Haley stürzen lassen. Er spielte mit seinen Opfern, oder besser: Er versuchte, sie in Angst und Schrecken zu versetzen. Eine panische Beute war eine leichte Beute.

Trotzdem blieb den vieren nun nichts anderes übrig, als zu flüchten. Hier bestimmte der Wendigo die Regeln, und sich auf eine direkte Konfrontation mit ihm einzulassen, wäre reiner Selbstmord gewesen. Sam folgte seinem Bruder und Haley, die wenige Meter vor ihm hinter einer kleinen Anhöhe verschwanden. Dann hörte er einen kurzen Aufschrei. Sam blickte sich um. Ben, das Schlusslicht der

Gruppe, war über eine Wurzel gestürzt und lag benommen auf dem Boden.

Verdammt, das hat uns noch gefehlt, dachte Sam und rannte zurück. Der Wendigo musste direkt hinter ihnen sein, aber Sam dachte gar nicht daran, Ben im Stich zu lassen. Ihre Aufgabe war es, die Menschen vor den Kreaturen des Bösen zu schützen, hatte sein Bruder Dean gesagt, und er hatte recht damit.

»Los, komm!«, keuchte Sam und half dem Jungen auf die Beine. Zum Glück schien er sich nichts gebrochen oder verstaucht zu haben. Sam blickte im Laufen über seine Schulter – da war nichts. Hatten sie den Wendigo abgeschüttelt? Oder …

Haleys Schrei ließ Sam und Ben erstarren.

»Haley!«, rief Ben entsetzt und stürmte dann an Sam vorbei über die kleine Anhöhe.

Ein furchtbares Gefühl überkam Sam, als er sich hinkniete und etwas vom Boden aufhob. Eine zerbrochene Limonadenflasche. Der traurige Rest von Deans improvisiertem Molotowcocktail.

Von Haley und seinem Bruder war nichts zu sehen. Sie waren wie vom Erdboden verschwunden.

17

»Wenn es seine Opfer am Leben hält, warum hat es dann Roy getötet?«

Sam und Ben stapften durch das Unterholz. Sie bewegten sich dabei in einer spiralförmigen Runde immer weiter von der Stelle fort, an der Dean und Haley verschwunden waren. Auf diese Weise hatten sie die beste Chance, irgendeine Spur der beiden zu entdecken, auch wenn sie so nur langsam vorankamen.

»Ich schätze, der Wendigo hat Roy nur deshalb getötet, weil Roy auf ihn geschossen hat. Das hat ihn wütend gemacht«, erwiderte Sam. Es gab noch eine andere Erklärung, aber die behielt er für sich: Vielleicht hatte der Wendigo auch schon genug Frischfleischvorräte für den kommenden Winter gesammelt und brauchte sich jetzt nicht mehr die Mühe zu machen, seine Opfer am Leben zu halten. Andererseits hätte er Dean und Haley dann auf der Stelle getötet und nicht mit in den Wald verschleppt. Sam schüttelte still den Kopf. Nein, er war sich sicher, dass die beiden lebten. Noch, zumindest.

Ben war offensichtlich genauso entschlossen, seine Geschwister zu finden, wie Sam es war. Aufmerksam und seine eigene Angst unterdrückend, untersuchte der Junge das Unterholz um sie herum. Dieser Wendigo war geschickt und hatte keine Spuren hinterlassen.

Aber jemand anderes.

»Sie sind hier lang!«, rief Ben.

Sam war sofort bei ihm. Der Junge hockte auf dem Waldboden und hielt etwas in der Hand. Einen kleinen Gegenstand, der mit seiner leuchtend gelben Farbe so überhaupt nicht in die Umgebung hineinpasste.

Ein Schoko-Dragee.

Sam musste lächeln, nicht nur vor Erleichterung. Er erinnerte sich an die Tüte mit M&M's, die sein Bruder Dean als »Proviant« mit auf den Trip genommen hatte. Irgendwie musste es Dean geschafft haben, unbemerkt eine Spur aus den leuchtend bunten Dragees zu legen, während der Wendigo ihn verschleppt hatte. Hänsel und Gretel waren nichts dagegen.

»Besser als Brotkrumen«, sagte Sam. »Los, komm!«

Der bunten Spur zu folgen, erwies sich als das reinste Kinderspiel. Fünf, vielleicht zehn Minuten lang entdeckten Sam und Ben alle paar Meter eine neue Kugel – dann endete die Spur plötzlich. Doch sie hatte ihren Zweck erfüllt. Sam und Ben starrten in den Eingang eines alten, halb verfallenen Minenschachts, der wie ein dunkler Schlund direkt in den Fels eines Hügels hineinführte. Natürlich, erinnerte sich Sam, er hatte in der Ranger-Station davon gelesen: Bis vor fünfzig Jahren oder so hatten diverse Bergbaugesellschaften mehr oder weniger erfolgreich versucht, Edelmetalle aus dem urzeitlichen Gestein des jetzigen Wildparks zu gewinnen.

Und ein alter, vergessener Schacht war der ideale Ort für einen Wendigo: Versteck und Speisekammer zugleich.

Sam las das verwitterte Warnschild, das am Eingang des Schachts angenagelt worden war:

»VORSICHT! BETRETEN VERBOTEN – HOCHGIFTIGE STOFFE!«

Selbst wenn ein neugieriger Wanderer zufällig auf diese Mine stoßen sollte, würde ihn das Warnschild davon abhalten, sich hineinzuwagen. Sam fragte sich, ob der Wendigo noch Mensch genug war, um dieses Schild lesen und verstehen zu können. Aber so oder so – das Versteck war perfekt.

Sam gab Ben ein Zeichen. Er hasste es, den Jungen in Gefahr zu bringen, aber wenn Ben ihn in die Mine begleitete, hatte er wenigstens eine Chance, auf ihn aufzupassen. Sam holte noch einmal tief Luft, dann zog er den Kopf ein, um in die niedrige Öffnung zu steigen. Nach nur wenigen Schritten fühlte er sich wie in einer anderen Welt. Der Schacht führte stetig nach unten, tiefer in den Fels hinein. Das Gestein um sie herum kühlte die Luft ab – selbst zur Mittagsstunde mussten sich die Temperaturen hier im einstelligen Bereich bewegen. Wieder ein Pluspunkt für den Wendigo – der Schacht wirkte wie ein natürlicher Kühlschrank. Sam schaltete seine Taschenlampe ein. Der Lichtkegel war stark, konnte aber nur wenige

Meter weit in die Dunkelheit vordringen. Mehr war auch nicht nötig: Etwa alle zwanzig Meter hatten die menschlichen Erbauer der Mine einfache Lüftungsschächte in den Fels getrieben, durch die trübes Tageslicht fiel. Genug, um sich zu orientieren.

Plötzlich rollte ein Knurren durch den Schacht – so tief, dass Sam es eher in seinem Bauch spürte als tatsächlich hörte. Hektisch schaltete er die Taschenlampe aus.

Keine Sekunde zu früh. Aus einem Nebengang, wenige Meter vor ihnen, löste sich ein Schatten. Menschlich, aber doch weniger als ein Mensch. Sein Gang war torkelnd, wie der eines Menschen, der es fast verlernt hatte, aufrecht zu gehen.

Der Wendigo.

Sam hörte, wie Ben neben ihm scharf einatmete, um einen Schrei auszustoßen. Blitzschnell presste Sam seine Hand auf den Mund des Jungen. Wenn der Wendigo sie jetzt entdeckte, würden sie keine fünf Sekunden mehr leben.

Sam war sich sicher, dass die Kreatur keinen Spaß verstand, wenn sich jemand in ihr Allerheiligstes wagte. Er spürte, wie Ben zitterte. Er konnte es ihm nicht verdenken. Für jemanden, der es zum ersten Mal in seinem Leben mit übernatürlichen Kreaturen zu tun hatte, hielt er sich gut.

Sam hielt den Atem an. Die Kreatur knurrte noch einmal, dann verschwand sie in der Dunkelheit des Schachtes.

Sam zählte langsam bis zehn, dann wagte er es wieder, seine Taschenlampe einzuschalten. Erneut gab er Ben ein stummes Zeichen, ihm zu folgen. Doch sie kamen nicht weit.

Ben, der ein paar Schritte hinter Sam ging, erstarrte plötzlich, als ein knarrendes Geräusch ertönte. Das Geräusch von morschem Holz, an dem die Zeit und die Feuchtigkeit genagt hatten. Sam wirbelte noch herum und wollte Ben an sich heranziehen, aber es war zu spät.

Mit einem protestierenden Geräusch brach eine zusammengenagelte Bodenplatte unter Bens Füßen zusammen. Sam schaffte es noch, Ben an der Jacke zu fassen – aber das war ein Fehler: Haleys kleiner Bruder befand sich schon im freien Fall und riss Sam durch sein Gewicht mit sich. Einen Augenblick später fiel auch Sam in die Tiefe. Instinktiv versuchte er, seine Muskeln zu entspannen. Doch der Aufprall war weniger hart als erwartet. Irgendetwas hatte ihn abgefedert.

Es war Ben, der den Grund dafür entdeckte. Sie waren in einen Nebengang der Mine gestürzt, und durch den Schacht über ihnen fiel genug Licht nach unten, um erkennen zu können, was da ihren Aufprall gedämpft hatte: menschliche Knochen. Schädelknochen, Armknochen, Hüften ... Es mussten Hunderte davon sein, jeder einzelne sauber abgenagt und im fahlen Licht fast phosphoreszierend.

Ben mochte sich bis jetzt gut gehalten haben, aber dieser Anblick war zu viel. Der Junge schluchzte auf. Sam legte ihm die Hand auf die Schulter. »Alles okay. Es ist alles okay! Wir müssen jetzt die anderen finden!«, flüsterte er.

Und die Zeit drängte. Er wusste nicht, wo der Wendigo war, aber ihr Sturz durch die morschen Bodenbretter war nicht gerade leise gewesen. Und der Wendigo hatte die Ohren eines Raubtieres.

Sam richtete sich auf – und dann musste er selbst einen Aufschrei unterdrücken. Am Ende des Nebenschachtes baumelten zwei leblose Gestalten in der Luft. Haley und Dean!

Über den Teppich aus Knochen stolpernd, hastete Sam hinüber. Das Gesicht seines Bruders war mit getrocknetem Blut verkrustet, aber Deans Brust hob und senkte sich. Er lebte.

»Dean! Wach auf!«, sagte Sam so laut, wie er es wagen konnte. Vorsichtig schüttelte er Dean am Kragen. Dean riss die Augen auf wie ein Mann, der aus einem Albtraum erwacht. Eine Sekunde lang blickte Dean seinen Bruder mit leeren Augen an, dann kehrte sein Bewusstsein endgültig zurück.

»Ich bin okay!«, keuchte er. »Mach mich los. Schnell!«

Mit seinem Taschenmesser schnitt Sam den Strick durch, mit dem Dean an einem der Deckenbalken hing. Unmittelbar neben ihm tat Ben dasselbe mit dem Strick, der Haleys Körper in der Luft hielt. Die beiden Verschleppten prallten fast gleichzeitig auf dem Boden auf. Ben schloss seine Schwester in die Arme. Haley stand zwar noch unter Schock, aber sie schien weitgehend unverletzt zu sein.

»Bist du sicher, dass du in Ordnung bist?«, fragte Sam seinen Bruder besorgt.

Dean nickte. »Ja, alles okay. Wo ist er?« Dean blickte nervös in die Dunkelheit des Schachtes.

»Es ist weg«, beruhigte Sam seinen Bruder, »jedenfalls im Augenblick.«

In diesem Moment gab Haley einen erstickten Schrei von sich. Sam und Dean folgten dem Blick von Haleys weit aufgerissenen Augen. Tränen schimmerten darin.

Am äußersten Ende des Schachtes hing noch eine weitere Gestalt in der Luft. So weit im Schatten versteckt, dass keiner der anderen sie gesehen hatte.

Haleys Blick nach zu urteilen, konnte es nur ihr Bruder Tommy sein. Der Grund, aus dem sie und Ben hierhergekommen waren. Der Grund, aus dem Roy gestorben war.

Und jetzt war alles umsonst.

Tommy hing reglos von der Decke hinab, der Kopf war auf die blutverschmierte Brust gesunken.

Stolpernd und schluchzend stürzte Haley zu ihm. Zärtlich strich sie ihm über das geschundene Gesicht.

Tommy riss reflexartig die Augen auf, und Haley stürzte erschrocken zurück. Er lebte! Tommys Atem war schwach, und er schaffte es kaum, Haleys Namen zu flüstern, aber er lebte.

»Schneidet den Strick durch!«, rief Haley, und Sam war

sofort zur Stelle. Sekunden später schlossen Haley und Ben ihren verlorenen Bruder in die Arme.

Dean beobachtete die Szene aus ein paar Metern Entfernung. Tommy war erschöpft zu Boden gesunken und massierte seine schmerzenden Handgelenke. Langsam bekam er wieder Gefühl in den Händen. Und es wurde höchste Zeit, denn sie mussten so schnell wie möglich hier raus. Mühsam stützte sich Dean auf einem alten Rucksack ab, der einem früheren Opfer des Wendigo gehört haben musste. Vermutlich einem unglücklichen Wanderer oder einem illegalen Goldschürfer, der …

Dean stutzte. Unter dem verwitterten Stoff des Rucksacks spürte er etwas Längliches, Metallisches … Dean öffnete den Rucksack, zog etwas heraus und grinste triumphierend.

»Hey, Sam«, sagte er. »Schau dir das an!«

Sam Winchester drehte sich um. An der Wand des Schachtes stand sein Bruder – mit zwei alten, aber funktionstüchtig aussehenden Pistolen. Sam brauchte ein paar Augenblicke, um die ungewöhnliche Form der Waffen einzuordnen: Die Pistolen hatten einen kurzen, aber ungewöhnlich breiten Lauf. Dann wusste er, was sein Bruder da gefunden hatte. Großartig!

»Signalpistolen! Damit könnte es gehen.«

Dean nickte. Heutzutage konnten Wanderer auf GPS-Geräte und Handys zurückgreifen, wenn sie sich verirrten und um Hilfe rufen mussten. Bis vor ein paar Jahren benutzte man dafür Signalpistolen wie diese. Gott sei Dank!

Wie ein Revolverheld des Wilden Westens ließ Dean die Waffen in seinen Händen kreisen. Zum ersten Mal seit sie diesen gottverdammten Wald betreten hatten, fühlte er sich dem Wendigo gegenüber im Vorteil.

Du wirst noch eine Überraschung erleben, stinkendes Mistvieh, dachte Dean.

Aber zuerst einmal mussten sie die Collins hier rausbringen. Dean gab Sam ein Zeichen. Sam schnappte sich Tommy, der zu geschwächt war, um aus eigener Kraft laufen zu können. Wortlos packte Haley ihren Bruder an der anderen Schulter, und die fünf setzten sich in Bewegung, immer dem Licht nach.

Sie erstarrten, als ein tiefes Grollen durch den Schacht hallte. Der Wendigo. Und er war sehr nahe.

»Verdammt«, zischte Dean. »Da kommt jemand zum Abendessen zurück.«

18
»Er ist viel zu schnell für uns«, keuchte Haley. Sie stützte Tommy jetzt mit Bens Hilfe, während Sam und Dean – jeweils eine der beiden Signalpistolen in der Hand – den Weg sicherten. Und Haley hatte recht. Sie kamen nur sehr langsam voran, und der Wendigo würde sie jederzeit mühelos einholen können. Und selbst, wenn sie es bis ins Freie hinaus schafften – im Wald wären sie der Bestie fast genauso ausgeliefert wie hier drinnen.

Dean blieb stehen und warf seinem Bruder einen Blick zu. »Denkst du, was ich denke?«

»Ich glaube schon.«

»Okay, hört mir zu!« Dean wandte sich an Haley, Ben und Tommy. »Ihr bleibt bei Sam, er wird euch hier rausführen!«

»Und du?«, fragte Haley.

Statt zu antworten, zwinkerte Dean ihr nur zu. Dann rannte er in die Dunkelheit des Schachts hinein. »Happi-Happi, du widerliche Missgeburt!«, rief er aus Leibeskräften. Dann verschwand Dean Winchester in der Dunkelheit. Nur seine höhnische Stimme war noch zu hören.

»Was denn, hast du keinen Hunger mehr? Hier bin ich! Komm und hol mich!«

Sam schluckte. Dean setzte ohne zu zögern sein Leben aufs Spiel, um den Wendigo abzulenken. Sie mussten diese Chance nutzen, wenn das Wagnis nicht umsonst sein sollte.

»Los, kommt! Vorwärts!«, rief er den anderen zu. So schnell es eben ging, rannte die kleine Gruppe in Richtung Ausgang. Oder zumindest in die Richtung, in der Sam den Ausgang vermutete. Dem jüngeren Winchester-Bruder fiel ein Stein vom Herzen, als sie eine Biegung erreichten und aus einem weiteren Seitengang Tageslicht ins Innere der Mine fiel.

Im selben Augenblick rollte das Knurren des Wendigos durch den Gang.

Sam blickte Haley an und deutete dann mit einem Nicken in den Schacht. »Los!«

Haley zögerte. »Und du?«

»Lauft!«, zischte Sam nur. Seine Entscheidung war längst getroffen. Er würde seinen Bruder niemals im Stich lassen. Sam wartete ein paar Sekunden, bis er sicher sein konnte, dass Haley und ihre Brüder tatsächlich Richtung Ausgang liefen. Dann rannte er zurück.

Nach nur wenigen Schritten hatte die Dunkelheit ihn wieder. Schwer atmend drückte sich Sam gegen die Wand der Mine. Es war totenstill. Links von ihm zweigte ein Gang ab, der weiter ins Innere der Mine führte. Sam war sicher, dass der Wendigo sich dort verbergen musste. Zentimeter für Zentimeter tastete er sich vor, die Signalpistole fest in seiner Hand. Sam schluckte und bereitete sich innerlich darauf vor, in den Gang zu springen und dem Wendigo entgegenzutreten.

Ein leises Knurren ließ ihn erstarren.

Der Wendigo hatte ihn ausgetrickst, und wieso auch nicht? Die Kreatur hauste seit vielleicht hundert Jahren hier unten und kannte jeden Gang des unterirdischen Schachtsystems. Was für ein Idiot er gewesen war. Der Wendigo hatte ihn mühelos umrundet – und stand jetzt hinter ihm.

Fast gelähmt vor Angst drehte sich Sam langsam um.

Nur zwei oder drei Schritte hinter ihm stand der Wendigo.

Es war zu dunkel, um Details seiner Gestalt zu erkennen. Sam starrte in die schattenhaften Umrisse einer Fratze, die einst menschlich gewesen sein mochte. Nun war nichts mehr davon übrig. Totenblasse, ledrige Haut spannte sich über die Schädelknochen der Kreatur, wie bei einem Leichnam, der vergessen hatte, zu sterben. Doch am entsetzlichsten waren die Augen, die tief in den Höhlen des Wendigos lagen. Selbst im fahlen Licht des Schachtes leuchteten sie auf wie die Augen eines Raubtiers.

Der Wendigo gab ein leises, herausforderndes Knurren von sich. Was immer noch menschlich in ihm sein mochte – er schien diesen Augenblick zu genießen. Den Augenblick, in dem sein Opfer erkannte, dass es keine Chance mehr hatte.

Vergiss es, du Missgeburt, dachte Sam. Im selben Augenblick, als die Kralle der Kreatur durch die Luft sauste, ließ er sich zu Boden fallen. Sam ignorierte den Schmerz des Aufpralls in seiner Schulter, rollte sich herum – und schoss die Signalpistole ab.

Die Leuchtkugel zischte aus dem Lauf, tauchte den Schacht in grelles, rot glühendes Licht – und verfehlte ihr Ziel.

So unglaublich schnell war der Wendigo, dass er sich vor der tödlichen Flammenkugel wegducken konnte. Zentimeter nur sauste sie an der Schulter des Wendigos vorbei und zerplatzte in einer Explosion aus Rot an der Schachtwand.

Bösartig fauchend huschte die Kreatur wieder tiefer in den Schacht hinein.

Sam rieb sich die schmerzenden Augen. Als das Nachleuchten der Signalkugel auf seiner Netzhaut endlich verlosch, war von dem Wendigo nichts mehr zu sehen. Sam hatte seine Chance gehabt – und sie vertan. Die Signalpistole hatte nur einen einzigen Schuss.

Sam tat das Einzige, was ihm noch übrig blieb. Er rannte los, ohne sich noch einmal umzudrehen.

Nach nur wenigen Sekunden hatte er Haley, Tommy und Ben wieder eingeholt. Den verletzten Tommy stützend, hatten sie nur entsetzlich wenig Strecke zurückgelegt.

»Sam!«, rief Haley aus.

Sam schüttelte nur den Kopf und drängte die drei Geschwister vorwärts. »Lauft! Er kommt!«

Die vier hetzten weiter den Schacht entlang – bis ihre Flucht abrupt vor einer eingestürzten Wand endete.

Eine Sackgasse. Das war das Ende.

»Nein!« Verzweifelt und wütend auf sich selbst hämmerte Sam auf die Steinbrocken ein, die ihnen den Weg versperrten. Das war seine Schuld – er hätte besser zielen müssen! Dann ließ ein Grollen sie herumfahren.

Der Wendigo hatte sie mühelos eingeholt. Im Licht eines der vertikalen Luftschächte war er nicht mehr als eine dunkle Silhouette, ein hungriger, untoter Schatten.

Sam baute sich schützend vor Haley, Ben und Tommy auf. »Geht hinter mich!«, rief Sam. Die anderen mit seinem eigenen Leben bis zum letzten Atemzug zu verteidigen, war das Wenigste, was er tun konnte.

Als hätte er alle Zeit der Welt, um die Panik seiner Opfer zu genießen, bewegte sich der Wendigo auf sie zu. Noch fünf Meter, dann drei ...

Bitte, Gott, betete Sam, lass es schnell gehen. Haley, Ben und Tommy haben genug durchgemacht.

Der Wendigo riss seine Krallen in die Höhe und stieß ein triumphierendes Brüllen aus.

»Hey!«

Die Kreatur erstarrte. Sie wirbelte herum. Blitzschnell, aber diesmal nicht schnell genug.

Dean Winchester hatte seine Signalpistole schon erhoben und drückte ab. Der Feuerball traf den Wendigo mitten in der Bewegung, prallte genau in seine Brust und schien darin zu versinken. Innerhalb von Sekundenbruchteilen brannte die Kreatur von innen heraus. Flammen schlugen durch die Lederhaut und verbrannten sie zu Asche. Was gerade noch ein Triumphgeheul war, schwoll jetzt zu einem schrillen Todesschrei an.

So ist das nun mal im Leben, dachte Dean Winchester grimmig. Dann schaute er zufrieden zu, wie die morschen Knochen der Kreatur zu Asche zerfielen.

Der Mensch im Wendigo war wahrscheinlich schon vor Jahrhunderten gestorben. Jetzt war ihm auch seine untote Hülle gefolgt.

»Nicht schlecht, was?«, fragte Dean.

Sam Winchester grinste. Nein, gar nicht so schlecht.

19

»Ihr habt den Bären also einmal durch Schreie vertreiben können, aber dann kam er zurück?«

Ben Collins und Sam nickten. Der Parkplatz vor der kleinen Ranger-Station war in das stumme Geflacker von Polizei- und Ambulanzwagen getaucht.

»Er hat dann das Lager umkreist«, sagte Sam.

Auf dem langen Rückmarsch durch den Wald hatten die fünf mehr als genug Zeit gehabt, sich eine Geschichte für die Polizei auszudenken. Eine Geschichte, die von einem wütenden Bären handelte – und nicht von einem jahrhundertealten Wendigo. Die Behörden hätten sie wahrscheinlich für verrückt erklärt.

»Das Biest war bestimmt dreihundert oder vierhundert Kilo schwer!«, ergänzte Ben, und der Polizist machte sich Notizen. »Okay, wir schnappen uns den Kollegen, gleich morgen früh«, sagte er grimmig.

Da könnt ihr lange suchen, dachte Sam zufrieden. Aber zumindest wird euch dabei keine menschenfressende Kreatur auflauern.

Ein paar Schritte weiter verabschiedete sich Haley

von Dean. »Ich weiß gar nicht, wie ich dir danken soll«, sagte sie.

Dean grinste sie nur an. Ich wüsste schon wie, sagte sein Blick.

Haley lachte auf und schlug dann die Augen nieder. »Musst du diesen Augenblick ruinieren?«, fragte sie lächelnd.

»Klar.«

Haley schüttelte den Kopf. Eine Ärztin trat an sie heran. »Fahren Sie mit Ihrem Bruder ins Krankenhaus?«

»Natürlich. Ich komme«, erwiderte Haley. Dann blickte sie Dean lange an, stellte sich auf die Zehenspitzen und gab ihm einen Kuss auf die Wange.

»Ich hoffe, ihr findet euren Vater«, sagte sie. Dann drehte sie sich um und stieg in den Krankenwagen.

Dean ließ sich auf der Motorhaube seines Impala nieder und sah zu, wie Haley im Krankenwagen ihre beiden Brüder umarmte. Sam Winchester setzte sich neben seinen Bruder. Ein paar Sekunden lang schwiegen die beiden.

Wir leben unser Leben so wie wir es tun, um anderen Familien zu helfen. Sam erinnerte sich an die Worte seines Bruders. Jetzt verstand er, was Dean damit gemeint hatte. Es fühlte sich gut an. Es konnte den Schmerz und den Hass tief in seinem Inneren nicht vertreiben, aber es fühlte sich trotzdem gut an.

Der Krankenwagen fuhr los, und auch die Polizeiwagen um sie herum setzten sich einer nach dem anderen in

Bewegung. Für sie war der Fall erledigt. Schließlich waren die beiden Winchester-Brüder allein auf dem Parkplatz.

»Mann, ich hasse Camping«, murmelte Dean.

»Ja, ich auch.«

Dean starrte weiter in die Nacht. »Sam«, sagte er dann, ohne seinen Bruder anzublicken, »wir werden Dad finden, das weißt du, ja?«

»Ja, ich weiß.« Sam grinste seinen Bruder an. »Aber bis dahin – lässt du mich fahren!«

Dean Winchester stieß ein undefinierbares Geräusch aus. Dann griff er in die Tasche und warf den Autoschlüssel des schwarzen Impala in die Luft.

Sam fing ihn lachend auf, und ein paar Sekunden später röhrte der Motor des Wagens durch die Nacht.

20 LAKE MANITOC, WISCONSIN

Der Geruch von Kaffee und geröstetem Brot stieg in Sophie Carltons Nase, als sie mit schnellen Schritten die alte Holztreppe hinunterlief. Wenn es einen Geruch auf der Welt gab, den sie mit dem Begriff »Zuhause« verband, dann war es dieser. Ihr Vater saß wie jeden Morgen am Frühstückstisch, in die dünne Morgenzeitung vertieft. Beim Anblick des frisch gerösteten Brots auf dem Tisch lief Sophie das Wasser im Mund zusammen, aber sie musste ihren Appetit noch zügeln. Vor ihr lag noch ein ausgedehntes Trainingsprogramm und es war sicher keine gute Idee, mit einem herzhaften Frühstück im Bauch in den See zu springen.

»Morgen, Dad!«, rief Sophie im Vorbeigehen.

»Guten Morgen, Sophie«, antwortete Bill Carlton.

Sophies jüngerer Bruder Will stand – genau wie Sophie in einen Trainingsanzug gekleidet – an der Tür. Im Leben der beiden Carlton-Geschwister hatte Sport schon immer eine große Rolle gespielt, und das sah man den beiden an.

Besonders Sophie machte in ihrem eng geschnittenen Trainingsanzug eine mehr als gute Figur.

»Ich weiß nicht, Sophie, dieses ganze Training ...«, frotzelte Will. »Weißt du, Jungs stehen nicht so auf muskelbepackte Mädchen.«

Sophie zog ihrem Bruder eine Grimasse. »Und Mädchen stehen nicht auf Jungs, die in deinem Alter noch zu Hause wohnen.«

Will gab ein abschätziges Grunzen von sich und erwiderte die Grimasse seiner Schwester, als diese die Tür öffnete. Ein kühler Lufthauch wehte vom See herüber ins Haus.

»Sei vorsichtig!«, rief Sophies Vater von der Küche aus.

Sophie trat ins Freie. »Klar. Bin ich doch immer«, antwortete sie und lief los.

Sophies Sportprogramm war jeden Morgen dasselbe: Ein lockerer Lauf führte sie in wenigen Minuten direkt an das Ufer des Lake Manitoc. Dort schlüpfte sie aus ihrem Trainingsanzug. Hier draußen konnte sie – besonders zu dieser frühen Stunde – sicher sein, dass ihr Sportprogramm keine Spanner anzog. Sie machte ein paar Lockerungsübungen, bevor der schönste Augenblick des Tages anbrach.

Sophie blickte auf den von dichten Tannenwäldern umgebenen See. Die Sonne war noch nicht ganz aufgegangen, und der dunkelblaue Himmel spiegelte sich auf der unberührten Wasseroberfläche. Ein paar Sekunden lang blickte Sophie auf das Wasser und genoss den Augenblick der Ruhe. Dann sprang sie von dem kleinen Steg, und es war, als würde sie kopfüber direkt in den Himmel springen.

Das Wasser war eiskalt und erfrischend. Sophie ließ sich mit dem Schwung ihres Sprunges ein paar Meter in die Tiefe gleiten, dann schoss sie zurück an die Wasseroberfläche und genoss das Kribbeln auf ihrer Haut. Es war wunderbar. Sophie taten die Menschen leid, die in irgendeiner Großstadt lebten und deren Tag damit begann, eine Stunde im Stau zu stehen oder in einer muffelnden U-Bahn eingepfercht zu sein, um zur Arbeit zu kommen.

Sophie spürte, wie das kalte Wasser ihr Herz schneller schlagen ließ. Mit ein paar kräftigen Schwimmstößen entfernte sie sich weiter vom Ufer. Doch irgendetwas stimmte nicht. Es war nur ein Gefühl, und Sophie konnte es nicht näher bestimmen – aber es fühlte sich an, als würde irgendjemand sie beobachten. Sie blickte sich um. War vielleicht doch schon ein früher Wanderer unterwegs, der ihr beim Schwimmen zusah? Sophie ließ ihren Blick über das Ufer gleiten, aber sie konnte niemanden entdecken. Und wenn schon – selbst wenn irgendjemand im Schatten der Tannen stand und herübersah, viel konnte er nicht zu sehen bekommen. Sophie schüttelte das Gefühl ab und schwamm weiter.

Doch nach einer Minute hielt sie erneut inne. Mit jedem Meter, den sie sich weiter vom Ufer entfernte, wurde das seltsame Gefühl stärker. Als ob ihr unsichtbarer Beobachter immer näher kommen würde.

Oder sie sich ihm näherte.

Aber das war natürlich Unsinn. Die Oberfläche des Sees lag glatt und unberührt vor ihr, nur sie selbst verursachte ein paar leichte Kräuselungen auf der Wasseroberfläche. Hier war niemand.

Plötzlich hörte Sophie die Stimme. Es war mehr ein Säuseln, das von überall und nirgends zugleich zu kommen schien. Eine hohe Stimme, aber seltsam gedämpft, so als würde jemand unter Wasser sprechen. Weder der Tonfall noch die unverständlichen Worte wirkten eigentlich bedrohlich, doch Sophie erstarrte trotzdem. Etwas Unheimliches lag in der Stimme, etwas Lockendes.

Schwimm zurück! Du musst weg von hier! Raus aus dem Wasser!

Es war Sophies eigene innere Stimme, die das Säuseln übertönte. Unschlüssig blickte sich Sophie noch einmal um. Es war lächerlich – hier war doch niemand! Sie hatte in alle Richtungen geblickt, und niemand hatte sich ihr unbemerkt genähert!

Einen Augenblick, bevor sie die Berührung spürte, erkannte Sophie ihren Fehler: Sie hatte in alle Himmelsrichtungen geblickt. Nur eins hatte sie dabei vergessen – nach unten zu schauen, in die Tiefe des Sees.

Sophie wollte schreien, als die eiskalte Hand ihr Fußgelenk packte. Doch in diesem Augenblick wurde sie schon mit einem Ruck unter die Wasseroberfläche gezogen. Sie spürte noch, wie das eiskalte Wasser des Sees ihre Kehle und dann ihre Lungen füllte.

Ein paar Luftblasen stiegen an der Stelle auf, an der Sophie Carlton verschwunden war. Ein nahezu perfekter Kreis aus flachen Wellen breitete sich aus und verlor sich dann in der Weite des Sees. Irgendwo krächzte ein Wasservogel, dann kehrte wieder Stille ein. Als ob nichts geschehen wäre.

21

Dean Winchester saß in dem schäbigen kleinen Restaurant, das dem Motel *Lynwood Inn* an der Schnellstraße angeschlossen war. Zwischen den Überresten eines hastig verschlungenen Mittagessens hatte Dean ein gutes halbes Dutzend Zeitungen ausgebreitet, die er ausgiebig studierte. Es waren nicht die Schlagzeilen, die ihn interessierten, sondern die kleinen, unscheinbaren Ereignisse, die tief im Lokalteil verborgen waren. Einige Artikel hatte er mit Fragezeichen versehen, dann aber wieder durchgestrichen: kuriose Meldungen über seltsame Vorfälle, für die es aber letztlich völlig natürliche Erklärungen gab.

Die einzige Ausnahme war ein gerade einmal zwei Spalten breiter Artikel unter dem Foto eines hübschen jungen Mädchens. Dean hatte das Bild mit einem dichten Ring aus Kugelschreiberlinien eingekreist.

»Kann ich noch irgendetwas für Sie tun?«

Dean blickte auf – genau in ein großzügig ausgeschnittenes Dekolleté. Es gehörte der hübschen, blonden Kellnerin, die Dean jetzt verführerisch in die Augen blickte. Dean setzte sein charmantestes Lächeln auf.

»Die Rechnung, bitte!« Ohne die Kellnerin eines Blickes zu würdigen, setzte sich Sam an den Tisch.

»Okay.« Nicht weniger enttäuscht als Dean stapfte die Kellnerin davon.

Dean seufzte und sah seinen Bruder tadelnd an. »Sam, es ist völlig okay, wenn wir ab und zu mal Spaß haben«, sagte er und folgte der Kellnerin mit seinen Blicken. Von hinten machte sie eine mindestens ebenso gute Figur wie von vorn. Dean seufzte noch einmal. »Das *ist* Spaß.«

Sam blickte ihn nur an, und Dean schüttelte den Kopf.

Es war zwecklos – Dean konnte genauso gut zur Sache kommen. Hier lief nichts mehr. Er schob seinen Teller beiseite und hielt Sam den Zeitungsartikel hin. »Hier, ich glaube, ich habe etwas gefunden«, sagte er und tippte auf das eingekreiste Foto. »Lake Manitoc, Wisconsin. Vor zwei Wochen steigt ein Mädchen namens Sophie Carlton, achtzehn Jahre alt, in den See – und kommt nie wieder heraus.«

Sam blickte seinen älteren Bruder skeptisch an. »Und?«

»Die Behörden haben den ganzen See durchsucht«, fuhr Dean fort, »und nichts gefunden. Sophie Carlton ist die Dritte, die in diesem Jahr im Lake Manitoc ertrunken ist. Und nie wurde eine Leiche gefunden. Letzte Woche war die Beerdigung.«

»Beerdigung?«, fragte Sam. Ohne eine Leiche?

»Sie haben einen leeren Sarg beerdigt. Um es der Familie leichter zu machen, vermute ich. Damit sie ihren Frieden findet.«

Sam schüttelte den Kopf. »Frieden? In solchen Dingen gibt es keinen Frieden. Menschen verschwinden nicht einfach, Dean. Man hört nur auf, nach ihnen zu suchen.«

Dean richtete sich auf seinem Stuhl auf. Der Vorwurf in Sams Stimme war nicht zu überhören.

»Willst du mir damit irgendetwas sagen?«

»Dads Spur – sie wird mit jedem Tag kälter.«

Das alte Lied. Warum musste sein kleiner Bruder jedes Mal damit anfangen? »Ich weiß«, knurrte Dean. »Und was sollten wir deiner Meinung nach tun?«

»Keine Ahnung«, erwiderte Sam schulterzuckend. »Irgendetwas. Statt diesen Hirngespinsten nachzujagen.«

Dean versuchte, seine Stimme nicht zu erheben. Es fiel ihm verdammt schwer. »Weißt du was? Mir geht deine Einstellung langsam auf die Nerven! Glaubst du im Ernst, mir wäre es nicht genauso wichtig wie dir, Dad zu finden?«

»Doch, das weiß ich. Es ist nur ...«

Dean war noch nicht fertig. Es wurde Zeit, etwas klarzustellen. »Ich bin derjenige, der die letzten zwei Jahre an seiner Seite verbracht hat, okay? Während du dir an der schön geheizten Uni den Hintern platt gesessen hast. Wir werden Dad finden – aber bis es so weit ist, werden wir jede verdammte übernatürliche Kreatur fertigmachen, die uns über den Weg läuft, klar?«

Sam wollte etwas erwidern, aber er kannte seinen Bruder gut genug, um zu wissen, dass das keine gute Idee war. Stattdessen rollte er resigniert mit den Augen. »Okay. Fahren wir zu diesem Lake Manitoc. Dean?«

Die blonde Kellnerin war auffallend dicht an Dean vorbeigegangen und hatte damit die volle Aufmerksamkeit des älteren Winchester-Bruders auf sich gezogen. Immerhin hatte Dean seinen Zorn dadurch vergessen.

Sam winkte mit der Hand vor Deans Gesicht herum. »Hey!«

»Mhm?«, erwiderte Dean nur, mit Augen und Gedanken immer noch bei der jungen Frau.

»Wie weit ist es?«

Lake Manitoc war eine kleine Ortschaft inmitten des ländlichen Bundesstaats Wisconsin, direkt an dem gleichnamigen See gelegen. Es war später Nachmittag, als Sam und Dean Winchester dort eintrafen. Die Sonne ließ die Wolken am Horizont wie ein silbernes Band aufleuchten. Es kostete die beiden Brüder nicht viel Mühe – nur ein paar Fragen an Einheimische –, um das Haus der Carltons zu finden: Es lag kaum mehr als hundert Schritte von dem See entfernt. Eine traumhafte Lage, eigentlich – aber Sam konnte sich vorstellen, wie furchtbar es jetzt für die Familie sein musste, ständig auf den See blicken zu müssen, in dem Sophie ertrunken war. Und der ihre Leiche bis jetzt nicht herausgegeben hatte.

Dean parkte seinen schwarzen Impala auf der Einfahrt zu dem Holzhaus der Familie Carlton. Schweigend öffnete er dann das Handschuhfach und kramte zwei eingeschweißte Ausweise hervor.

Er folgte seinem Bruder, der mit sicheren Schritten die

Einfahrt hochstapfte. Das Haus der Carltons lag so still vor ihnen, als ob die Holzwände selbst die Trauer der Familie verinnerlicht hätten. Als Dean an die Haustür klopfte, kam Sam das Geräusch unnatürlich laut vor, wie eine Störung der Totenruhe.

Es dauerte nur ein paar Sekunden, dann öffnete ein junger Mann mit traurigen braunen Augen die Tür. Dem Alter nach musste er ein Bruder der Verstorbenen sein. Dean räusperte sich, dann hielt er – sehr kurz – die gefälschten Ausweise hoch.

»Will Carlton?«, fragte er.

Der junge Mann nickte.

»Wir sind von der US-Forstbehörde«, log Dean. »Ich bin Agent Ford, das ist Agent Hamill.«

Sam verdrehte innerlich die Augen. Ford und Hamill – wie Harrison Ford und Mark Hamill. Die beiden Schauspieler hatten im allerersten *Krieg der Sterne*-Film Han Solo beziehungsweise Luke Skywalker gespielt. Was für eine originelle Namenswahl, dachte Sam. Er hält sich also für den coolen Han Solo und mich für den naiven Luke. Großartig.

Will Carlton schien an den von Dean genannten Namen nichts aufzufallen. »Was kann ich für Sie tun?«, fragte er nur.

»Wir sind hier, um den Tod Ihrer Schwester zu untersuchen«, sagte Dean.

»Unser herzliches Beileid«, ergänzte Sam.

»Ja, sicher«, stimmte Dean zu. Daran hatte er gar nicht

gedacht. »Können Sie uns zeigen, wo in etwa … es passiert ist?«

Will nickte und trat aus der Tür. »Kommen Sie.«

Stumm folgten Sam und Dean dem jungen Mann an das Seeufer, das nur einen Steinwurf weit von der Terrasse des Hauses entfernt war. Auf dem schmalen Holzsteg saß ein älterer Mann mit grauen Haaren und blickte stumm auf den See hinaus. Er drehte sich nicht einmal um, als Sam und Dean mit Will Carlton an das Ufer traten.

Das muss der Vater des Mädchens sein, dachte Sam. Die gebeugte Haltung verriet, dass die Trauer jeden Lebensmut aus dem Mann herausgesaugt hatte. Sam konnte ihn nur zu gut verstehen.

Will Carlton blickte auf den See. »Sie muss vielleicht hundert Meter weit draußen gewesen sein, als sie plötzlich nach unten gezogen wurde.«

Nach unten gezogen …

Dean ließ seinen Blick über den See schweifen. Hundert Meter waren an Land nur eine kurze Strecke – einem Schwimmer konnten nach hundert Metern viele tödliche Dinge passieren: ein Krampf, ein Schwall Wasser, der zufällig in die Luftröhre gelangt … Es war seine Idee, hierherzukommen, aber vielleicht steckte hinter dem Tod des jungen Mädchens ja tatsächlich nichts weiter als ein Unfall.

»Glauben Sie nicht, dass Ihre Schwester ertrunken ist?«, fragte er.

Will schüttelte vehement den Kopf. »Sie war eine ausgezeichnete Schwimmerin. Sie ist quasi in diesem See aufgewachsen. Sie war da draußen so sicher wie in der Badewanne!«

Nun mischte Sam sich ein. »Gab es ungewöhnliche Wellenbewegungen? Zeichen eines Kampfes?«, fragte er mit leiser Stimme.

»Nein, sie ist einfach verschwunden«, beharrte Will Carlton.

»Haben Sie vielleicht irgendwelche Schatten im Wasser gesehen? Dunkle Umrisse unter der Oberfläche?«

»Nein. Wie ich sagte: Sie war ziemlich weit draußen, als es passierte.«

Dean räusperte sich. Sie mussten langsam aufpassen, welche Fragen sie stellten. Wills Blick nach zu urteilen kamen ihm die Fragen der vermeintlichen Beamten langsam etwas seltsam vor. Und Dean konnte es ihm nicht verdenken. Aber eines musste er noch wissen.

»Haben Sie vielleicht einmal ungewöhnliche Spuren am Seeufer entdeckt?«, fragte er so beiläufig wie möglich.

Will Carlton blickte ihn skeptisch an. »Nein, noch nie. Warum fragen Sie? Was glauben Sie denn, was da draußen im See ist?«

Dean drehte sich um und ging zurück in Richtung des Autos. »Wir melden uns bei Ihnen, sobald wir mehr wissen«, sagte er nur.

Sam machte noch keine Anstalten, seinem Bruder zu folgen. Er blickte den Mann an, der noch immer fast reglos auf dem Steg saß.

»Was ist mit Ihrem Vater? Könnten wir vielleicht auch einmal mit ihm sprechen?«

Will räusperte sich. »Wenn es nicht unbedingt sein muss ... Hören Sie, er hat auch nichts gesehen und macht eine Menge durch.«

Sam nickte.

»Das verstehen wir natürlich«, erwiderte er und gab Will Carlton die Hand. »Auf Wiedersehen. Wir melden uns.«

Sam ging zu seinem Bruder, der bereits den Motor des Impala anließ. Aufgeschreckt durch das plötzliche Röhren flogen ein paar Wasservögel protestierend krächzend auf. Der Mann auf dem Steg blickte nicht einmal auf.

Irgendetwas stimmt hier nicht, dachte Sam Winchester und stieg zu seinem Bruder in den Wagen.

22
»Warum interessiert sich die Forstbehörde für einen Badeunfall?«

Jake Bar lehnte sich vor, und der goldene Sheriffstern an seinem Hemd blitzte auf. Der Sheriff von Lake Manitoc sah genauso aus, wie man sich den Gesetzeshüter einer so kleinen, ländlichen Gemeinde vorstellte: ein freundlicher Mann Ende vierzig, kurz geschnittenes braunes Haar und ein wacher Blick, mit dem er Sam und Dean offen ansah.

Nun lehnte sich auch Sam etwas vor, und der abgewetzte Stuhl vor dem Schreibtisch des Sheriffs knarrte unter ihm.

»Sind Sie sicher, dass es nur ein Badeunfall war? Will Carlton glaubt, dass irgendetwas seine Schwester in die Tiefe gezogen hat.«

»Aber was soll das gewesen sein?«, erwiderte der Sheriff. »Es gibt in diesem See keinerlei Raubtiere. Nichts, das auch nur annähernd groß genug wäre, um einen Menschen hinabzuziehen. Es sei denn, irgendwo auf dem Grund versteckt sich das Monster von Loch Ness ...«

Dean setzte ein gequältes Lächeln auf. »Klar, Nessie ...«

Er warf Sam einen Seitenblick zu. Möglicherweise war der Sheriff mit seinem kleinen Scherz gar nicht so weit von der Wirklichkeit entfernt. Nicht nur in Schottland, Nessies Heimat, auch in den USA gab es Dutzende von Legenden über vergessene, bösartige Kreaturen, die in abgelegenen Gewässern hausten. Das bekannteste war »Champ«, ein urzeitliches Monster, das angeblich auf dem Grund des Lake Champlain an der amerikanisch-kanadischen Grenze hauste. Was, wenn sie es hier tatsächlich mit so einem Biest zu tun hatten?

Der Sheriff lehnte sich zurück und schüttelte den Kopf. »Will Carlton hat ein Trauma erlitten, wer kann ihm das verdenken? Seine Schwester ist nur hundert Meter von ihm entfernt ertrunken, ohne dass er es überhaupt bemerkt hatte. Nach so einem Schock spielt einem die Vorstellung manchmal einen Streich. Trotzdem – wir haben den gesamten See abgesucht, den Grund sogar mit Ultraschall, aber da war rein gar nichts.«

Dean runzelte die Stirn. So viel also zu der Monster-Theorie. Aber was der Sheriff da gesagt hatte, warf noch ein viel größeres Rätsel auf.

»Das ist allerdings seltsam, finden Sie nicht, Sheriff? Ich meine, das Mädchen ist schon der dritte Mensch, der allein in diesem Jahr im See verschwunden ist.«

Sheriff Bar nickte. Seine Stimme wurde leiser. »Ich weiß. Und sie alle waren Bürger meiner Stadt. Freunde, Nachbarn … Es waren Menschen, die mir nahestanden.«

Dean nickte, und der Sheriff gab ein lang gezogenes

Seufzen von sich. »So oder so«, fuhr er dann fort, »das Ganze wird ja demnächst kein Problem mehr sein.«

»Wie meinen Sie das?«, fragte Dean. Auch Sam blickte auf.

»Na ja, wegen des Damms, natürlich.«

Der Sheriff sprach den Satz in einem Tonfall aus, als müssten Sam und Dean genau wissen, was er meinte. Wären sie echte Forstbeamte, hätten sie das wahrscheinlich auch sofort begriffen.

»Natürlich. Der Damm«, improvisierte Dean. »Er hat ja, äh … ein Leck.« Ein Schuss ins Blaue. Hoffentlich saß er.

Sheriff Bar runzelte nur kurz die Stirn, aber er schien keinen Verdacht zu schöpfen. Wahrscheinlich wunderte er sich nur über die Ignoranz der beiden vermeintlichen Beamten. Seine Stimme wurde bitter. »Ein Leck? Er fällt auseinander! Aber der Staat gibt uns nicht das nötige Darlehen, um ihn reparieren zu können. Also haben wir die Fluttore geöffnet. In sechs Monaten wird es keinen See mehr geben. Und damit wird auch die Stadt zugrunde gehen. Aber als Beamte der Bundesbehörde wissen Sie beide das ja alles.«

»Natürlich«, sagte Dean schnell. Ihm entging nicht, dass der Sheriff ihn prüfend anblickte. Er und Sam sollten so schnell wie möglich von hier verschwinden.

Doch bevor er sich eine Ausrede einfallen lassen konnte, um die kleine Polizeistation zu verlassen, kam jemand durch die Tür.

Eine ausnehmend hübsche junge Frau. Sie machte den

Eindruck, als wäre es für sie völlig normal, das Sheriffbüro unangemeldet zu betreten. Erst als sie Sam und Dean sah, stutzte sie und blieb stehen.

»Oh, Entschuldigung. Ich hoffe, ich störe nicht. Ich kann auch später wiederkommen.«

»Darf ich Ihnen meine Tochter vorstellen?«, sagte Sheriff Bar und stand auf.

Sam und Dean taten es ihm nach. Dean war sofort bei der jungen Frau und gab ihr die Hand. »Freut mich, Sie kennenzulernen«, sagte er und setzte sein charmantestes Lächeln auf. »Ich bin Dean.«

»Andrea Bar«, erwiderte die junge Frau. »Hi.«

»Die beiden kommen von der Forstbehörde. Sie sind wegen des Sees hier«, erklärte der Sheriff.

Für einen Augenblick gefror das Lächeln auf den Lippen der jungen Frau.

Der See scheint hier wirklich ein Reizthema zu sein, dachte Sam. Kein Wunder, ohne den See würden auch die Touristen ausbleiben und damit wahrscheinlich die Haupteinnahmequelle der Bewohner von Lake Manitoc. Ob das vielleicht Grund genug für die Stadtbewohner war, ein paar Geheimnisse um den See zurückzuhalten? Sam nahm sich vor, mit seinem Bruder nachher darüber zu reden.

Plötzlich steckte ein kleiner Junge den Kopf hervor. Er hatte sich bis jetzt – buchstäblich – hinter dem Rock seiner Mutter versteckt. Er war vielleicht fünf Jahre alt und hatte sandblondes Haar und große Augen, mit denen er Sam und Dean anblickte.

»Hey. Und wer bist du?«, fragte Dean lächelnd.

Sofort schlug der Junge seine Augen nieder und huschte zurück in den Nebenraum, ohne ein Wort zu sagen. Seine Mutter, Andrea, warf den Brüdern einen entschuldigenden Blick zu und folgte ihrem Sprössling.

»Er heißt Lucas«, sagte der Sheriff.

Dean beobachtete, wie Andrea im Nebenraum leise mit Lucas sprach und ihm einen Malstift gab.

»Mein Enkelkind hat eine Menge mitgemacht. So wie wir alle.« Der Sheriff ging auf die Tür zum Nebenraum zu. »Wenn ich noch irgendetwas für Sie tun kann, lassen Sie es mich wissen.«

Sam nickte, während Dean zu Andrea und ihrem kleinen Sohn hinüberblickte. Andrea half Lucas dabei, etwas zu zeichnen. Der Junge hielt einen Buntstift in der Hand und war völlig in seine Arbeit versunken.

Dean räusperte sich, und Andrea blickte auf. »Sie könnten uns tatsächlich noch einen Gefallen tun und uns ein preisgünstiges Hotel empfehlen«, sagte er dann.

»*Lakefront Motel*«, sagte Andrea. »Gehen Sie einfach links raus, dann ist es zwei Blocks entfernt Richtung Süden.«

»Zwei Blocks …?«, erwiderte Dean und machte ein Gesicht, als hätte die junge Frau ihm gerade erklärt, das Motel läge am anderen Ende des Bundesstaates. »Könnten Sie uns vielleicht den Weg zeigen?«, fragte er.

Sam verdrehte die Augen. Ihm entging nicht der Dackelblick, den sein großer Bruder aufgesetzt hatte. Wahrscheinlich dachte Dean, er würde auf der Stelle tot umfallen, wenn er nicht einmal am Tag mit einem Mädchen flirtete.

Andrea lachte auf. »Sie wollen, dass ich Sie ein paar Schritte weit führe?«

»Nur, wenn es keine Umstände macht«, erwiderte Dean, ganz die Unschuld in Person.

Andrea grinste. »Warum nicht, es liegt sowieso in meiner Richtung. Dad, ich hole Lucas um drei Uhr wieder ab, okay?«

Sheriff Bar, Andreas Vater, nickte. Andrea gab Lucas einen Kuss auf den Kopf. »Und dann gehen wir in den Park, okay, Schatz?«

Lucas reagierte gar nicht. Er war in seine Zeichnung vertieft wie in eine andere Welt.

Sam nickte dem Sheriff noch einmal zu, dann trat er hinter Dean und Andrea Bar aus der Tür.

»Kinder sind etwas Großartiges, was?« Dean folgte Andrea Bar durch die belebten Straßen des kleinen Städtchens. Sam hielt absichtlich etwas Abstand. »Wirklich süß, Ihr Kleiner«, sagte Dean.

»Danke«, erwiderte Andrea nur, dann blieb sie stehen. »Hier ist es!« Sie deutete auf die weiße Holzfassade mit dem farbigen Schriftzug LAKEFRONT MOTEL. Er war kaum zu übersehen, sogar vom Büro des Sheriffs aus. »Wie ich Ihnen sagte – es sind gerade mal zwei Blocks.«

»Danke«, murmelte Sam. Gott, war das peinlich.

Andrea lächelte und wandte sich Dean zu. »Es muss

echt hart sein mit so einem schlechten Orientierungssinn. Man findet nie die richtigen Worte, um eine Frau anzusprechen, was?«

Grinsend drehte sich Andrea um und ließ den errötenden Dean stehen.

Geschah ihm recht! Sam ging zu seinem Bruder. »Kinder sind etwas Großartiges?«, fragte er. »Du kannst Kinder nicht ausstehen!«

Dean sah Andrea hinterher, dann wandte er sich seinem Bruder zu. »Quatsch. Ich liebe Kinder!«

»Ach ja? Dann nenne mir die Namen von drei Kindern, die du überhaupt nur *kennst*!«

»Kein Problem …«, hob Dean an, dann stockte er. »Na gut, ich muss erst mal nachdenken …«

Sam seufzte nur und betrat die Rezeption des kleinen Motels.

Dean Winchester schüttete den Inhalt seiner Reisetasche auf das Bett des Hotelzimmers und begann damit, die Schmutzwäsche auszusortieren. Hoffentlich gab es irgendwo im Motel ein Münzwaschgerät.

Sams Tasche stand unberührt auf seinem Bett; kaum im gemeinsamen Zimmer angekommen, hatte der jüngere Winchester-Bruder sofort seinen Laptop hochgefahren. Zum Glück gab es eine offene W-Lan-Verbindung, mit der er sich sofort in das elektronische Zeitungsarchiv der Gemeinde eingeloggt hatte. Das Monsterjagen war viel einfacher geworden, seit es Internet gab.

Sam blickte konzentriert auf den Bildschirm und ließ alte Titelseiten der örtlichen Lokalzeitung vorbeiziehen. Eine Volltextsuche in der virtuellen Bibliothek hatte innerhalb von wenigen Minuten ein paar interessante Tatsachen ans Licht gebracht.

»Es gab in diesem Jahr bereits drei Todesfälle durch Ertrinken«, sagte er.

»Das wissen wir inzwischen«, nickte Dean. Er ging zu seinen Bruder hinüber. Die schmutzige Wäsche musste warten. Auch gut. »Wie sieht's mit den Jahren davor aus?«, wollte er wissen.

Sam scrollte sich durch ein paar alte Ausgaben der Zeitung. »So wie ich das sehe, gab es in den vergangenen fünfunddreißig Jahren sechs weitere Todesfälle im See. Auch diese Opfer wurden nie gefunden. Wenn es da draußen irgendetwas gibt, dann schlägt es in immer kürzeren Abständen zu.«

»Ein Monster mit einer Fangquote?«

Sam biss sich auf die Unterlippe. »Diese ganze Monster-Theorie ... Irgendetwas stimmt da nicht ...«, murmelte er.

»Was meinst du?«

Sam blätterte das virtuelle Zeitungsarchiv weiter durch, ohne aufzublicken. »Loch Ness, Lake Champlain ... Für all diese Monster gibt es Hunderte von Augenzeugen. Menschen, die behaupten, etwas gesehen zu haben. Aber hier – nichts. Was immer da draußen auch ist, es gibt niemanden, der darüber berichten kann. Jedenfalls niemanden, der noch lebt.«

»Halt! Warte!« Dean deutete aufgeregt auf den Bildschirm des Laptops. Er hatte etwas entdeckt. Einen Namen.

»Christopher Bar! Ist Bar nicht der Nachname des Sheriffs?«

Sam vergrößerte den virtuellen Zeitungsauschnitt mit einem Klick. »Christopher Bar … Laut diesem Artikel ist er im Mai ertrunken! Warte …«

Sam folgte einem Hyperlink. Ein Foto blitzte auf.

Es zeigte einen erschöpften, völlig verängstigten kleinen Jungen, der in eine Decke eingewickelt war und von einem Uniformierten in einen Krankenwagen geführt wurde. Sam und Dean kannten diesen Jungen.

Es war Lucas, der Sohn von Andrea.

Sam überflog den dazugehörigen Artikel. »Christopher Bar, der Ertrunkene, war der Ehemann von Andrea. Lucas' Vater. Wie es aussieht, hat er Lucas mit zum Schwimmen in den See genommen. Lucas befand sich auf einer schwimmenden Plattform, als sein Vater ertrunken ist. Danach hat es zwei Stunden gedauert, bis der Junge geborgen werden konnte.«

Sam blickte Dean an. »Vielleicht haben wir doch einen Augenzeugen.«

»Kein Wunder, dass der Kleine so mitgenommen ist«, sagte Dean, und diesmal war die Sympathie in seiner Stimme echt. »Zusehen zu müssen, wie ein Elternteil stirbt, ist nichts, das man einfach so wegsteckt.«

Sam sagte nichts, aber er konnte an Deans Blick sehen, was in seinem älteren Bruder vor sich ging. Dean hatte miterlebt, wie ihre Mutter getötet worden war. Das war zwanzig Jahre her, doch vielleicht stimmte es nicht, was man sagte. Vielleicht heilte die Zeit doch nicht alle Wunden.

23

Andrea Bar war nicht schwer zu finden. Im Sheriffbüro hatte sie Lucas versprochen, später mit ihm in den Park zu gehen, und in ganz Lake Manitoc gab es nur einen einzigen öffentlichen Park mit einem Spielplatz.

Als Sam und Dean eintrafen, saß Andrea etwas abseits auf einer Bank und blickte liebevoll und etwas traurig zu ihrem Sohn hinüber. Das bunte Treiben auf dem Spielplatz schien ihn gar nicht zu interessieren. Er kniete selbstvergessen vor einer kleinen Bank, die ihm als Tisch diente, und zeichnete.

»Dürfen wir uns zu Ihnen setzen?«, fragte Dean freundlich, und Andrea blickte überrascht auf. Als sie Dean sah, musste sie lächeln.

»Ich bin mit meinem Sohn hier«, erwiderte sie.

Dean ließ seinen Blick über den Spielplatz schweifen. Es war nicht schwer, Lucas zu entdecken. Er war der einzige ruhende Punkt inmitten einer Horde wild umhertollender Kinder. »Macht es Ihnen etwas aus, wenn ich ihm Hallo sage?«, fragte Dean und ging zu Lucas hinüber, ohne Andreas Antwort abzuwarten.

Andrea blickte Dean nach, dann wandte sie sich Sam

zu. »Sagen Sie Ihrem Freund, dass diese ganze Jerry-Maguire-Nummer bei mir nicht funktioniert. Er kann sich nicht bei mir einschmeicheln, indem er Interesse für meinen Sohn heuchelt.«

Sam blickte hinüber zu Dean, der gerade vor Lucas in die Hocke ging. »Ich glaube nicht, dass er das vorhat«, sagte er nur. Beide blickten jetzt zu Lucas und Dean hinüber. Etwas in der Art, wie Dean ihren Sohn anlächelte, ließ Andrea Bar glauben, was Sam sagte.

Dean lächelte den Jungen an, doch Lucas blickte nicht auf. Er war noch immer auf seine Zeichnung konzentriert. Um ein paar bemalte Zeichenblätter herum hatte er kleine Spielzeugsoldaten aus Plastik gruppiert, als ob diese seine Werke beschützen sollten.

»Wie geht's dir?«, wollte Dean wissen. Als Lucas nicht aufblickte, nahm Dean einen der Spielzeugsoldaten in die Hand. »Wow, die habe ich als Kind auch geliebt!«

Keine Reaktion von Lucas.

»Okay, ich sehe schon. Du bist eher der Künstler, was? Das ist cool, die Mädels stehen auf Künstler.« Dean betrachtete die bemalten Blätter. Das oberste zeigte einen mit kräftigen, schwarzen Strichen gemalten Wirbel. Sonst nichts. Auf das Blatt darunter hatte Lucas ein knallrotes Kinderfahrrad gemalt.

»Hey, die sind ziemlich gut«, lobte Dean. Er nahm sich einen Buntstift und ein Blatt Papier. »Hast du was dagegen, wenn ich auch etwas zeichne? Ich bin gar nicht so schlecht.«

Dean begann zu zeichnen. »Weißt du, ich glaube, dass du mich genau verstehst – du willst bloß nicht antworten, stimmt's?«, fragte Dean sanft. »Ich weiß nicht, was genau mit deinem Dad passiert ist, aber es muss etwas wirklich Schlimmes gewesen sein. Ich glaube, ich weiß, wie du dich fühlst.«

Deans Stimme stockte. Er sah auf die Zeichnung in seiner Hand – ein paar linkisch gekritzelte Strichmännchen. »Als ich in deinem Alter war, da habe ich auch etwas Furchtbares gesehen. Vielleicht meinst du, dass dir sowieso keiner glaubt, wenn du erzählst, was passiert ist. Aber du sollst wissen, dass ich dir glauben werde, okay? Du musst mir nicht mal erzählen, was an diesem Tag auf dem See mit deinem Dad passiert ist – vielleicht malst du mir ja einfach ein Bild?«

Lucas schien Dean überhaupt nicht zu hören. Der Junge zeichnete einfach weiter, auch als Dean ihm sein Bild hinhielt. »Na ja, wie auch immer. Schau mal, das ist für dich.« Dean deutete auf vier Strichmännchen, die er gezeichnet hatte. »Das da ist mein Dad. Und das ist meine Mom. Der hier, das ist mein Streber-Bruder – und das hier bin ich.«

Dean seufzte und legte das Bild zu den anderen. »Na schön, als Zeichner bin ich eine totale Niete. Bis später mal, Lucas.«

Dean richtete sich auf, warf einen letzten Blick auf den schweigenden Jungen und wandte sich zum Gehen. Hinter Deans Rücken legte Lucas seinen Buntstift zur Seite und nahm Deans Bild in die Hand.

Dean ging wieder zu Andrea und Sam hinüber. Die beiden waren mitten in einer Unterhaltung. »Lucas hat seit dem Unfall kein Wort mehr gesprochen. Nicht mal mit mir.«

»Was sagen die Ärzte?«, wollte Sam wissen.

Andrea zuckte mit den Schultern. »Sie meinen, es wäre eine Art posttraumatisches Stresssyndrom.«

»Es muss für Sie beide schwer sein.«

Andrea lächelte Sam tapfer an. »Wir sind zu meinem Dad gezogen. Er hilft uns, so gut er kann. Es ist nur … Wenn ich daran denke, was Lucas durchgemacht hat, was er gesehen hat …« Andreas Stimme geriet ins Stocken.

»Kinder sind stärker, als wir alle denken, Andrea«, sagte Dean. »Sie wären überrascht, mit was sie alles klarkommen.«

Andrea nickte. »Ich weiß. Aber Lucas war ein so lebendiges Kind. Der reinste Wirbelsturm. Und jetzt sitzt er einfach nur da. Den ganzen Tag. Er malt seine Bilder und spielt mit seinen Plastiksoldaten. Ich wünschte nur, ich … Hey, Schatz …«

Unbemerkt von den Erwachsenen hatte Lucas seinen Platz verlassen und war nun hergekommen. Wortlos drückte er Dean ein Bild in die Hand. Dann ging er wieder davon, still und mit gesenktem Kopf.

»Danke, Lucas«, rief Dean ihm hinterher. Andrea blickte Dean verwundert an. Sie konnte es kaum fassen, dass sich ihr Sohn einem völlig Fremden so weit geöffnet hatte.

Sam Winchester blickte auf das Bild in der Hand seines

Bruders. Es zeigte, von kindlicher Hand gezeichnet, nichts weiter als ein Haus mit einem dunkelroten Dach.

Dean runzelte die Stirn. Hatte diese Zeichnung irgendetwas mit dem zu tun, was mit Lucas' Vater geschehen war? Und selbst wenn – Lucas' Vater war mitten auf dem See gestorben. Was in aller Welt hatte sein Tod mit einem solchen Haus zu tun?

Will Carlton stand in der Wohnzimmertür. Sein Vater Bill hatte den ganzen Tag auf dem Steg verbracht und auf den See hinausgestarrt. Jetzt, lange nach Einbruch der Dunkelheit, saß er ebenso bewegungslos auf seinem Lieblingssessel im Wohnzimmer und starrte ins Leere. Will war erschrocken darüber, wie alt sein Vater plötzlich aussah – als wäre er in den letzten, furchtbaren Tagen um Jahre gealtert.

»Dad?«

Sein Vater reagierte nicht.

»Dad, du musst etwas essen. Ich mache uns etwas zum Abendessen, okay?«

Will wartete nicht auf eine Reaktion, die ohnehin nicht kommen würde. Er ging in die kleine Küche. Auch er selbst hatte keinen Hunger, aber niemand hatte etwas davon, wenn er oder sein Vater entkräftet zusammenbrachen. Will nahm ein scharfes Messer und griff mit der anderen Hand nach einem Fisch, der schon auf der kleinen Arbeitsfläche neben der Spüle lag. Mit einem tausendfach geübten Schnitt trennte er den Kopf des Fisches ab, dann schlitzte er den Körper des Tieres auf und entnahm die Innereien. Will drehte den Wasserhahn auf und spülte den Fisch ab, bevor er ihn zur Seite legte und sich den nächsten vornahm.

In das Rauschen des fließenden Wassers mischte sich ein Wispern.

Will blickte auf und sah, dass sich das Wasser, das aus dem Hahn strömte, bräunlich verfärbt hatte. Ein fauliger Geruch stieg auf. Will stieß einen stummen Fluch aus und drehte den Hahn wieder zu. Das mussten die ersten Folgen des sinkenden Wasserspiegels im See sein! Würde er auch ohne frisches Wasser auskommen? Ein Fisch war schon ausgenommen und abgewaschen – das musste reichen.

Aus dem Abfluss des Spülbeckens quoll plötzlich trübes, schlammiges Wasser. Dicke Blasen werfend sprudelte dann immer mehr der schmutzigen Flüssigkeit nach oben und füllte innerhalb von Sekunden das gesamte Spülbecken.

Ohne lange nachzudenken, krempelte sich Will die Ärmel seines Hemdes hoch und packte beherzt in die trübe Brühe. Irgendetwas musste im Abfluss feststecken und das Wasser aus dem Abflussrohr wieder hochdrücken. Wenn er sich nicht beeilte, würde das Becken überlaufen.

Das Wasser war überraschend kalt, als ob es aus großer Tiefe stammen würde. Dabei hatte Will den Fisch mit warmem Wasser abgewaschen. Seltsam.

Will stutzte, als er wieder glaubte, ein Wispern zu hören. Vorhin hatte er es noch für eine Sinnestäuschung gehalten, hervorgerufen durch das Rauschen des Wasserstrahls. Aber jetzt wurde es immer lauter. Während Will noch mit den Fingern im Abfluss herumtastete, wurde aus dem Wispern eine Stimme, die von überall und nirgends kam.

Nein, das war nicht richtig. Sie kam direkt aus dem Spülbecken. Aber das war unmöglich. Da war nichts, außer der immer höher steigenden, blubbernden schwarzbraunen Brühe.

Als sich die kalte Hand um Wills Handgelenk schloss, war er zu überrascht, um aufschreien zu können. Und eine Sekunde später war es dazu zu spät. Mit unglaublicher Kraft zerrte irgendetwas Wills Unterarm so tief in das Spülbecken hinein, dass sein Kopf unter Wasser gezogen wurde.

Jetzt versuchte Will instinktiv, einen Schrei auszustoßen, der aber unter Wasser zu einem stummen Blubbern wurde. Schlammiges, fauliges Wasser drang in Wills Mund, füllte seine Kehle und sickerte tiefer. In seine Lungen hinunter.

Das ist unmöglich!, war Wills letzter, halbwegs rationaler Gedanke, dann setzte die blanke Panik ein.

Verzweifelt wehrte er sich gegen die Macht, die sein Handgelenk gnadenlos weiter umklammert hielt. Er bäumte sich auf, versuchte, den Kopf wieder über die Wasseroberfläche zu heben. In dem flachen Spülbecken fehlten dazu nur wenige Zentimeter, aber es hätten ebenso gut zehn Meter sein können. Menschen waren schon in

Pfützen ertrunken, die kaum tiefer als eine Handbreit waren.

Und genau das passierte Will Carlton. Er ertrank.

Noch einmal stemmte er seine Füße auf den Küchenboden, versuchte, sich aufzurichten.

Vergeblich.

Geschirr und Töpfe wurden laut scheppernd zu Boden geschleudert, als Wills freier Arm noch einmal zuckend nach Halt suchte. Doch Will Carlton hörte den Lärm schon nicht mehr, den sein eigener Todeskampf verursacht hatte. Sein Körper erschlaffte.

Fast im selben Augenblick begann das schlammige Wasser in der Spüle wieder zu sinken. Gurgelnd verschwand es im Abflussrohr, und noch einmal war so etwas wie eine Stimme zu hören.

Sie klang zufrieden.

24

Sam Winchester stieß die Tür des Hotelzimmers auf. Dean kannte seinen Bruder lange genug, um schon an dessen Blick abzulesen, dass etwas passiert war. Und er behielt recht.

»Ich schätze, die Nessie-Theorie können wir jetzt getrost ausschließen.«

»Wie meinst du das?«, fragte Dean.

»Ich bin gerade am Haus der Carltons vorbeigekommen. Es stand ein Krankenwagen davor ...«

Dean sah seinen Bruder an und wartete darauf, dass er die Bombe zum Platzen brachte.

»Will Carlton ist tot.«

Dean stieß scharf Luft aus und ließ sich auf das Hotelbett fallen. »Lass mich raten – er ist ertrunken.«

»Ja. In der Küchenspüle.«

»Bitte was?« Dean schüttelte den Kopf. Irgendetwas verdammt Seltsames ging hier vor. »Du hast recht, wir haben es nicht mit einem lebenden Wesen zu tun.«

»Aber mit was dann?«, fragte Sam ratlos.

»Keine Ahnung. Ein Wassergespenst vielleicht? Eine Art

von Dämon? Es muss irgendetwas sein, das Kontrolle über das Wasser hat ...«

Dean stutzte. Eine Idee formte sich in seinem Hinterkopf. Natürlich! Sie hätten gleich darauf kommen müssen. »Es hat Kontrolle über Wasser, das aus derselben Quelle kommt.«

»Aus dem See!«

»Genau.«

Sam strich sich über das Haar. Alles passte jetzt zusammen. »Das erklärt auch, warum es immer schneller mordet. Der See fließt langsam ab. In ein paar Monaten wird er trocken sein. Und was immer dieses Ding auch ist, was immer es will – ihm geht langsam die Zeit aus!«

Sam hatte vollkommen recht. Das bedeutete, dass auch sie schnell handeln mussten – bevor es weitere Tote gab. Und da war noch etwas. Die Stadt bezog ihr Trinkwasser aus dem See. In jedem Haus von Lake Manitoc musste es mindestens eine Zuleitung geben, die zum See führte.

»Wenn es sich durch die Wasserrohre bewegen kann, dann kann es sich hier jeden schnappen, überall.«

Sam nickte. »Es gibt noch etwas, das wir jetzt mit Sicherheit sagen können. Wir wissen, dass die Sache etwas mit Bill Carlton zu tun haben muss.«

Das schien jetzt sonnenklar. »Es hat seine beiden Kinder getötet.«

»Nicht nur das. Ich habe mich ein bisschen umgehört. Lucas' Dad, Chris – er war Bill Carltons Patenkind.«

Dean Winchester sprang auf und griff nach seinen

Autoschlüsseln. »Statten wir Mr Carlton einen Besuch ab!«

Lake Manitoc war eine Stadt der kurzen Wege. Es kostete Sam und Dean nur ein paar Minuten, das Haus der Carltons zu erreichen. Die beiden Brüder hielten sich gar nicht erst damit auf, an die Tür des Hauses zu klopfen. Schon von Weitem sahen sie Bill Carlton unbeweglich auf dem kleinen Steg sitzen. So, wie er schon da gesessen hatte, als er seine Tochter verloren hatte. Jetzt war auch sein Sohn tot.

Die Brüder betraten den Steg. Bill Carlton blickte nicht auf. Wie hypnotisiert starrte er mit schimmernden Augen auf das Wasser.

»Mr Carlton, wir würden Ihnen gern ein paar Fragen stellen«, sagte Sam vorsichtig.

»Wir sind von der Behörde für …«

Der alte Carlton ließ Dean nicht ausreden. »Es ist mir egal, von woher Sie kommen. Ich habe heute schon genug Fragen beantwortet.«

Sam nickte. Er konnte Carlton verstehen, aber es war ungemein wichtig, endlich ein paar Antworten zu bekommen. Bevor der See noch weitere Opfer forderte. »Ihr Sohn glaubte, irgendetwas im See gesehen zu haben, Sir. Wie ist es mit Ihnen? Haben Sie jemals etwas Ungewöhnliches da draußen bemerkt?«

Bill Carlton reagierte nicht.

»Mr Carlton«, fuhr Sam fort, diesmal etwas nachdrücklicher, »Sophie ist ertrunken und Will ist tot – wir glauben, dass diese Todesfälle etwas mit Ihrer Familie zu tun haben könnten.«

Unendlich langsam drehte Bill Carlton den Kopf und blickte Sam an, ohne ihn richtig wahrzunehmen. »Meine Kinder sind tot. Gehen Sie bitte.«

Sam sah Dean an. Dean schüttelte den Kopf. Das war sinnlos. Die beiden Brüder ließen Carlton auf dem Steg zurück und gingen wieder zu ihrem Wagen, der vor dem Haus stand.

»Was denkst du?«, fragte Sam.

»Ich denke, dass der arme Teufel durch die Hölle gegangen ist. Und ich denke, dass er uns irgendetwas verschweigt.«

»Und was?«

Dean schüttelte den Kopf und wollte gerade etwas erwidern, als sein Blick auf das Haus der Carltons fiel. Er stutzte.

»Was ist denn?«, wollte Sam wissen.

Dean betrachtete weiter das Holzhaus, dann zog er die Zeichnung heraus, die der kleine Lucas ihm auf dem Spielplatz gegeben hatte. Auch sie zeigte ein Haus mit einem roten Dach. Einem roten Dach, wie es auch das Haus der Carltons hatte. Kein Zweifel: Aus welchem Grund auch immer – Lucas hatte das Haus der Familie Carlton gezeichnet.

»Sieht aus, als wäre Bill Carlton nicht der Einzige, der etwas weiß«, murmelte Dean.

»Und jetzt?«

Dean stieg in das Auto. »Jetzt besuchen wir Lucas.«

»Tut mir leid. Ich glaube nicht, dass das eine gute Idee ist.«

Andrea Bar stand mit verschränkten Armen im Wohnzimmer des Hauses ihres Vaters und schüttelte den Kopf.

Dean blickte sie beschwörend an. »Ich muss mit ihm reden. Es dauert nur ein paar Minuten!«

Andrea schüttelte noch einmal den Kopf. »Er redet nicht. Also was soll das bringen?«

Sam trat an Andrea Bar heran. Sie war eine Mutter, die ihren Sohn beschützen wollte, das konnte er verstehen. Aber wenn Lucas etwas wusste, *musste* Dean mit ihm reden. Irgendwie. Zu viel stand auf dem Spiel. »Andrea, wir befürchten, dass noch mehr Menschen etwas zustoßen könnte. Wir glauben, dass da draußen auf dem See irgendetwas vor sich geht.«

Andrea schlug die Augen nieder. »Mein Mann und die anderen – sie sind ertrunken, das ist alles.«

»Wenn Sie das wirklich glauben, Andrea, dann verschwinden wir sofort«, erwiderte Dean. »Aber wenn Sie es auch nur entfernt für möglich halten, dass hier mehr vor sich geht, dann – bitte – lassen Sie mich mit Lucas sprechen.«

Andrea sah in Deans Augen. Bei ihrem ersten Treffen hatte sie ihn noch für einen Aufreißer und Frauenheld gehalten. Doch jetzt spürte sie Aufrichtigkeit und Besorgnis in seiner Stimme. Besorgnis um andere – und um Lucas.

Das gab den Ausschlag. Andrea nickte stumm und führte Dean in das Zimmer ihres Sohnes.

Lucas hockte auf dem Boden und war wie immer in eine neue Zeichnung vertieft. Wieder hatte er eine Gruppe von Plastiksoldaten im Halbkreis um sich herum aufgestellt. Der Junge blickte nicht auf, als Sam sich vor ihm hinhockte.

»Hey Lucas«, sagte Dean trotzdem, »erinnerst du dich noch an mich?« Vorsichtig nahm Dean zwei der Zeichnungen hoch und betrachtete sie kurz. Sie zeigten wieder das rote Kinderfahrrad. »Ich wollte mich nur für deine letzte Zeichnung bedanken. Aber ich fürchte, ich brauche noch einmal deine Hilfe.«

Dean zog die Zeichnung mit dem Haus der Carltons aus der Tasche und faltete sie auseinander. »Warum hast du das hier gemalt? Wusstest du, dass etwas Schlimmes passieren würde? Vielleicht kannst du einfach nicken oder den Kopf schütteln?«

Lucas zeichnete weiter, ohne auf Dean zu reagieren. Andrea und Sam standen im Türrahmen und beobachteten die Szene. Sam hätte nie gedacht, dass sein älterer Bruder eine solche Geduld für ein Kind aufbringen konnte.

Dean lächelte Lucas an. »Du hast Angst, das verstehe ich. Weißt du, als ich in deinem Alter war, habe ich gesehen, wie etwas Furchtbares mit meiner Mom passiert ist. Und ich hatte auch Angst. Ich wollte danach auch nicht mehr reden, genau wie du. Aber dann dachte ich, dass meine Mom ... Na ja, sie würde sich bestimmt freuen, wenn ich tapfer bin.«

Sam runzelte die Stirn. Er hatte noch nie gehört, dass Dean so offen über seine Gefühle sprach.

»Ich denke jeden Tag daran«, fuhr Dean ernst fort. »Und ich tue mein Bestes, um tapfer zu sein. Und vielleicht möchte dein Vater ja auch, dass du tapfer bist, Lucas.«

Die kleine Hand mit dem Buntstift stoppte. Langsam blickte Lucas auf und sah Dean an. An der Tür hielt Andrea den Atem an. Für Lucas war das eine ungeheure Reaktion.

Lucas zögerte einen Moment, dann zog er aus dem kleinen Stapel mit Zeichnungen zielsicher ein Blatt heraus und hielt es Dean hin. Dean nahm es lächelnd entgegen. Es zeigte eine ganze kleine Stadt mit einer Kirche, einem gelben Haus und einem kleinen Jungen mit einer blauen Baseballkappe, der davor auf einem roten Fahrrad fuhr.

»Danke, Lucas«, sagte Dean.

25

Nach einer kurzen Verabschiedung von Andrea, die den Tränen nahe war, stiegen die beiden Winchester-Brüder in Deans Impala und fuhren los.

Dean hatte das Radio eingeschaltet, und aus dem Kassettenspieler dröhnte Rockmusik.

»Andrea hat gesagt, Lucas hätte erst nach dem Tod seines Vaters mit dem Zeichnen angefangen«, sagte Dean.

Sam nickte. »Es soll Fälle gegeben haben, in denen Menschen nach einer traumatischen Erfahrung anfällig für Vorahnungen geworden sind«, warf Sam ein.

»Was immer da draußen ist, Lucas ist in irgendeiner Weise damit verbunden. Es ist nur eine Frage der Zeit, bis der Nächste ertrinkt. Wenn du eine bessere Spur hast, Sam, dann heraus damit!«

Sam dachte nach. Vielleicht verrannte sich sein Bruder da in eine fixe Idee, aber das war tatsächlich alles, was sie hatten. Er blickte auf die Zeichnung. »Na schön, suchen wir dieses Haus.«

»Das Problem ist nur«, relativierte Dean seinen eigenen Tatendrang, »dass es allein in diesem Landkreis Tausende von gelben Häusern geben muss.«

Sam blickte noch einmal auf das Bild. Direkt neben

dem Haus hatte Lucas eine Kirche mit einem schlanken, weißen Turm gezeichnet. »Siehst du diese Kirche hier? Ich wette, davon gibt es weitaus weniger als tausend.«

»Oh, unser Collegeboy hält sich ja für so clever«, grummelte Dean, ärgerlich darüber, nicht selbst auf die Idee gekommen zu sein.

Sam lächelte und schwieg einen Moment. Dann sah er seinen Bruder an. »Was du vorhin über Mom erzählt hast, Dean ... Ich hatte keine Ahnung, dass du dich so fühlst. Du hast nie darüber geredet.«

»Ist ja auch keine große Sache«, erwiderte Dean cool. Aber nicht besonders überzeugend. Als er spürte, dass sein Bruder ihn immer noch ansah, erwiderte er Sams Blick.

»Oh Gott, wir müssen uns doch jetzt nicht umarmen oder so?«

Sam lächelte und blickte wieder hinaus, um Ausschau nach der Kirche zu halten.

Er war froh, einen Bruder wie Dean zu haben.

Die Suche nach der Kirche nahm nur eine gute halbe Stunde in Anspruch. Kaum hundert Schritte von dem hoch aufragenden Turm entfernt duckte sich ein kleines, aber gemütlich aussehendes gelbes Häuschen in die Schatten einiger Bäume. Dean und Sam stiegen aus dem schwarzen Impala und gingen auf das Häuschen zu. Dieser Ort war alles andere als unheimlich – wenn da nicht die Tatsache gewesen wäre, dass Lucas genau dieses Haus gezeichnet hatte. Dean verglich die Zeichnung noch einmal mit dem

Haus vor ihm. Alles, was noch fehlte, war ein Junge mit einem roten Fahrrad und einer blauen Baseballkappe.

Sam und Dean überquerten die Straße und klopften an der Tür des gelben Hauses. Ein paar Sekunden lang passierte gar nichts, dann wurde die Tür einen Spaltbreit geöffnet. Eine alte Dame mit grauem Haar und traurigen blauen Augen blickte hinaus.

»Ja, bitte?«, fragte sie.

Dean räusperte sich. Die nächste Frage klang ein wenig seltsam, aber es gab keinen anderen Weg, als sie zu stellen. »Bitte entschuldigen Sie die Störung. Aber wohnt hier vielleicht ein kleiner Junge? Er trägt möglicherweise eine blaue Baseballkappe und fährt ein rotes Fahrrad.«

Die alte Dame schluchzte auf. Sam und Dean sahen sich verdutzt an. Dann öffnete die Frau die Haustür und forderte die beiden auf, einzutreten. Das Innere des Hauses war gemütlich eingerichtet, aber düster. Sam konnte das Gefühl nicht erklären, doch er hatte den Eindruck, als ob an der Einrichtung dieses Hauses seit Jahrzehnten nichts verändert worden wäre. Als ob für die alte Frau die Zeit irgendwann stehen geblieben war.

»Der Junge, den Sie suchen, Sir«, sagte die alte Dame mit trauriger Stimme, »wohnt hier schon lange nicht mehr. Peter ist fort. Seit über fünfunddreißig Jahren.«

Die Winchester-Brüder folgten der Dame ins Wohnzimmer. Auf einer Kommode stand das Foto eines etwas blässlichen, aber freundlich lächelnden Jungen mit rötlichen Haaren und Sommersprossen. Die alte Dame betrachtete das Porträt wehmütig. Der Junge auf dem Foto musste ihr Sohn sein.

»Die Polizei hat nie irgendeine Spur gefunden«, fuhr die alte Dame fort. »Er ist einfach … verschwunden.«

Dean schluckte. Sam tippte ihm an die Schulter und deutete auf eine Gruppe von Spielzeugsoldaten, die neben dem Porträt standen. Peters Mutter musste sie als Erinnerung an ihren Sohn dort aufgestellt haben. Wahrscheinlich waren sie das Lieblingsspielzeug des Jungen gewesen. Wie bei Lucas …

Die alte Dame nahm das Porträt in die Hand. Tränen stiegen ihr in die Augen. »So etwas ist … Es ist schlimmer als der Tod.«

Die Winchester-Brüder sahen sich an.

»Ist Peter von hier aus verschwunden?«, fragte Dean. »Ich meine, aus diesem Haus?«

»Er sollte mit seinem Fahrrad von der Schule aus direkt nach Hause kommen. Aber er kam nie wieder.« Die Erinnerung machte den Blick der alten Dame starr. Sie schaute ins Nichts, genauso, wie es Bill Carlton auf dem Steg vor seinem Haus tat.

Dean entdeckte ein weiteres, verblichenes Foto, das in einem Spiegel steckte. Dieses Haus war voller Erinnerungen an glückliche Tage, die die Gegenwart für die alte Dame noch schlimmer machen mussten. Dean nahm das Foto in die Hand und betrachtete es. Es zeigte zwei in die Kamera lächelnde Jungs. Einer davon war Peter, der stolz den Lenker seines roten Fahrrads umklammerte. Das Gesicht des anderen Jungen erinnerte Dean an jemanden. Er drehte das Foto herum.

»Schau dir das an, Sam.«

Auf der Rückseite des Fotos war in säuberlicher Handschrift etwas notiert.

»Peter Sweeney und Billy Carlton, 1970«

Bill Carlton saß auf der alten Holzbank auf dem Steg, auf der er schon viele glückliche Stunden verbracht hatte. Hier hatte er gesessen und zugesehen, wie Sophie und Will als kleine Kinder im Wasser geplanscht hatten, hier hatte er seine verstorbene Frau geküsst oder einfach nur die Stille und Ruhe des Sees genossen.

Jetzt blickte er nur mit Tränen in den Augen auf die spiegelglatte Wasseroberfläche.

»Du hast mir alles genommen«, murmelte er, »alle, die ich geliebt habe. Ich habe nichts mehr.«

Der See schwieg.

»Ich habe es erst nicht verstanden. Ich habe es nicht geglaubt. Aber jetzt verstehe ich. Jetzt weiß ich endlich, was du willst.«

Bill Carlton holte tief Luft und stand auf.

Er wusste jetzt, was er zu tun hatte.

Mit laut röhrendem Motor raste der schwarze Impala über die Landstraße. Dean kümmerte sich nicht um die Geschwindigkeitsbegrenzungen, jetzt kam es möglicherweise auf jede Minute an.

Die Puzzleteilchen hatten sich zusammengefügt, er und Sam ahnten nun, was in Lake Manitoc vorging. Und um *wen* es eigentlich ging.

»Okay, dieser Junge, Peter Sweeney, verschwindet vor fünfunddreißig Jahren einfach«, fasste Sam noch einmal vom Beifahrersitz aus zusammen, »und alles steht irgendwie mit Bill Carlton in Verbindung.«

»Yeah, scheint, als hätte der gute Bill irgendetwas zu verheimlichen, was?«

Sam nickte. »Und alle Menschen, die er liebt, werden für dieses Irgendetwas bestraft.«

»Was, wenn Bill dem kleinen Peter etwas angetan hat?«

»Was, wenn er ihn getötet hat?«

Dean runzelte die Stirn, ohne die Augen von der Fahrbahn zu nehmen. Das Ufer des Sees zog bereits an ihnen vorbei. »Dann würde Peters Geist rasend vor Wut sein. Und nach Rache dürsten. Das wäre eine Erklärung. Wir sind da!«

Staub wirbelte auf, als der Impala vor dem Haus der Carltons hielt. Sam und Dean stürmten heraus und sahen sich um. Sam wollte zu dem Holzhaus laufen, aber es brannte trotz der heraufziehenden Dämmerung kein Licht. Bill Carlton musste sich außerhalb des Hauses aufhalten.

»Mr Carlton?!«, rief Sam.

Wie als Antwort dröhnte plötzlich das Röhren eines starken Motors über den See. Sam und Dean sahen sich an, dann rannten sie los.

Bill Carlton saß am Ruder eines kleinen Motorbootes und steuerte die Mitte des Sees an.

»Mr Carlton!«, rief Dean. »Kommen Sie zurück! Sie dürfen nicht auf den See! Bitte!«

Bill Carlton drehte sich nur kurz um, mit dem Blick eines Mannes, der längst mit dem Leben abgeschlossen hatte. Dann sah er wieder auf den See, der ihm alles genommen hatte.

Hilflos mussten Sam und Dean zusehen, wie sich das Boot mit Bill Carlton vom Ufer entfernte. Aber es kam nicht weit.

Urplötzlich und fast lautlos wurde es von etwas getroffen. Eine unsichtbare Macht katapultierte es aus dem Wasser. Der Motor röhrte noch einmal auf, dann schlug das Boot wieder auf der Wasseroberfläche auf und wurde augenblicklich in die Tiefe gezogen.

Unwillkürlich hielten Dean und Sam den Atem an. Es dauerte nur ein paar Sekunden, bis die zerborstenen Wrackteile des Holzbootes wieder an die Oberfläche schnellten.

Bill Carlton blieb verschwunden.

26

Als Sam und Dean Sheriff Bar in sein kleines Büro folgten, war es bereits dunkel. Die beiden Brüder hatten den Sheriff telefonisch über Bill Carltons Tod informiert und am See auf das Eintreffen der Polizei gewartet.

Nach einer fast wortlosen Fahrt betraten die beiden nun die Polizeistation. Um diese Zeit war sie verlassen – bis auf Andrea Bar, die dort offenbar auf ihren Vater wartete. Lucas saß stumm neben ihr, angespannt mit dem Oberkörper vor und zurück schaukelnd.

Der Junge war nervös und ängstlich.

Andrea sprang auf, als sie Dean und Sam in Begleitung ihres Vaters sah.

»Sam! Dean! Ich hatte nicht erwartet, euch hier zu sehen!«, sagte sie.

Ihr Vater, Sheriff Bar, runzelte die Stirn. »Ihr seid also schon beim Vornamen?«, knurrte er missbilligend. »Was machst du hier, Andrea?«, wollte er wissen.

»Ich habe dir etwas zu essen mitgebracht«, erwiderte die junge Frau und hielt eine Papiertüte mit Sandwiches hoch.

»Tut mir leid, Schatz«, sagte der Sheriff nur, »ich habe keine Zeit.«

Andrea nickte und senkte den Blick. »Ich habe von Bill Carlton gehört. Stimmt es? Dass irgendetwas auf dem See vorgeht?«

Die Frage war eher an Dean gerichtet als an ihren Vater, was die grimmige Stirnfalte auf dem Gesicht des Sheriffs noch tiefer werden ließ. »Im Augenblick wissen wir noch gar nichts. Aber es ist vielleicht besser, wenn du jetzt mit Lucas nach Hause gehst.«

In diesem Augenblick sprang Lucas auf. Er rannte zu Dean und klammerte sich an seinen Arm. Erstaunt und beunruhigt ging Dean sofort in die Hocke, um dem offenbar völlig verängstigten Jungen ins Gesicht zu sehen.

»Lucas! Was ist denn? Alles okay?«

Lucas gab nur ein ängstliches Wimmern von sich und klammerte sich fester an Deans Arm. Vorsichtig nahm Andrea ihren Sohn an der Schulter und zog ihn von Dean fort. Lucas wehrte sich stumm, aber Dean redete beruhigend auf ihn ein. »Schon okay, Lucas. Alles okay. Geh mit deiner Mutter mit. Wir sehen uns später.«

Widerstrebend gehorchte Lucas und ließ sich von seiner Mutter nach draußen führen. In der Tür drehte er sich noch einmal um und warf Dean einen flehentlichen Blick zu, der ihm das Herz einschnürte.

Sheriff Bar wartete, bis seine Tochter und sein Enkel die Station verlassen hatten, dann schleuderte er seine Polizeijacke wütend auf einen Stuhl. Mit einer Geste befahl er Sam und Dean, vor seinem Schreibtisch Platz zu nehmen.

»Okay, nur um es noch einmal zusammenzufassen«, knurrte Bar, »irgendetwas hat also Bill Carltons Boot angegriffen, hat Bill – der nebenbei bemerkt ein hervorragender Schwimmer ist – ins Wasser gerissen, und ihr habt ihn danach nicht mehr gesehen?«

»Yeah, das fasst es ziemlich gut zusammen«, nickte Dean cool.

Sheriff Bar funkelte die beiden Brüder an. »Und das soll ich euch glauben? Obwohl ich bereits den ganzen See mit Sonar habe absuchen lassen? Und obwohl ich weiß, dass ihr zwei nicht von der Forstbehörde seid?«

Dean machte ein unschuldiges Gesicht und wollte etwas erwidern, aber der Sheriff hatte nicht die Absicht, ihn zu Wort kommen zu lassen. »Ganz recht, ich habe das überprüft. Die Behörde hat nie von euch beiden Vögeln gehört.«

Dean räusperte sich. »Nun, wir können das erklären …«

»Es reicht jetzt!«, knurrte Sheriff Bar. »Der einzige Grund, warum ich euch nicht gleich unter Mordverdacht verhafte, ist, dass einer von Bills Nachbarn vor euch gesehen hat, wie Bill mit dem Boot hinausgefahren ist. Das lässt uns ein paar Möglichkeiten: Ich kann euch wegen Amtsanmaßung verhaften und euch als Zeugen von Bill Carltons Verschwinden in Untersuchungshaft nehmen.«

Dean wollte etwas einwenden, aber der Sheriff war noch nicht fertig. »Oder wir vergessen das Ganze einfach, ihr setzt euch in euer Auto, verschwindet aus der Stadt und kommt mir nie wieder unter die Augen!«

»Das klingt nach der besseren Möglichkeit«, sagte Sam.

»Gut. Die hätte ich auch gewählt …«

Sheriff Bar stand auf und deutete auf die Tür.

Fünf Minuten später rollte der schwarze Impala durch die Dunkelheit. Dean steuerte den Wagen wortlos durch die Nacht, und auch Sam war in Gedanken verloren. Das Rätsel war gelöst, und der Geist des toten Jungen hatte sich an seinem Mörder gerächt. Jetzt war es Zeit, die Suche nach ihrem Vater wieder aufzunehmen.

Der Wagen hielt an einer Ampel. Sam blickte durch das Seitenfenster nach draußen. »Es ist grün«, sagte er.

Dean reagierte nicht.

»Grün«, wiederholte Sam noch einmal.

Dean drückte das Gaspedal durch.

Andrea Bar hatte Lucas ins Bett gebracht und war danach in einen Bademantel geschlüpft. Es war ein furchtbarer Tag gewesen, und alles, was sie sich jetzt noch wünschte, war ein heißes Bad und ein paar Stunden Schlaf. Andrea ging zur Küche, um vorher noch ein Glas Wasser zu trinken. Als sie an der geöffneten Tür zu Lucas' Zimmer vorbeikam, stutzte sie. Lucas war wieder aufgestanden, saß in seinem Pyjama auf dem Boden und zeichnete, umgeben von seinen Spielzeugsoldaten. Er zeichnete wie besessen.

»Lucas«, sagte Andrea nur und ging zu ihrem Sohn. Widerstrebend ließ Lucas den schwarzen Stift fallen, mit dem er einen schwarzen Strudel auf ein Blatt Papier gezeichnet hatte.

»Du musst schlafen, Schatz«, flüsterte Andrea und führte ihren Sohn zurück zu seinem Bett. Sie wünschte sich, Lucas irgendwie trösten zu können, aber der Junge ließ einfach niemanden an sich heran. Niemanden, außer Dean Winchester. Mit seinen Worten schien der junge Mann irgendetwas in Lucas ausgelöst, das Vertrauen des Jungen errungen zu haben.

Doch so, wie ihr Vater die beiden Winchesters in seinem Büro angesehen hatte, vermutete Andrea, dass sie Dean Winchester nicht wiedersehen würde. Das würde sie Lucas schonend beibringen müssen.

Morgen.

Als Lucas wieder im Bett lag, gab Andrea ihm einen sanften Kuss auf die Stirn, löschte das Licht und ging zurück ins Badezimmer. Seufzend drückte sie den Stöpsel in den Abfluss der Badewanne und drehte den Wasserhahn auf. Andrea wandte sich ab und steckte sich die Haare hoch. Hinter ihr füllte sich die Badewanne mit Wasser.

Sam Winchester blickte seinen Bruder vom Beifahrersitz aus ungläubig an. Dean hatte den Wagen gewendet und rauschte nun mit Vollgas zurück nach Lake Manitoc. »Dean, ich dachte, unser Job wäre beendet?«

»Da bin ich mir nicht so sicher«, knurrte Dean.

»Aber wenn Bill diesen Peter Sweeney ermordet hat

und Peters Geist seine Rache bekommen hat, dann ist der Fall abgeschlossen! Der Geist hat seine Ruhe gefunden.«

»Kann sein. Aber was, wenn wir uns verdrücken, und die Geschichte ist noch nicht abgeschlossen? Was, wenn noch mehr Menschen etwas passiert?«

»Wie kommst du darauf?«, wollte Sam wissen.

»Weil Lucas wirklich verängstigt war.«

Sam hatte es geahnt. Sein Bruder Dean schien sich tatsächlich Sorgen um den Kleinen zu machen. Wer hätte das gedacht?

»Darum geht es dir also?«, fragte Sam.

»Ich will nur nicht einfach so verschwinden, bevor ich nicht sicher sein kann, dass es dem Jungen gut geht.«

Sam grinste seinen Bruder von der Seite an. »Wer bist du – und was hast du mit meinem Bruder gemacht?«

»Halt die Klappe«, antwortete Dean nur.

Andrea Bar ließ den Seidenbademantel von ihren nackten Schultern gleiten und stieg in die Badewanne. Das Wasser hatte genau die richtige, angenehme Temperatur. Mit einem wohligen Seufzen ließ sich die junge Frau ganz in die Wanne gleiten. Andrea schloss die Augen und hielt eine Fußspitze in den Wasserstrahl, der noch immer aus dem Hahn plätscherte, obwohl die Wanne schon fast bis zum Rand gefüllt war. Wasserverschwendung war kein Thema in Lake Manitoc, das Wasser kostete hier fast nichts, da es über ein weitverzweigtes Rohrsystem direkt aus dem Speichersee in alle Haushalte der Stadt geleitet wurde.

Andrea schloss die Augen. Nach einem anstrengenden Tag gab es nichts Entspannenderes als ein solches Bad.

Das Wasser aus dem Hahn färbte sich erst braun, dann fast schwarz.

Ohne die Augen zu öffnen, tastete Andrea nach einem Waschlappen, um sich damit über Gesicht und Hals zu wischen.

»Komm, spiel mit mir!«

Eine Kinderstimme erklang aus dem Nichts. Einen winzigen Augenblick lang dachte Andrea, die Stimme würde Lucas gehören. Doch das konnte nicht sein. Lucas hatte zwar seit Monaten nicht mehr gesprochen, aber sie war seine Mutter, und sie wusste, wie die Stimme ihres Sohnes klang. Diese gehörte jemand anderem.

Andrea riss die Augen auf. Das eben noch klare Wasser in der Badewanne hatte sich dunkel verfärbt. Dickflüssig und fast schwarz wie Teer quoll immer mehr der stinkenden Brühe aus dem Wasserhahn. Andrea stieß einen erschrockenen Schrei aus und stemmte sich hoch, um aus der Wanne zu steigen.

Wahrscheinlich war ein Filtersystem defekt und ließ schlammiges Wasser aus dem Grund des Sees in die Leitungen der Wasserversorgung fließen, dachte Andrea noch. Eine rationale, naheliegende Erklärung, doch tief in ihrem Unterbewusstsein wusste Andrea, dass das nicht stimmte. Etwas war hier, war durch die Rohre direkt in ihr Heim gekommen. Um sie zu holen.

Und Lucas.

Hektisch umfasste Andrea die Ränder der Wanne, um hinauszusteigen. Der größte Teil ihres Körpers hatte das Wasser schon verlassen, als Andrea spürte, wie irgendetwas – eine Hand! – nach ihrer Hüfte griff und sie wieder zurück ins Wasser zerrte. Für Sekunden war Andreas Kopf unter Wasser. Panisch kämpfte sie gegen die unheimliche Macht an, nur um erneut unter die trübe Wasseroberfläche gezogen zu werden. Egal, wie sehr sie es auch versuchte, das Ding im Wasser war stärker.

Wie von weit her hörte Andrea ein Hämmern. Zunächst hielt sie es für das Dröhnen ihres eigenen Herzschlags, doch dann wurde ihr klar, was es wirklich war. Lucas. Er musste etwas gehört haben und hämmerte verzweifelt gegen die verschlossene Badezimmertür.

Der Gedanke an ihren Sohn gab Andrea neue Kraft. Sie musste hier raus, musste entkommen, um ihren Sohn zu retten. Denn was immer im Wasser war, es würde sich auch Lucas holen wollen! Verzweifelt bäumte sich Andrea noch einmal auf. Keuchend stemmte sie ihren Kopf über die Wasseroberfläche. Doch anstatt endlich wieder Luft einzuatmen, rief sie nur den Namen ihres Sohnes.

»Lucas!«

Das Ding in ihrer Badewanne zog sie wieder nach unten. Andrea hatte keine Zeit mehr, den Mund zu schließen. Fauliges, dickflüssiges Wasser strömte in ihren Mund.

Dann war Andrea verschwunden.

Sam und Dean traten vor die Haustür. Zumindest auf dieser Seite der Hausfassade schien kein Licht, das Haus lag still vor ihnen.

»Bist du sicher, dass du jetzt noch klingeln willst? Es ist schon ziemlich spät, Mann«, sagte Sam.

Dean zögerte nur eine Sekunde, dann legte er seinen Daumen auf den Klingelknopf. Doch bevor er überhaupt klingeln konnte, wurde die Tür von innen aufgerissen. Von Lucas. Ein wimmerndes Keuchen von sich gebend, lief er fast in Dean hinein. Dann blickte er die beiden Brüder nur kurz an und rannte zurück ins Haus.

»Lucas! Was ist los?«, rief Dean ihm hinterher, aber der Junge rannte bereits die Treppe zum ersten Stock hoch. Unter seinen Füßen platschte es – dickflüssiges, dunkles Wasser rann die Stufen hinunter.

Dean und Sam zögerten keine Sekunde. So schnell sie nur konnten, rannten sie die Stufen hinauf. Das Wasser im Flur drang durch den Schlitz der Badezimmertür. Sam, der etwas schneller gewesen war als sein Bruder, trat die Tür mit einem Tritt ein und stürmte ins Badezimmer.

Dean packte Lucas, der hinterherwollte. Über die Schulter des Jungen blickte Dean in das Badezimmer. Es war verlassen, aus der übervollen Badewanne rann ununterbrochen brackiges Wasser auf den gefliesten Boden.

Sam zögerte nicht. Beherzt griff er in die undurchsichtige Brühe, bekam nackte Haut zu fassen – und zog.

Mit einem Ruck schaffte er es, Andreas Kopf ein paar Zentimeter aus dem Wasser zu ziehen. Die junge Frau rang nach Luft, dann zerrte irgendetwas sie mit unglaublicher Gewalt zurück unter Wasser. Sam stöhnte auf und nahm alle seine Kräfte zusammen. Was immer in der Wanne war, es war unglaublich stark. Er hatte nur noch eine Chance, Andrea aus dem Wasser zu ziehen, bevor seine Muskeln erschöpft waren.

»Nein!«, presste Sam hervor und zog.

Mit letzter Kraft schaffte er es, Andrea aus dem Wasser zu befördern. Sam ließ sich nach hinten fallen. Als keuchendes, durchnässtes Bündel landeten Sam und die splitternackte Andrea auf dem Badezimmerboden.

Andrea schlug die Augen auf, und ein Schwall dunkles Wasser quoll aus ihrem Mund.

In der Badewanne blubberte die dunkle Brühe und verschwand im Abfluss.

27

Als die Morgensonne aufging und die letzten Schatten der Nacht vertrieb, durchzog der Geruch von Kaffee das Haus der Bars. Sam stellte eine Tasse vor Andrea, die mit geröteten Augen beobachtete, wie sich der Dampf gemächlich auflöste.

Dean war im Nebenzimmer und durchwühlte die kleine Bibliothek des Hauses nach Hinweisen. So blieb es Sam überlassen, Andrea zu fragen, was in der Nacht im Badezimmer geschehen war.

»Ich kann es Ihnen nicht sagen«, murmelte Andrea nur und nippte mechanisch an ihrem Kaffee. »Es ergibt keinen Sinn.« Ein Schluchzen schlich sich in ihre Stimme. »Ich glaube, ich verliere den Verstand!«

Sam schüttelte den Kopf. »Nein, das tun Sie nicht«, sagte er sanft. »Erzählen Sie mir einfach, was passiert ist. Alles.«

Andrea blickte Sam aus ihren braunen Augen an. »Ich habe diese Stimme gehört«, begann sie stockend. »Und sie hat gesagt ›Spiel mit mir‹ ... Oh, Sam, was geht hier nur vor?«

In diesem Moment betrat Dean das Zimmer. Offensichtlich war er fündig geworden. In seinen Händen hielt er ein altes Fotoalbum.

»Jake, 12 Jahre«, stand auf dem Einband.

Zielsicher schlug Dean eine bestimmte Seite auf. Sie zeigte ein Gruppenfoto von einem Dutzend kleiner Jungs in Pfadfinderuniformen. Sie lächelten teils frech, teils unschuldig, teils verlegen in die Kamera.

»Kennen Sie eines dieser Kinder?«, fragte Dean.

Andrea blickte auf das Foto und schüttelte den Kopf. »Nein. Ich meine, außer meinem Vater hier.«

Andrea deutete auf einen der kleinen Jungs auf dem Gruppenfoto und ließ den Finger dann zu einem anderen Foto auf der Doppelseite gleiten.

Dieses Foto zeigte zwei kleine Jungen, offenbar Freunde. Der eine war der zwölfjährige Sheriff Bar, Andreas Vater.

Der andere war Peter Sweeney.

Dean und Sam sahen sich an. »Die Verbindung, die wir gesucht haben – es war nicht Bill Carlton. Es muss der Sheriff gewesen sein!«

Sam schüttelte den Kopf. »Nein. Bill Carlton *und* der Sheriff! Sie beide haben etwas mit Peters Tod zu tun!«

Das würde erklären, warum der Geist des toten Jungen sich an der Familie Carlton und an Andreas Mann Chris gerächt hatte. Beide Familien waren die Nachkommen seines Mörders.

Andrea sprang auf. Sie blickte Sam und Dean verwirrt

und ängstlich an. »Was hat mein Vater damit zu tun? Was meinen Sie?«

Dean suchte gerade nach Worten, Andrea ihren Verdacht schonend beizubringen. Immerhin vermuteten er und Sam, dass Andreas Vater einen kleinen Jungen auf dem Gewissen hatte. Doch plötzlich nahm etwas Deans Aufmerksamkeit in Beschlag. Unbemerkt von den Erwachsenen hatte Lucas schweigend wie immer das Zimmer durchquert. Erst als der Junge die Tür öffnete und kühle Morgenluft hineindrang, blickte Dean auf.

»Lucas?«, fragte er, »Lucas, alles in Ordnung? Wo willst du hin?«

Lucas antwortete nicht. Stumm und wie hypnotisiert trat er durch die Tür ins Freie.

»Lucas?«, fragte jetzt auch Andrea besorgt.

Der Junge schien noch versunkener in seine eigene Welt zu sein, als er es normalerweise schon war.

Dean und Sam sprangen auf, und auch Andrea folgte ihnen beunruhigt. Lucas durchquerte zielsicher den kleinen Garten hinter dem Haus. Am Rande der Rasenfläche, unter den Ästen eines alten Baumes, blieb der Junge schließlich stehen. Lucas blickte auf den Boden zu seinen Füßen und schwieg. Als Sam, Andrea und Dean an ihn herantraten, blickte Lucas auf und sah Dean an.

Der Blick war eine stumme Aufforderung.

Dean schluckte und drehte sich zu Andrea um. »Sie und Lucas, Sie gehen zurück ins Haus und bleiben dort, okay?«

Andrea nickte und nahm Lucas an der Hand, der sich widerspruchslos wegführen ließ.

Gut. Dean wusste nicht, was sie hier finden würden, aber es war besser, wenn Lucas es nicht sah.

Wenn er es nicht ohnehin schon wusste.

Sam hatte mitgedacht und war zu einem Schuppen mit Gartengeräten gelaufen. Jetzt kam er mit zwei Schaufeln zurück. Sofort machten sich die beiden Brüder an die Arbeit.

Sie brauchten nicht lange zu graben. Schon nach ein paar Spatenstichen schlug Deans Schaufel gegen etwas Hartes, Metallisches. Die beiden warfen die Schaufeln fort und gruben mit bloßen Händen weiter. Was immer dort vergraben lag, es steckte nicht tief in der Erde. So, als hätten Kinder in aller Eile etwas verscharrt.

Dean schaufelte hektisch eine Handvoll Erde nach der anderen weg. Dann sah er den Griff. Er nickte Sam zu, und mit vereinten Kräften zogen die beiden Winchesters den vergrabenen Gegenstand ans Tageslicht.

Es war ein Kinderfahrrad. Die Jahre in der feuchten Erde hatten ihre Spuren hinterlassen, aber unter Erde und Rost war noch immer die rote Farbe zu erkennen.

Ein rotes Kinderfahrrad, wie Lucas es gezeichnet hatte.

Ein rotes Kinderfahrrad. Peter Sweeneys ganzer Stolz, von dem er sich nie getrennt hätte. Nie im Leben …

»Was tun Sie hier?«

Dean und Jake fuhren herum. Hinter ihnen stand Andreas Vater, Sheriff Bar. Und er hielt seine Dienstwaffe auf sie gerichtet.

Sam hob beschwörend die Hände. »Nehmen Sie die Waffe runter, Jake«, sagte er so ruhig wie möglich.

Sheriff Bar machte keine Anstalten, Sams Aufforderung nachzukommen. »Woher wusstet ihr, dass das Fahrrad hier ist?«

Dean machte einen kleinen Schritt nach vorn. »Was ist passiert?«, fragte er herausfordernd. Waffe oder nicht, seine Geduld war am Ende. »Sie und Bill Carlton haben Peter Sweeney getötet und sein Fahrrad vergraben, damit es keiner findet?« Dean schüttelte den Kopf. »Sie können die Wahrheit nicht begraben, Jake. Kein Unrecht bleibt unter der Erde.«

Die Hand, die Jake Bars Pistole hielt, begann zu zittern. »Ich habe nicht die geringste Ahnung, von was ihr redet!«, zischte er.

Dean blickte Jake Bar an. »Sie und Bill haben Peter Sweeney vor fünfunddreißig Jahren getötet. Davon rede ich!«

Das Zittern von Jake Bars Hand wurde stärker. Das war gut. Dean kalkulierte seine Chancen: Würde er es mit einem schnellen Schritt nach vorn schaffen, die Waffe aus Bars Hand zu schlagen, bevor dieser abdrücken konnte? Vielleicht. Vielleicht würden er oder Sam sich dabei auch eine tödliche Kugel einfangen.

Die Entscheidung wurde Dean abgenommen, als Andrea über die Wiese lief. Sie musste ihren Vater durch das Wohnzimmerfenster gesehen haben. »Dad!«, rief sie schon von Weitem.

Jake Bar warf nur einen kurzen Blick auf seine Tochter. Er ließ die Waffe nicht sinken, aber Dean war sich ziemlich sicher, dass der Sheriff jetzt nicht mehr schießen würde. Nicht vor den Augen seiner Tochter.

»Wir haben es jetzt mit einem wirklich sehr schlecht gelaunten Rachegeist zu tun«, knurrte Dean.

»Und er wird Andrea holen, dann Lucas«, fuhr Sam fort. »Jeden, der Ihnen am Herzen liegt. Er wird sie ertränken und ihre Leichen auf den Grund des Sees ziehen. Sie werden niemals mehr auftauchen, und Sie werden denselben Schmerz spüren, den Peters Mutter spürt. Jeden Tag. Und dann wird er *Sie* holen, zuallerletzt.«

»Ach ja? Und woher wollt ihr das alles wissen?«, höhnte Jake. Er versuchte, eine verächtliche, ungläubige Miene aufzusetzen, aber es gelang ihm nicht.

»Weil das genau dasselbe ist, was der Geist bereits mit Bill Carlton gemacht hat!«, knurrte Sam.

Jake lachte trocken auf. »Ihr müsstet euch mal hören. Ihr seid wahnsinnig.«

Dean machte noch einen Schritt auf Jake Bar zu. Er hatte längst aufgehört, in ihm den Sheriff und eine Respektsperson zu sehen. Vor ihm stand ein Mann, der etwas Schreckliches getan hatte und nun seit fünfunddreißig Jahren versuchte, vor seiner Schuld davonzulaufen.

»Es ist mir völlig egal, was Sie von uns denken. Aber wir werden diesen Geist zur Strecke bringen. Wir müssen seine Gebeine finden, sie mit Salz bestreuen und dann zu Asche verbrennen.« Dean stockte. Ihm fiel etwas ein. Er blickte Jake Bar bohrend an. »Sagen Sie mir, dass Peter irgendwo begraben liegt und ihr seine Leiche nicht einfach nur in den See geworfen habt.« Denn das würde die Sache mit der Vernichtung der sterblichen Überreste mehr als nur komplizieren machen. Ohne die Gebeine war der Rachegeist des kleinen Peter Sweeney nahezu unangreifbar.

Andrea sah ihren Vater durchdringend an. »Dad, ist irgendetwas von all dem wahr?«

Jake Bar ließ die Waffe sinken und schüttelte den Kopf. »Nein. Hör nicht auf die beiden. Sie sind Lügner. Und gefährlich.«

Aber so leicht ließ sich Andrea nicht abspeisen. Sie hatte gesehen, wie besorgt Dean Winchester um Lucas gewesen war. Was Dean da gerade gesagt hatte, klang zwar unglaublich. Aber sie hatte vor Kurzem erst am eigenen Leibe gespürt, mit was für einer unheimlichen Macht sie es hier zu tun hatten. »Dad«, sagte sie eindringlich, »Dad, irgendetwas hat versucht, mich zu ertränken. Und Chris ist in diesem See gestorben. Sag mir, dass du niemanden getötet hast!«

Jake Bar senkte den Blick. Er konnte seiner Tochter nicht in die Augen sehen. Das war Antwort genug.

»Oh, mein Gott«, hauchte Andrea.

Jake Bar schüttelte langsam den Kopf. Seine Augen blickten in die Vergangenheit. »Billy und ich waren unten am See«, begann er mit stockender Stimme. »Peter war der

Kleinste von uns. Wir haben ihn immer gehänselt, aber an diesem Tag ... haben wir es übertrieben. Wir haben seinen Kopf unter Wasser gehalten. Es war ein Spaß, wir wollten nichts Böses. Aber wir haben es übertrieben und er ... Er ertrank.« Jake Bars Augen begannen zu schimmern, seine Stimme brach, und er blickte seine Tochter flehentlich an. »Wir haben seine Leiche losgelassen, und sie ging unter. Andrea, wir waren Kinder. Wir hatten solche Angst. Es war ein Fehler, ein furchtbarer Fehler ...«

Jake Bar schüttelte die Erinnerungen ab. »Aber Andrea – zu behaupten, dass ich irgendetwas mit diesen Todesfällen zu tun habe, mit Chris' Tod ... Das ist Unsinn. Es gibt keine Geister!«

Okay, das reicht jetzt, dachte Dean Winchester. Auch er war von dem Geständnis des Sheriffs schockiert, aber was geschehen war, war geschehen. Und seine Befürchtung hatte sich bewahrheitet: Die sterblichen Überreste von Peter Sweeny lagen irgendwo auf dem Grund des Sees. Unerreichbar. Das ließ ihnen nur eine Alternative. »Na schön, hört mir alle zu«, sagte er mit fester Stimme. »Wir müssen euch von diesem See wegbringen, so weit wie möglich. Und zwar sofort.«

Andrea nickte. Was immer hier vorging – sie und vor allem Lucas waren in Gefahr. Sie musste ihn sofort aus dem Haus holen, in ihr Auto stecken und ...

Bei dem Gedanken an ihren Sohn blickte Andrea unwillkürlich auf das Haus, in dem sie ihn zurückgelassen hatte. Sie hatte ihm eingeschärft, das Haus nicht zu verlassen. Doch irgendetwas hatte mehr Einfluss auf ihren Sohn als sie selbst.

Andrea sah gerade noch, wie Lucas mit starrem Blick auf den Steg zuging, der hinausführte. Auf den See.

»Lucas!«

Alle fuhren herum. Als sie Lucas sahen, rannten sie los.

Es war zu spät.

Lucas hatte das Ende des Stegs erreicht. Ein Luftzug strich über den See, trug eine Kinderstimme mit sich.

»Komm, spiel mit mir.«

Lucas ging am Ende des Stegs in die Hocke. Unter ihm schwamm ein kleiner, grüner Spielzeugsoldat im Wasser. Lucas streckte seine Hand aus, um danach zu greifen. Die Rufe der Erwachsenen hinter ihm hörte er gar nicht. Da war nur die Stimme des anderen Jungen. »Spiel mit mir.«

Lucas streckte sich noch ein wenig mehr, um die Spielzeugfigur aus dem Wasser zu ziehen.

Ein halb verwester Kinderarm schoss aus dem Wasser. Eiskalte Finger schlossen sich um Lucas' Handgelenk und rissen ihn vom Steg in die Tiefe des Sees.

28 »Lucas!«

Andreas Schrei hallte über den See. Nur ein paar leichte Wellenbewegungen auf dem Wasser verrieten noch, dass ihr Sohn gerade vor ihren Augen in die Tiefe gerissen worden war.

Noch im Laufen schlüpften Dean und Sam aus ihren Jacken. Ohne zu zögern, sprangen sie in das eiskalte Wasser. Wir müssen ihn retten, schoss es durch Deans Kopf, wir müssen Lucas retten. Er ist unschuldig!

Dean tauchte tiefer. Das Wasser des Sees war relativ klar, trotzdem war von Lucas nichts zu sehen. Unter normalen Umständen hätte Lucas noch nicht weit vom Ufer entfernt sein können, aber sie hatten es hier mit übernatürlichen Mächten zu tun. Die Gesetze der Physik waren außer Kraft gesetzt. Verzweifelt blickte sich Dean unter Wasser um. Seine Lungen brannten bereits. Wie lange konnte ein kleiner, schmaler Junge wie Lucas die Luft anhalten? Eine Minute? Anderthalb?

Widerwillig schwamm Dean wieder an die Wasseroberfläche. Ein paar Meter neben ihm tauchte auch der Kopf seines Bruders aus dem See auf. Dean sah zu Sam hinüber.

Nichts, sagte dessen Blick.

Am Steg zog Andrea ihre Jacke aus. In ihrer Verzweiflung wollte auch sie sich ins Wasser stürzen, um nach Lucas zu suchen.

»Nein!«, rief Sam Winchester beschwörend. »Tun Sie das nicht!«

»Mein Sohn ist da draußen!«, rief Andrea.

»Bleiben Sie auf dem Steg!«, rief Sam noch einmal. Von ihm und Dean wollte der Geist des Sees nichts, sie waren sicher. Aber Peter Sweeney würde sich nur zu gern ein weiteres Mitglied der Familie Bar holen.

»Wir finden ihn!«, rief Sam und tauchte wieder ab.

Dean war schon vorher wieder in der Tiefe verschwunden. Das Wasser war hier am Ufer noch nicht sehr tief, aber auch am Grund war keine Spur von Lucas zu sehen. Der See war das Reich von Peter Sweeney. Wenn er nicht wollte, dass sie Lucas fanden, dann würden sie ihn auch nicht finden. Es war sinnlos – sie konnten einfach nichts tun.

Sie können nichts tun, dachte Jake Bar. Er stand ein paar Meter vom Steg entfernt am Ufer. Sie sind gekommen, um zu helfen, aber sie können nichts tun. Er will mich.

Ohne seinen Blick vom See abzuwenden, zog Jake Bar seine Uniformjacke aus. Mit langsamen, aber festen Schritten stieg er in den See. Das Wasser war kalt, aber er achtete gar nicht darauf.

Es tut mir so leid, Peter, dachte Jake. Wir wollten dir nicht wehtun, aber es ist einfach passiert.

Doch das war es gar nicht, worum es dem Geist von Peter Sweeney ging. Das war Jake jetzt klar geworden. Sein Tod war ein furchtbarer Unfall, aber keine Absicht gewesen. Aber er und Bill hatten nicht zu ihrer Tat gestanden. Sie hatten Peters Tod vertuscht, seine Leiche ohne ein Begräbnis dem See überlassen und seine Mutter in furchtbare Qualen versetzt. Alles aus Feigheit.

Und alle, die sie liebten, mussten nun dafür büßen.

Jake stand jetzt bereits bis zur Brust im Wasser. »Peter, wenn du mich hören kannst: Es tut mir leid. Es tut mir so unendlich leid!«

Auf dem Steg hörte Andrea die Stimme ihres Vaters und drehte sich um. Es dauerte nur eine Sekunde, bis sie begriff, was ihr Vater vorhatte. »Nein, Daddy! Tu das nicht!«, rief sie.

Jake Bar hörte nicht auf sie. Sein Blick war auf den See gerichtet. Er sprach mit Peter. Seinem Freund. Seinem Opfer.

»Peter! Lucas ist nur ein kleiner Junge! So wie du es warst! Er kann nichts dafür! Es ist meine Schuld! Nimm mich!«

Auch Dean Winchester hatte Jakes Stimme gehört. Der Sheriff stand jetzt bis zum Hals im Wasser. Dean folgte dem Blick des Mannes.

Ein paar Meter vom Ufer entfernt hob sich langsam ein Kopf aus dem Wasser. Es war nicht Lucas. Es war Peter Sweeney.

Wie Seetang klebte nasses Haar auf der aufgedunsenen, blau-schwarzen Haut des Jungen. Sein Gesicht war ausdruckslos und trotzdem anklagend. In tiefen Höhlen glänzten die schwarzen Augen wie ein mitternächtlicher See.

Dann verschwand der Kopf wieder unter Wasser.

»Mach ein Ende!«, murmelte Jake Bar.

Im selben Augenblick wurde sein Körper brutal unter Wasser gerissen. Was vor fünfunddreißig Jahren begonnen hatte, endete mit einem Ruck und dem fast sanften Aufplätschern von Wasser. Jake Bar war fort.

»Daddy! *Nein*!« Andreas Schrei hallte über den See.

Für Jake Bar war es zu spät, das wusste Dean. Aber sein Opfer würde vielleicht sein Enkelkind retten. Dean holte tief Luft und verschwand wieder unter der Wasseroberfläche.

Etwas weiter entfernt tauchte Sam auf. Er sog keuchend Luft ein, dann blickte er auf den Steg hinüber zu Andrea. Und schüttelte den Kopf. Nichts. Keine Spur von Lucas. Jake Bars Opfer war vergeblich gewesen.

Zehn, vielleicht zwölf Meter vom Ufer entfernt schoss in diesem Augenblick Dean an die Wasseroberfläche. Er war nicht allein. In seinen Armen hielt er den zitternden Lucas. Lucas schnappte verzweifelt nach Luft, aber er lebte.

Es war vorbei.

29

Dean Winchester öffnete die Tür des Impala und warf seine Reisetasche auf den Rücksitz. Die Sonne schien auf den Parkplatz vor dem kleinen Motel, und die Ereignisse der vergangenen Tage schienen weit entfernt, wie ein böser Traum. Trotzdem war Dean schon den ganzen Morgen still gewesen. Er hatte kaum ein Wort geredet.

Sam legte seine eigene Tasche auf den Rücksitz und gab seinem Bruder einen Klaps auf die Schulter. Er wusste, was in ihm vorging.

»Hey, wir können nicht jeden retten«, sagte er.

»Ich weiß«, erwiderte Dean nur grimmig. Doch dann hellte sich seine Miene auf. Andrea Bar und Lucas überquerten den Parkplatz. Andrea hielt ein mit Klarsichtfolie umwickeltes Tablett mit belegten Broten in den Händen.

»Hey!«, rief Dean.

Andrea lächelte ihn an. »Schön, dass wir euch noch erwischt haben. Wir haben euch was zu essen gemacht, für unterwegs. Lucas hat darauf bestanden, die Sandwiches selbst zu schmieren.«

Andrea deutete auf ihren Sohn, der Dean anlächelte. Etwas schüchtern zwar, aber es war ein Lächeln.

»Kann ich sie ihnen jetzt geben?«, fragte er seine Mutter.
Andrea lächelte. »Klar.«

Lucas nahm das Tablett und reichte es Dean.

»Sieht super aus. Komm, wir bringen es ins Auto.«

Lucas folgte Dean zu seinem Wagen. Andrea und Sam sahen ihnen hinterher. »Wie geht es Ihnen?«, fragte Sam.

Andrea lächelte tapfer. »Es wird ein Weilchen dauern, das alles zu verarbeiten.«

»Andrea, es tut mir leid«, erwiderte Sam. Andrea Bar hatte ihren Sohn wiederbekommen, dafür aber ihren Vater verloren.

»Sie haben meinen Sohn gerettet«, sagte Andrea. »Das ist mehr, als ich verlangen kann. Und mein Dad – er hat mich geliebt. Er hat Lucas geliebt. Egal, was er getan hat, ich werde ihn so in Erinnerung behalten.«

Dean hatte Lucas inzwischen auf den Fahrersitz seines Impala gesetzt und das Tablett mit den Sandwiches sicher verstaut. Eine Sache hatte er dem Jungen noch beibringen müssen.

»Also, hast du es dir gemerkt?«, fragte Dean. »Jetzt, wo du wieder redest, ist das ein sehr wichtiger Satz fürs Leben. Also, wiederhole ihn noch einmal!«

Lucas grinste. »Led Zeppelin sind die Größten!«, sagte er stolz.

»Yeah!«, rief Dean zufrieden. Zumindest die musikalische Entwicklung des Jungen war damit schon einmal gerettet. Für alles andere würde Andrea sorgen, da war sich Dean sicher.

»Super. Gib mir fünf!«

Dean hielt seine Hand hoch, und Lucas schlug seine kleine Handfläche gegen die von Dean.

»Pass gut auf deine Mom auf, okay?«, sagte Dean und Lucas nickte.

»Mach ich.«

Sam und Andrea waren inzwischen ebenfalls zum Wagen gekommen. Andrea gab dem verdutzten Dean einen Kuss. »Vielen Dank. Für alles.«

Dean blickte Andrea an. Einen Moment lang war er sprachlos. Dann schluckte er verlegen und öffnete die Wagentür.

»Sam, beweg deinen Hintern«, kommandierte er, ganz der coole, große Bruder. »Wir müssen noch ein paar Meilen schaffen, bevor es dunkel wird.«

Andrea Bar lächelte und beobachtete dann mit Lucas, wie der schwarze Impala vom Parkplatz rollte und beschleunigte. Durch das offene Fahrerfenster schallte trotz des röhrenden Motors laute Rockmusik.

Bad Company's *Movin' On*.

30 Pittsburgh International Airport, Pennsylvania

George Phelps murmelte sein stilles Mantra. »Ich bin ruhig, ich habe keine Angst. Ich bin ruhig, ich habe keine Angst ...« Dann seufzte er. Wem machte er etwas vor? Natürlich hatte er Angst. Gewaltige Angst. Wie jedes Mal, wenn es sich nicht vermeiden ließ, in eines dieser Ungetüme zu steigen.

Er hasste fliegen.

Leider hatte er eine Geschäftsbesprechung am anderen Ende des Kontinents, und eine Zugfahrt quer durch das Land hätte Tage gedauert. Was sein musste, musste sein.

Zum hundertsten Mal griff Phelps in die Innentasche seines Sakkos und überprüfte, ob das Flugticket für United Britannia Airlines noch darin steckte. Natürlich tat es das, auch wenn sich Phelps fast das Gegenteil gewünscht hätte. Er blickte auf seine Armbanduhr. In spätestens einer Viertelstunde musste er zum Check-in, ob er wollte oder nicht.

Bringen wir es hinter uns, sagte er zu sich selbst. Phelps stand auf und steuerte die nächstgelegenen Toilettenräume an. Immerhin eine letzte, kleine Verzögerung, bevor er das Flugzeug besteigen musste. Phelps stieß die Tür auf, ging zu den Waschbecken und hielt seine Hand unter den Sensor des Wasserhahns. Kaltes Wasser plätscherte heraus, das sich Phelps ins Gesicht spritzte.

Ein gut gekleideter Mann trat aus einer der Toilettenkabinen, wusch sich die Hände und blickte George Phelps mitleidig an. »Angst vorm Fliegen?«

Phelps versuchte ein Grinsen. »Ist das so offensichtlich?«

Der Mann trocknete sich die Hände. »Ach, kommen Sie – wie groß ist die Wahrscheinlichkeit, bei einem Flugzeugabsturz zu sterben? Eins zu zwanzigtausend?« Mit diesen Worten verließ der Mann den Raum.

Phelps blickte ihm hinterher. »Wow, das ist wirklich beruhigend«, sagte er in ironischem Tonfall. »Vielen Dank auch!«

Eins zu zwanzigtausend.

Die Wahrscheinlichkeit, im Lotto zu gewinnen, war noch viel, viel geringer. Trotzdem erwischte es jede Woche einen. George Phelps klatschte sich noch eine Handvoll Wasser ins Gesicht. Hätte er in diesem Moment hochgeschaut, wäre ihm nicht entgangen, wie ein dichter, schwarzer Nebel aus dem Lüftungsschlitz der Klimaanlage über ihm quoll. Zielsicher und lautlos waberte die kleine schwarze Wolke nach unten und blieb schließlich auf der Höhe von Phelps' Hinterkopf in der Luft schweben.

Als Phelps vom Waschbecken aufblickte, sah er die schwarze Wolke im Spiegel.

Rauch, dachte er im ersten Augenblick. Ein Flughafenfeuer, auch das noch. Doch der vermeintliche Rauch bewegte sich nicht von der Stelle. Erst als Phelps sich erstaunt umdrehte, setzte sich die schwarze Erscheinung wieder in Bewegung.

Direkt auf Phelps zu.

George Phelps wollte erstaunt aufschreien, doch kaum hatte er seinen Mund geöffnet, schoss der schwarze Qualm direkt in seinen Schlund. Phelps' spürte noch, wie irgendetwas von seinem Körper, dann von seinem Bewusstsein Besitz ergriff. Das fremde Ding in seinem Verstand verdrängte Phelps' eigenes Bewusstsein, drängte es in eine winzige Ecke eines schwarzen Universums. Ein Zittern ging durch den Körper, der vor wenigen Sekunden noch George Phelps gehört hatte. Dann setzte er sich in Bewegung.

Amanda Walker, ihres Zeichens Chefstewardess von United Britannia, zog den Vorhang zum Cockpit zur Seite und lächelte den Piloten an. Chuck blickte von seiner Checkliste auf und lächelte zurück. Die beiden waren alte Hasen, trotz ihrer nur neunundzwanzig Jahre hatte Amanda bestimmt schon hundert Flüge zusammen mit Chuck als Piloten absolviert.

»Amanda, wie geht es Ihnen?«, fragte Chuck. Auch er schien sich zu freuen, wieder gemeinsam mit Amanda zu fliegen.

»Großartig, Chuck, danke.«

Amanda nickte dem Piloten noch einmal zu, dann ging sie wieder zur Schleuse. Die ersten Passagiere des Inlandfluges betraten bereits die Maschine. Mit einem professionellen Lächeln blickte Amanda auf die Bordkarten der Fluggäste und wies ihnen mit einer Geste den Weg zu ihren Plätzen. »Willkommen an Bord! 15C, das ist im hinteren Teil, rechte Seite!«

Ein weiterer Passagier betrat das Flugzeug. Er beachtete Amanda gar nicht, sondern steuerte zielsicher seinen Platz an.

»Einen angenehmen Flug, Sir!«, rief Amanda ihm nach.

Der Mann, der einst George Phelps gewesen war, blieb kurz stehen, blickte sich um und lächelte.

Seine Augen waren pechschwarz.

»Vielen Dank. Den werde ich haben«, sagte er nur, dann ging er weiter.

Seine Augen, dachte Amanda. Sie waren einfach nur schwarz wie zwei Kohlestücke, die ihm jemand in die Augenhöhlen gepresst hatte!

Aber das war unmöglich, oder? Die Beleuchtung im Flugzeug musste ihren eigenen Augen einen Streich gespielt haben. Trotzdem hatte Amanda einen Schauer gespürt, als der Mann sie mit diesen Augen angeblickt hatte. Eine Sekunde lang hatte sie das Gefühl gehabt, er würde in die tiefsten Tiefen ihrer Seele blicken. Sie hatte sich nackt und ungeschützt gefühlt.

Ein weiterer Passagier trat an Amanda heran und präsentierte seine Bordkarte. Reiß dich zusammen, Mädchen, schalt sie sich selbst. Das hast du dir nur eingebildet. »11F – das ist in der Flugzeugmitte«, sagte sie und zwang sich ein Lächeln auf das Gesicht.

In knapp vierzig Minuten hatte Flug UB 2485 seine Reiseflughöhe erreicht und schwebte ruhig in achttausend Metern Höhe durch die Luft. Der Mann, der George Phelps war, blickte hinaus. Dann sprach er seine Sitznachbarin an.

Seine Augen wirkten völlig unauffällig.

»Entschuldigung, wissen Sie, wie lange wir schon in der Luft sind?«, fragte er.

Erstaunt über die etwas ungewöhnliche Frage blickte die Frau auf ihre Uhr. »Etwa vierzig Minuten.«

George Phelps lächelte charmant. »Wow. Die Zeit vergeht hier wirklich wie im Fluge, was? Entschuldigen Sie, würden Sie mich bitte kurz rauslassen? Ich möchte mir etwas die Beine vertreten.«

Die Frau nickte und stand auf, damit Phelps sich an ihr vorbeiquetschen konnte. Phelps ging seelenruhig zum hinteren Teil des Flugzeugs.

Max Jaffey, ein erfahrener Vielflieger, saß auf einem Gangplatz, in ein Magazin vertieft, als Phelps an ihm vorbeiging. Später würde Max nicht mehr sagen können, warum er in diesem Augenblick aufblickte und dem Mann hinterhersah. Vielleicht war es eine dunkle Vorahnung, ein Instinkt, ein sechster Sinn. So oder so, Max spürte einen Schauer, als der Schatten des Mannes über ihn fiel.

Ohne besondere Eile ging der Mann in den Rückteil des Flugzeugs, zur hinteren Einstiegstür.

Was zum Teufel will der da?, dachte Max.

Als ob der Mann seine Gedanken gelesen hätte, drehte er sich kurz um, mit der Andeutung eines Lächelns in seinem Gesicht.

Seine Augen waren pechschwarz.

Dann griff er nach dem Verschlusshebel der Tür.

Max erstarrte. »Was zum Teufel machen Sie da?!«, rief er. Dabei wusste er genau, was der Mann vorhatte. Die anderen Passagiere schienen, alarmiert durch Max' Schrei, diese Vorahnung zu teilen. Eine Frau schrie spitz auf. »Mein Gott, nein!«, rief ein Passagier, ein paar Sitzreihen vor Max.

Dann packte der Mann den Verschlusshebel mit beiden Händen – und mit übermenschlicher Kraft zwang er den gesicherten Verschluss nach unten.

Irgendwo aus dem Schließmechanismus hörte Max noch das Bersten einer metallischen Verriegelung. Dann brach die Hölle los.

Mit unglaublicher Gewalt zischte die Luft aus der Passagierkabine. Die Tür wurde dem Mann, der einst George Phelps gewesen war, aus der Hand gerissen. Dann löste sie sich aus ihrer Verankerung und verschwand. Einen Sekundenbruchteil früher, als auch der wahnsinnige Mann hinausgesaugt wurde.

Die abgerissene Tür prallte in der Luft mit dem Höhenruder der Passagiermaschine zusammen und durchtrennte es mit fast chirurgischer Präzision. Ein neuerlicher Ruck ging dabei durch den Passagierraum, doch dieser konnte Panik und Angst der Passagiere gar nicht mehr schlimmer werden lassen. Eines Steuerruders beraubt, ging die Maschine in einen steilen Sinkflug. Einer der Servierwagen löste sich aus seiner Verankerung und zerschmetterte das Bein eines schreienden Passagiers.

Irgendwo inmitten des Chaos klammerte sich Amanda an einem Sitz fest. Der ungeheure Sog zerrte an ihrem gesamten Körper. Wenn sie jetzt losließ, würde sie aus der Maschine gesaugt und in achttausend Metern Höhe aus der Maschine gespien werden. Die Vorstellung dieses furchtbaren Schicksals ließ einen Adrenalinschub durch den Körper der Stewardess gehen. Mit fast übermenschlicher Kraft schaffte sie es, sich in einen freien Sitz zu ziehen und den Sicherheitsgurt anzulegen. Einen Panikanfall niederkämpfend, griff sie nach einer der Sauerstoffmasken, die automatisch ausgelöst worden waren.

Das Dröhnen der entweichenden Luft war jetzt so laut, dass es die Panikschreie der Passagiere übertönte. Der Anblick der stummen Schreie machte die ganze Situation nur noch furchtbarer.

Amanda spürte, wie sich das Flugzeug noch steiler nach unten neigte. Zu dem Sog der entweichenden Luft kam jetzt auch noch das Gefühl, von einer unsichtbaren Faust in den Sitz gepresst zu werden: Die Maschine raste nun immer schneller und steiler Richtung Boden.

Amanda schloss die Augen.

31

Der Knall der Tür ließ Dean aus einem tiefen, traumlosen Schlaf aufschrecken. Noch etwas verwirrt blickte er sich um und brauchte ein paar Sekunden, um sich zu erinnern, in welchem billigen Motel, in welcher Stadt, in welchem Bundesstaat er überhaupt war. Das waren die Nachteile eines Lebens auf der Straße.

Sam stand im Zimmer, zwei Pappbecher mit heißem Kaffee in der Hand. Durch das Fenster leuchtete das Licht des frühen Morgens.

Des *sehr* frühen Morgens.

Sein kleiner Bruder war ein echter Quälgeist.

»Guten Morgen«, grinste Sam. »Aufstehen. Morgenstund' hat Gold im Mund.«

Dean rieb sich mürrisch die Augen. »Wie spät ist es?«, knurrte er dabei.

»Viertel vor sechs.«

»Morgens?«, fragte Dean ungläubig. Das konnte nicht Sams Ernst sein.

»Unglaublich, wie schnell die Zeit vergeht«, murmelte Dean ironisch. Dann blickte er seinen Bruder an. Trotz seiner aufgesetzten guten Laune konnte Dean die Ringe um die müden Augen seines Bruders sehen. Kein gutes Zeichen.

»Hast du überhaupt etwas geschlafen?«, fragte Dean.

Sam nickte. »Ein paar Stunden.«

Mühsam wälzte sich Dean aus dem Bett. »Lügner«, sagte er nur. »Als ich um drei Uhr ins Bett gegangen bin, hast du noch vor der Glotze gehockt und die Dauerwerbesendungen mit George Foreman angesehen. Die, in denen er die Tischgrills verkauft.«

Sam setzte ein schiefes Lächeln auf. »Hey, was soll ich sagen? Das ist großes Fernsehen!«

Dean fand das nicht lustig. Und das lag nicht nur an der frühen Stunde. Seit sie aufgebrochen waren, um ihren Vater zu suchen, litt Sam an Schlafstörungen. Oder genauer gesagt: an Heimsuchungen im Schlaf. »Wann hast du das letzte Mal eine Nacht ganz durchgeschlafen?«, fragte Dean.

Sam zuckte beiläufig mit den Schultern. »Weiß nicht. Ist wohl eine Weile her. Macht aber nichts.«

»Oh doch, das tut es …«

»Hör mal, Dean«, erwiderte Sam, »ich weiß deine Sorge um mich zu schätzen, aber …«

Dean schnitt seinem jüngeren Bruder das Wort ab. »Oh, ich bin nicht um dich besorgt. Es ist dein Job, mir den Rücken zu decken. Dafür musst du fit sein.« Dean setzte sich auf die Bettkante und blickte Sam ernst an. »Aber Spaß beiseite, Mann. Hast du immer noch Albträume wegen Jess?«

Sams Schultern sackten zusammen. Er zog sich einen Stuhl heran und reichte seinem Bruder einen der Kaffeebecher. »Yeah. Aber nicht nur wegen ihr.« Sam wandte den Blick ab, aber Dean blickte ihn weiter auffordernd an.

»Es ist dieses ganze Leben«, seufzte Sam. »Ich habe einfach vergessen, wie hart dieser Job ist. Wie sehr er dich mitnimmt.«

Dean blickte seinen Bruder fest an. »Das darfst du nicht zulassen. Du darfst das alles nicht so an dich heranlassen.«

»Willst du mir sagen, Dean, dass es dir nichts ausmacht? Dass es dich nie nachts wach hält?«

Dean schüttelte den Kopf.

»Nie? Du hast *nie* Angst?«

Erneutes Kopfschütteln. »Nö. Nicht wirklich.«

Einen Augenblick lang sagte Sam gar nichts. Dann griff er wortlos unter Deans Kopfkissen und zog ein langes, blitzendes Jagdmesser mit silberner Klinge darunter hervor.

Dean gab ein schnalzendes Geräusch von sich, dann nahm er seinem Bruder das Messer ab. »Das ist keine Angst. Das ist Vorsicht.«

Sam seufzte und nahm einen Schluck aus dem Pappbecher. »Wie auch immer. Ich bin zu müde zum Streiten.«

Beide Brüder blickten auf, als das Handy auf Deans Nachttisch plötzlich klingelte. Wer um diese Zeit anrief, musste einen verdammt guten Grund dafür haben.

Dean griff nach dem Handy und nahm das Gespräch entgegen.

»Hallo?«

Dean kannte die Stimme, die ihm antwortete, auch wenn er sie nicht sofort einordnen konnte.

»Dean, hier spricht Jerry Panowski.«

Dean überlegte fieberhaft.

»Du und dein Vater, ihr habt mir vor ein paar Jahren geholfen.«

Natürlich. Dean erinnerte sich. Jerry war ein alter Freund seines Vaters. Einer der Freunde, die wussten, womit sich die Familie Winchester ihre Zeit vertrieb.

»Richtig, damals in Kittanning, Pennsylvania«, sagte Dean in den Hörer. Sam blickte ihn fragend an. Er war zu der Zeit schon auf dem College und deshalb nicht dabei gewesen. »Es ging um diesen Poltergeist, richtig? Er ist doch nicht etwa zurückgekehrt, oder?«

»Nein, Gott sei Dank nicht«, erwiderte Jerry. »Aber etwas anderes ist passiert. Und, na ja, ich fürchte, es könnte noch viel schlimmer sein.«

Dean atmete tief aus. Dieser Poltergeist damals war ein ziemlich übler Zeitgenosse gewesen. Dad und er waren nur knapp mit dem Leben davongekommen, und Jerry wusste das. Wenn er sagte, das neue Problem wäre schlimmer, dann war es das auch.

»Um was geht es denn?«, wollte Dean wissen.

Jerry Panowski zögerte einen Augenblick. »Können wir das persönlich besprechen?«

Die Fahrt von Colorado bis zur Ostküste war nicht gerade ein Katzensprung gewesen, aber Dean und Sam hatten sie in Rekordzeit hinter sich gebracht. Sams Rücken schmerzte von der langen Fahrerei, und seine Übermüdung machte es nicht gerade besser. Dean dagegen hatte solche Probleme nicht. Oder er ließ sich nichts anmerken.

Jerry Panowski war ein freundlicher Mann in den mittleren Jahren, ein wenig blass und hager. Seine Stirnhaare hatten es wohl schon vor Jahren aufgegeben, gegen die fortschreitende Glatze anzukämpfen. Jerry sah aus wie ein ganz gewöhnlicher Mann, aber sein Arbeitsplatz war alles andere als gewöhnlich. Der Flugzeugingenieur führte die beiden Brüder durch die riesige Werkhalle einer Luftwerft. Überall standen gewaltige Flugzeugteile und Turbinen. Männer in blauen Overalls verrichteten konzentriert ihre Arbeit, und ab und zu kreuzte ein Gabelstapler mit gewaltigen Maschinenteilen ihren Weg.

Dean beachtete die organisierte Hektik um sich herum gar nicht. Solange die Flugzeuge um ihn herum noch aus Einzelteilen bestanden und nicht in der Luft waren, hatte er kein Problem damit …

»Vielen Dank, dass ihr so kurzfristig gekommen seid«, sagte Jerry. »Ich schulde eigentlich euch einen Gefallen, nicht umgekehrt.« Jerry blickte Sam erklärend an. »Dean und euer Vater haben mir damals wirklich sehr geholfen.«

Sam nickte. »Dean hat mir davon erzählt. Es ging um einen Poltergeist, richtig?«

Ein Arbeiter in einem Overall hatte das Wort gehört

und grinste. »*Poltergeist*? Geiler Film!«, sagte er im Vorbeigehen.

»Keiner hat mit dir geredet«, erwiderte Jerry im gespielten Tonfall eines tyrannischen Chefs. »Halt die Klappe und arbeite.«

Der Mann im Overall grinste. Jerry schien ein gutes Verhältnis zu seinen Mitarbeitern zu haben.

»Stimmt, es war ein Poltergeist«, sagte Jerry dann etwas leiser. »Und was für einer. Er hat unser Haus quasi auseinandergerissen.« Jerry nickte Dean zu. »Ich sage dir was – ohne dich und deinen Dad wäre ich wahrscheinlich jetzt tot.« Jerry blickte wieder Sam an. »Dein Dad sagte damals, du wärst gerade aufs College gegangen. Stimmt das?«

Sam schlug die Augen nieder. Es war eine schlimme Zeit für alle gewesen. Sam hatte sich immer ein wenig wie ein Verräter an der eigenen Familie gefühlt, weil er sich für ein anderes Leben entschieden hatte. Wie ein missratener Sohn, der seinen Vater und seinen Bruder im Stich lässt.

»Ja, ich habe … mir eine kleine Auszeit genommen«, sagte Sam schließlich verlegen.

»Dein Dad war sehr stolz auf dich. Wirklich. Er hat die ganze Zeit über dich geredet.«

Sam blieb stehen. Jerry hatte das beiläufig gesagt, wie ein Mann, der eine Selbstverständlichkeit ausspricht. Aber Sam bedeuteten diese Worte mehr, als Jerry jemals ahnen konnte.

»Wirklich?«, fragte er.

»Darauf kannst du wetten. Übrigens – ich habe versucht, ihn zu erreichen, aber ich habe ihn nie erwischt. Wie geht es ihm?«

Gute Frage. Die beiden Winchester-Brüder hatten keine Ahnung. Sie wussten nicht einmal, ob ihr Dad noch lebte. Aber das war eine andere Geschichte.

»Er ist gerade ziemlich beschäftigt«, sagte Dean schnell, in der Hoffnung, das Thema damit abzuwürgen.

Jerry schien die kleine Notlüge zu schlucken. Er lächelte. »Tja, Winchester Senior gegen Sam. Ein fairer Tausch, was?«

Sam lachte auf. »Nicht mal annähernd.«

Jerry grinste und öffnete die Tür seines Büros am anderen Ende der Montagehalle. »Kommt rein. Ich habe da etwas, das ihr Jungs euch anhören solltet.«

Ohne weitere Worte zu verlieren, bot Jerry den beiden Brüdern zwei Stühle vor seinem Schreibtisch an. Dann setzte er sich selbst, zog eine CD hervor und steckte sie in einen CD-Player.

»Als ich mir das angehört habe«, erklärte Jerry, »hatte ich das Gefühl, es könnte ein Fall für euch sein.«

Dean hob eine Augenbraue.

»Normalerweise«, fuhr Jerry fort, »hätte ich gar keinen Zugriff auf diese Aufzeichnung. Das ist ein Mitschnitt des Cockpit-Rekorders von Flug United Britannia 2485. Einer unserer Maschinen.«

Jerry drückte die Play-Taste. Sam und Dean lehnten sich interessiert vor. Aus den kleinen Lautsprecherboxen klang der verrauschte, hektische Dialog eines Piloten mit dem Tower am Boden. Ein Notruf. Der Pilot gab die Position durch und sprach von einem Problem mit dem Kabinendruck. Sam und Dean verstanden nicht alles, das Rauschen und Dröhnen der Motoren im Hintergrund war zu laut. »Mayday, Mayday, Mayday!«, schrie der Pilot, so viel konnten die beiden ausmachen. »Wir verlieren an Höhe, das Steuerruder reagiert nicht mehr!« Dann brachen die Sprachfetzen ab. Auch das Dröhnen der protestierenden Motoren verstummte.

Stattdessen drang ein schrilles, noch viel furchtbareres Geräusch aus den Lautsprecherboxen. Es klang wie das bösartige, triumphierende Fauchen eines Tieres.

Damit endete die Aufnahme.

Sam und Dean tauschten einen fragenden Blick aus. Was zum Teufel war da passiert? Das Fauchen am Ende der Aufnahme hatte jedenfalls nicht wie gewöhnliches statisches Rauschen geklungen.

Jerry musste die Aufnahme schon ein Dutzend Mal gehört haben, aber offensichtlich erschütterte sie ihn immer noch. »Das Flugzeug ist von hier aus gestartet«, erklärte er, »und etwa zweihundert Meilen südlich aufgeschlagen. Technisches Versagen, heißt es. Aus irgendeinem Grund ist der Kabinendruck plötzlich abgefallen. Niemand weiß, warum. An Bord waren über hundert Menschen – nur sieben haben überlebt. Der Pilot ist einer von ihnen. Sein Name ist Chuck Lambert. Ein guter Freund von mir. Chuck ist … Na ja, die Sache hat ihn ziemlich mitgenommen. Als ob das Unglück *seine* Schuld wäre.«

»Und Sie glauben das nicht?«, fragte Sam.

»Nein, allerdings nicht«, antwortete Jerry entschieden.

Die Überzeugung des Flugzeugingenieurs überzeugte Sam. Ein Seitenblick auf seinen Bruder verriet ihm, dass es Dean ähnlich ging. »Jerry, wir brauchen eine Passagierliste und eine Liste der Überlebenden«, sagte er.

»Genau.« Dean stimmte ihm zu. »Und glauben Sie, es wäre möglich, einen Blick auf das Wrack zu werfen?«

Jerry verzog das Gesicht. »Die Listen sind überhaupt kein Problem, Jungs. Aber die Luftfahrtbehörde hält die Wrackteile unter Verschluss, um sie in einer speziellen Halle zu untersuchen. Standardprozedur. Um da reinzukommen, braucht man eine Sicherheitsfreigabe, die ich nicht habe.«

Dean zuckte mit den Schultern.

»Kein Problem«, sagte er nur.

Sam sah seinen Bruder fragend an. In Deans Augen funkelte ein Plan.

Das roch nach Ärger.

32

Sam stand ungeduldig vor dem kleinen Copyshop und sah immer wieder auf seine Uhr. Als Dean den Laden endlich wieder verließ, blickte Sam ihn vorwurfsvoll an. »Was hast du da drin gemacht? Das hat ja ewig gedauert!«

Dean grinste nur und hielt zwei eingeschweißte Plastikkärtchen hoch. Auf den mit einem Fotokopierer ausgedruckten Karten prangten Passfotos von Dean und Sam. »Perfektion dauert eben ein wenig. Hier!«

Sam blickte auf die Karten. Es waren zwei gefälschte Ausweise. Und was für welche!

»Homeland Security? Du hast Ausweise von der Heimatschutzbehörde gefälscht? Das ist ziemlich illegal, weißt du? Selbst für unsere Verhältnisse!« Sam musste schlucken. Sich mit gefälschten Ausweisen als Ranger oder Beamte der Forstbehörde auszugeben war eine Sache. Aber Homeland Security? Sam kannte die Gesetzeslage nicht genau, aber seit dem 11. September verstand die Regierung in solchen Dingen keinen Spaß mehr. Und Sam hatte keine Lust, die nächsten zehn Jahre in einem orangefarbenen Overall in Guantánamo zu verbringen.

Dean drückte Sam einen der Ausweise in die Hand und stieg in den Impala. »Tja, das ist mal was Neues. Das sind Ausweise, die die Leute nicht schon tausendmal gesehen haben – umso besser kommen wir damit durch.«

Sam seufzte und öffnete die Beifahrertür. »Also, was hast du rausgefunden?«, fragte Dean, nachdem sich Sam gesetzt und seinen Laptop hochgefahren hatte.

Sam hatte die CD mit den letzten Funkaufzeichnungen von Flug UB 2485 durch ein speziell entwickeltes Analyse-Programm gejagt. Es filterte alle Töne heraus, die nicht durch Umgebungsgeräusche zu erklären waren.

»Tja, wir haben es definitiv mit etwas Übernatürlichem zu tun«, sagte Sam.

»Ach ja?«

»Hör dir das an!«

Sam drückte die virtuelle Play-Taste. Die verzweifelten Rufe des Piloten drangen aus den Lautsprechern des Laptops. Auf dem Bildschirm zuckten oszillierende, spitze Balken im Rhythmus der Töne auf. Plötzlich gingen die Geräusche in ein Zischen über.

Und das Zischen wurde zu einer schrillen, hasserfüllten Stimme: »*Keine Überlebenden!*«

Die Aufzeichnung stoppte.

Dean runzelte die Stirn. »Keine Überlebenden? Was soll das bedeuten? Es gab sieben Überlebende des Absturzes.«

Sam zuckte mit den Schultern. »Keine Ahnung.«

»Also, was hältst du davon? Ein verfluchter Flug?«

Sam wiegte den Kopf. »Es gibt viele Berichte von Geistern und bösen Omen in Flugzeugen oder auf Schiffen. Sogenannte Phantom-Reisende.«

»Hmm«, grunzte Dean wenig überzeugt.

»Erinnerst du dich an Flug 401?«

Dean überlegte. Sam spielte auf den Absturz einer Passagiermaschine an, die im Jahr 1972 über den Everglades abgestürzt war. Über hundert Menschen waren dabei ums Leben gekommen. Aber berüchtigt wurde der Absturz erst durch die Geschichten, die sich später um die Maschine und ihre Einzelteile rankten.

»Du meinst dieses Flugzeug, das abgestürzt ist und dessen intakt gebliebene Einzelteile später in andere Flugzeuge eingebaut wurden. Die Geister des Piloten und des Kopiloten suchten dann diese anderen Flugzeuge heim, richtig?«

»Richtig«, nickte Sam. »Vielleicht haben wir es hier mit einem ähnlichen Phänomen zu tun.«

Dean zog einen Computerausdruck mit einer Liste der Überlebenden aus der Jackentasche. »Okay, nehmen wir uns die Überlebenden vor. Mit wem möchtest du zuerst sprechen?«

Sam deutete auf einen Namen der Liste. »Dem dritten in der Liste. Max Jaffey.«

»Warum gerade mit ihm?«

»Na ja, zunächst mal stammt er aus der Gegend. Und wenn jemand an Bord des Flugzeuges etwas Seltsames gesehen hat, dann er.«

»Wie kommst du darauf?«

Sam sah seinen Bruder an. »Ich habe mit seiner Mutter gesprochen. Und sie hat mir gesagt, wo er jetzt ist.«

Die *Riverfront-Psychiatrie* war ein ruhiger Ort. Patienten schritten langsam und fast lautlos über die sorgsam gemähte Wiese hinter dem Hauptgebäude. Sam und Dean hatten sich als Beamte der Heimatschutzbehörde ausgegeben und höflich, aber bestimmt darum gebeten, mit Max Jaffey zu sprechen. Jetzt begleiteten sie den jungen Mann – Max musste Anfang dreißig sein – durch den Garten der Psychiatrie. Max war unrasiert und blass, der Schatten seines furchtbaren Erlebnisses lag noch immer in seinen Augen.

»Ich verstehe nicht, was das soll«, sagte Max, während er mit Sam und Dean eine kleine Sitzgruppe am Rande des Rasens ansteuerte. »Ich habe doch schon mit der Heimatschutzbehörde geredet.«

Dean nickte und machte ein wichtiges Gesicht. »Stimmt. Aber es sind, äh, ein paar neue Details ans Licht gekommen. Wenn Sie uns also noch ein paar Fragen beantworten könnten …?«

»Bevor das Flugzeug abgestürzt ist«, fragte Sam vorsichtig, »haben Sie da irgendetwas Ungewöhnliches bemerkt?«

»Wie zum Beispiel was?«, fragte Max misstrauisch.

»Seltsame Lichter, ungewöhnliche Geräusche. Vielleicht … Stimmen?«

Max sah Dean an, als ob er es wäre, der in die Anstalt gehörte. »Nein. Nichts dergleichen.«

Dean räusperte sich. »Sie haben sich selbst in die Psychiatrie eingeliefert, nicht wahr? Darf ich fragen, warum?«

Max lächelte bitter. »Ich stand ein klein wenig unter Stress. Ich habe einen Flugzeugabsturz überlebt«, antwortete er sarkastisch.

»Hm. Und das macht Ihnen Angst?«, bohrte Dean nach. »Fürchten Sie sich vor etwas?«

Max Jaffey wandte den Blick ab. »Ich will nicht mehr darüber reden.«

Die drei setzten sich an einen kleinen Holztisch. Dean lehnte sich vor und blickte Max in die Augen. Der Mann hatte noch immer Angst vor irgendetwas, so viel stand fest. Und er fand nachts keine Ruhe mehr. Dean kannte diesen müden, gehetzten Blick. Er kannte ihn von seinem eigenen Bruder.

»Hören Sie, Max«, sagte Dean, »ich bin mir ziemlich sicher, dass Sie da oben irgendetwas Seltsames gesehen haben. Und wir müssen wissen, was es war!«

Max schüttelte schnell den Kopf. Zu schnell. »Nein. Ich habe mir das alles nur eingebildet. Das waren Hirngespinste.«

»Hirngespinste«, echote Dean und blickte seinen Bruder an.

Sam nickte Dean zu. Vielleicht würde ein etwas vorsichtigerer Tonfall mehr aus Max Jaffey herauslocken. »Schon okay, Max«, sagte er. »Dann sagen Sie uns doch einfach, was Sie zu sehen *geglaubt* haben.«

Max ließ seinen Blick über den Rasen gleiten. Dann gab

er sich einen Ruck. Und schien froh zu sein, endlich darüber reden zu können. »Da war ... dieser Mann. Und er hatte diese ... diese Augen! Schwarze Augen! Und dann sah ich ... Ich dachte, ich würde ...« Max brach ab.

»*Was* haben Sie gesehen?«, fragte Dean.

»Er hat die Einstiegsluke geöffnet. Mitten in der Luft. Aber das ist unmöglich, oder? Ich habe mich informiert. Da oben lastet ein Druck von fast zwei Tonnen auf den Türen. Kein Mensch könnte sie einfach so öffnen.«

Kein *Mensch*, dachte Sam. »Dieser Mann – ist der vielleicht aus dem Nichts aufgetaucht? Wie eine Erscheinung?«

Diesmal musste Max wirklich lachen. Er sah Sam an, als könnte er nicht glauben, was der Beamte von der Heimatschutzbehörde da gerade gesagt hatte. »Sind Sie verrückt? Der Mann war ein gewöhnlicher Passagier. Er saß direkt vor mir.«

Sam und Dean blickten sich an. Ratlos.

Dean steuerte seinen Impala in eine Parklücke vor dem Anwesen von George Phelps. Es lag mitten in einer gepflegten Wohngegend. Gegenüber spielten Kinder auf einem Sportplatz, und freundlich grüßende Menschen spazierten über den Bürgersteig. Sam blickte auf die Passagierliste des Unglücksfluges. »Das ist es. Das Haus von George Phelps, Sitz 15C.«

Dean öffnete die Tür und stieg aus. Er konnte dem, was Max Jaffey ihnen erzählt hatte, immer noch keinen Sinn abgewinnen. »Mann, es ist völlig egal, wie stark du bist. Selbst wenn du dich gedopt hast oder so, kriegst du eine solche Flugzeugtür nicht einfach auf.«

»Ein Mensch schafft das nicht«, bestätigte Sam. »Aber vielleicht war unser George ja etwas anderes. Irgendeine dämonische Kreatur in der Gestalt eines Menschen?«

Dean deutete auf das Haus vor ihnen. Ein hübsches, zweistöckiges Wohnhaus mit einem liebevoll gepflegten Garten.

»Sieht das für dich aus wie das Nest eines Dämons?«

Sam seufzte. Nein. Wohl kaum.

Die beiden Brüder klingelten, und nach ein paar Sekunden öffnete eine attraktive Frau in den Vierzigern die Tür. Sie war schwarz gekleidet, und der traurige Blick in ihren Augen ließ keinen Zweifel daran, dass sie es mit Mrs Phelps, der Witwe, zu tun haben mussten. Dean gab sich und Sam erneut als Beamte der Heimatschutzbehörde aus. Freundlich bat Mrs Phelps die Brüder herein.

Das Innere des Hauses barg keine große Überraschung: ein gemütliches, durchschnittliches, wenn auch besonders liebevoll eingerichtetes Heim wie Tausende andere auch. Absolut nicht der Unterschlupf eines reisenden Dämons.

Sam entdeckte auf einer Kommode das Bild eines freundlich lächelnden Mannes mit Halbglatze. »Ist das Ihr verstorbener Mann?«, fragte er.

Mrs Phelps nickte. »Ja, das ist mein George.« Die Trauer in ihrer Stimme war nicht zu überhören, aber sie hielt sich tapfer.

»Und er war Zahnarzt?«, fragte Dean.

»Ja. Er war auf dem Weg zu einer Tagung in Denver. Wussten Sie, dass er furchtbare Flugangst hatte? Fliegen war für ihn ...« Mrs Phelps' Stimme ging in einem Schluchzen unter.

»Wie lange waren Sie verheiratet?«, fragte Sam mitfühlend. Die Frau tat ihm leid, aber sie mussten einfach wissen, woran sie waren.

Die Frage zauberte ein kleines, trauriges Lächeln auf Mrs Phelps' Gesicht. »Dreizehn Jahre!«, sagte sie stolz und wehmütig zugleich.

»Und in dieser ganzen Zeit ... Ist Ihnen da bei Ihrem Mann jemals etwas Ungewöhnliches aufgefallen?«

Mrs Phelps blickte unsicher zwischen Dean und Sam hin und her. »Na ja, äh ... Er hatte öfter Sodbrennen, wenn es das ist, was Sie meinen.«

Die beiden Winchester-Brüder tauschten einen Blick aus. Wenn es je unschuldige Menschen gab, dann waren es Mr und Mrs Phelps.

Die beiden verabschiedeten sich höflich, nachdem sie Mrs Phelps noch einmal ihr ehrliches Mitgefühl ausgesprochen hatten, und verließen dann das Haus.

»Okay, überflüssig, es zu sagen, aber das ergibt alles keinen Sinn«, sagte Sam, als er mit Dean die Straße betrat.

»Yeah, ein Zahnarzt mittleren Alters mit einem Magengeschwür ist nicht gerade das Böse in Person«, nickte Dean. »Es gibt nur einen Weg, hier weiterzukommen: Wir müssen in diese Lagerhalle, in der die Luftfahrtbehörde die Wrackteile untersucht.«

»Okay. Aber wenn wir uns wirklich für Beamte von der Heimatschutzbehörde ausgeben wollen, dann müssen wir auch so aussehen.«

Eine Stunde später traten zwei junge Männer aus dem Geschäft eines preisgünstigen Herrenausstatters. Zwei überaus korrekt gekleidete junge Männer.

Dean blickte missbilligend an seinem neuen schwarzen Anzug, dem weißen Hemd und der gedeckten Krawatte herunter. »Mann, ich sehe aus wie einer der Blues Brothers«, knurrte er.

Sam grinste. »Tust du nicht. Du siehst eher aus wie ein Primaner vor seiner ersten Tanzstunde.«

Dean verdrehte die Augen. »Ich hasse solche Klamotten.«

Sam zuckte nur mit den Schultern. »Hey, willst du jetzt in diese Lagerhalle reinkommen oder nicht?«

Dean sagte nichts. Er öffnete knurrend die Fahrertür seines Impala und stieg ein, bevor ihn noch jemand so sehen konnte.

33

Sich an dem Wachpersonal der Halle vorbeizumogeln, war ein Kinderspiel gewesen. Der uniformierte Sicherheitsmann eines privaten Wachdienstes hatte nur einen kurzen Blick auf Deans und Sams gefälschte Ausweise geworfen, die strengen schwarzen Anzüge hatten ein Übriges getan. Die Investition hatte sich gelohnt, auch wenn sich Dean in dem Anzug von Minute zu Minute unwohler fühlte. Zur Hölle, er konnte es nicht erwarten, dieses Ding wieder loszuwerden und in seine gewohnte Kluft aus Jeans, T-Shirt und Lederjacke zu schlüpfen.

Als die beiden Brüder die gewaltige Lagerhalle betraten, in der die Wrackteile rekonstruiert wurden, um die Absturzursache zu klären, vergaß Dean diese Gedanken. Der Anblick war Ehrfurcht gebietend und erschreckend zugleich. Auf den Boden der Halle waren mit schwarzer Farbe die Umrisse eines Flugzeugs gezeichnet worden. In Originalgröße. Wie bei einem gigantischen, schauerlichen Puzzle standen auf einigen Stellen dieser Schemazeichnung zerfetzte Wrackteile und verkohlte Metallstreben.

Die Überreste von Flug UB 2485. Auf die beiden Brüder wirkten die Wrackteile wie die Überreste eines verendeten und von Raubtieren zerfetzten, gewaltigen Tieres. Einzelne Kabelstränge hingen aus verbogenen Stahlstreben wie Innereien aus einem Brustkorb. Und irgendwo im Bauch dieses unglücklichen, metallenen Riesen waren fast hundert Menschen gestorben und verbrannt.

Dean hasste Flugzeuge.

Er zog ein kleines Gerät heraus und steckte sich ein paar Kopfhörer, die darin eingestöpselt waren, in die Ohren.

»Was ist denn das?«, wollte Sam wissen. Er runzelte die Stirn.

Dean hielt das Gerät hoch. Grobe Kabelverbindungen waren mit großen Lötstellen an einem Sammelsurium von offenen Platinen befestigt worden. Das Ganze steckte mehr schlecht als recht in einer knallroten Plastikhülle.

»Das ist ein EMF-Meter. Es misst elektromagnetische Schwingungen!«

Sam seufzte. »Ja, ich weiß, was ein EMF-Meter ist, Dean. Aber warum wirkt es wie ein explodierter Walkman?«

»Weil es mal einer war!«, antwortete Dean stolz. »Ich habe es selbst daraus gebaut!«

»Ja, das sieht man«, antwortete Sam nur.

Etwas beleidigt machte sich Dean an seine Arbeit. Wenn es wirklich eine übersinnliche Macht gewesen war, die das Flugzeug zum Absturz gebracht hatte, dann war vielleicht noch eine messbare Frequenz davon in den Trümmern nachzuweisen. Übernatürlich oder nicht – nach Deans Erfahrungen hinterließen magische Phänomene physikalisch messbare Spuren, wenn sie mit der realen Welt in Wechselwirkung traten. Man musste sie nur zu deuten wissen.

Langsam schritt Dean die Wrackteile ab und hielt sein selbst gebasteltes EMF-Meter mal in diese, mal in jene Richtung. Das Gerät gab ein fast gleichmäßiges Rauschen von sich – das plötzlich stärker wurde. Dean hatte es auf einen länglichen Metallgegenstand an der Seite des halb rekonstruierten Flugzeugs gerichtet.

»Schau dir das an!«, rief er Sam zu. »Der Hebel der Schleuse! Was ist das für ein Zeug?« Dean hatte auf dem Griff eine weißliche Substanz entdeckt, die sich regelrecht in das Material hineingeätzt hatte. Vorsichtig kratzte er mit dem Finger darüber. Sein EMF-Meter krächzte wie wild.

»Es gibt nur einen Weg, das herauszufinden«, sagte Sam. Mit einer Messerspitze kratzte er etwas von der Substanz ab und füllte sie in einen Glasbehälter.

Dean zuckte mit den Schultern. Das war eine Arbeit für den Collegeboy. Er schaltete das krächzende Gerät aus und wischte seinen Finger an Sams schwarzem Sakko ab.

Kaum zwanzig Meter weiter, nur durch die verriegelte Sicherheitstür von Dean und Sam getrennt, traten zwei Männer in schwarzen Anzügen vor das Pult des Wachmannes. Sie ließen zwei Ausweise aufblitzen.

Der Wachmann blickte nur kurz darauf. »Heimatschutzbehörde? Schon wieder?«, fragte er erstaunt. »Ein Team von euch reicht wohl nicht, was?«

Der ältere der beiden Männer sah den Wachmann nicht minder erstaunt an. »Was meinen Sie damit?«, fragte er.

»Na ja, zwei von Ihren Kollegen sind vor fünf Minuten da reingegangen.«

Die beiden Beamten tauschten einen Blick aus, dann zogen sie ihre Pistolen.

Dreißig Sekunden später stürmten sie zusammen mit einem halben Dutzend Wachmännern in die Werkhalle.

Sie war verlassen.

Wären die echten Beamten des Heimatschutzes nur fünf Sekunden schneller gewesen, hätten sie noch gesehen, wie Sam und Dean durch eine Hintertür der Lagerhalle verschwunden waren.

Jetzt gingen die beiden Brüder mit schnellen Schritten – aber möglichst unauffällig – über das umzäunte Werksgelände. Zumindest bis das Heulen einer Sirene über den Platz schallte. Die beiden rannten los, auf ein mit Stacheldraht gekröntes Torgitter zu. Noch im Laufen schlüpfte Dean aus seinem Sakko und warf es als Griffschutz auf den Stacheldraht.

Mit zwei beherzten Sprüngen bekamen die Brüder die Oberseite des Tores zu fassen und schwangen sich hinüber. Sicher auf der anderen Seite gelandet, zog Dean sein neues, jetzt durchlöchertes Sakko aus dem Stacheldraht.

»Diese Anzüge sind ja doch zu etwas zu gebrauchen«, grinste er.

Dann rannten die beiden zu ihrem Wagen.

Chuck Lambert, der Pilot des Unglücksfluges UB 2485, starrte auf den Pappbecher auf dem kleinen Tischchen vor ihm. Sein alter Freund und Kollege Mike saß neben ihm. Beide Männer schwiegen, während im Hintergrund die üblichen Geräusche eines Flughafens zu hören waren. Lautsprecherdurchsagen mischten sich mit den Stimmen Hunderter von Fluggästen, in der kleinen Kaffeebar plärrte der Fernseher über der Theke, und durch die Glasscheiben an der Wand hinter ihnen war sogar das gedämpfte Dröhnen aufsteigender Maschinen zu hören.

Früher hatte Chuck dieses Geräusch geliebt. Jetzt jagte es ihm den Angstschweiß auf die Stirn. Sein linkes Bein zuckte nervös auf und ab.

Mike blickte ihn an. Seine Stimme war freundschaftlich und verständnisvoll. »Hör mal, Chuck, das ist wie wenn man vom Pferd fällt. Auch da muss man gleich wieder aufsitzen. Nur, dass es in diesem Fall kein Pferd ist, sondern eine kleine zweimotorige Kiste. Ein Pony, sozusagen.«

Chuck antwortete nicht. Es war erst wenige Tage her, dass er mit sechs anderen den furchtbaren Crash von UB 2485 überlebt hatte. Er hatte nichts getan, um sein Überleben zu verdienen. Bei einem Absturz war es reines Glück, wer überlebte und wer nicht. Eine Sache der Statistik, eine Laune des Schicksals – wie immer man es nennen wollte.

Die Vorstellung, wieder in ein Flugzeug zu steigen, jagte Chuck eine Heidenangst ein. Aber wenn er jemals wieder als Pilot arbeiten wollte, wenn er wieder das tun wollte, was einst sein Lebensinhalt gewesen war, dann musste er diesen Trainingsflug bald absolvieren. Die Vorschriften sahen vor, dass jeder Pilot, der in einen ähnlichen Unfall verwickelt wurde, einige Flugstunden auf kleinen Maschinen absolvierte, um seine emotionale Stabilität unter Beweis zu stellen.

Eine gute Regelung, denn ein Pilot, der in zehntausend Metern Höhe plötzlich Panikschübe bekam, war ein sicheres Rezept für eine erneute Katastrophe.

»Wann immer du bereit bist«, sagte Mike, »ich werde an deiner Seite sein, okay? Wenn du nicht mehr kannst, übernehme ich das Steuer. Aber wir müssen das nicht heute machen. Ich dränge dich nicht.«

Chuck blickte auf. Er hatte seine Entscheidung getroffen. »Nein. Das Warten ist das Schlimmste«, sagte er.

Mike lächelte. »Gut. Ich tanke die Maschine auf. Dann legen wir los!« Daraufhin stand er auf und ließ Chuck allein zurück.

Jetzt oder nie, dachte Chuck Lambert. Er griff nach dem Pappbecher und nahm einen Schluck Kaffee. Weder er noch die an ihm vorbeigehenden Fluggäste sahen die schwarze Qualmwolke, die in diesem Moment aus dem Lüftungsschacht der Klimaanlage quoll und sich zielsicher auf den Piloten zu bewegte.

Als Chuck den Becher abstellte, war sie schon über ihm. Chuck hatte gerade noch Zeit, die Augen aufzureißen, als die schwarze Wolke in seinen Mund und seine Nase drang.

Chuck Lamberts Körper entspannte sich.

»Hm«, murmelte Jerry nachdenklich. »Das ist Schwefel.«

Der Flugzeugingenieur blickte durch ein digitales Mikroskop in der Werkhalle der Luftwerft. Das Mikroskop übertrug das Bild auf einen kleinen Monitor. Für die beiden Brüder hätte die zigfach vergrößerte, bizarre Struktur auf dem Schirm auch genauso gut ein Luftbild von Kasachstan sein können.

»Sicher?«, fragte Sam.

Jerry blickte von dem Mikroskop auf. Werkstoffchemie war eines seiner Fachgebiete, und er erkannte die Struktur von kristallisiertem Schwefel, wenn er sie sah. »Ganz sicher. Seht selbst«, bot er an, aber im gleichen Augenblick dröhnte durch die geschlossene Tür des kleinen Raumes ein Scheppern aus der Werkhalle. Gefolgt von einem wütenden Hämmern und einem Fluch. Jerry verdrehte die Augen.

»Entschuldigt mich einen Moment«, sagte er und ging zur Tür, »ich muss da wohl mal eingreifen!«

Sam wartete, bis Jerry gegangen war – von nebenan hörte man ihn jetzt mit einem der Arbeiter streiten –, dann blickte er selbst durch das Mikroskop. Direkt durch die Linsen betrachtet, war die gelblich weiße Struktur noch deutlicher zu erkennen. Wenn Jerry sagte, es war Schwefel, dann war es Schwefel. Kein Zweifel. Und das ließ eigentlich nur einen Schluss zu.

Dean kam ihm zuvor, diesen Verdacht auszusprechen: »Weißt du, es gibt eigentlich nicht viele Dinge, die Schwefelrückstände verursachen.«

Sam blickte seinen Bruder an. »Dämonische Besessenheit?«

»Das würde zumindest erklären, warum ein Normalsterblicher plötzlich die Kraft hat, während des Fluges eine Flugzeugtür aufzureißen.«

Sam dachte nach. »Wenn der Typ wirklich besessen war, dann wäre das gut möglich.«

Dean holte tief Luft. Die Konsequenzen ihrer Überlegungen gefielen ihm überhaupt nicht. »Das hier ist allerdings eine ganz andere Liga als über einem Bett zu schweben und Erbsensuppe auszuspucken«, sagte er in Anspielung auf den Filmklassiker »Der Exorzist«. Ein gruseliger Streifen, aber die Filmemacher hatten keine Ahnung, um wie viel furchtbarer so eine Besessenheit in der realen Welt sein konnte. »Ich meine, es ist eine Sache, von einer Person Besitz zu ergreifen – aber sie zu benutzen, um ein ganzes Flugzeug zum Absturz zu bringen?«

»Hast du jemals von etwas Vergleichbarem gehört?«, wollte Sam wissen.

Dean schüttelte den Kopf. »Nein. Noch nie.«

Die beiden Brüder sahen sich an.

Hier ging irgendetwas Großes vor, dessen Tragweite sie noch gar nicht überblicken konnten.

Zweihundert Meilen westlich und dreitausend Meter höher blickte Mike zufrieden auf die Kontrollen der kleinen Propellermaschine. Sein Freund Chuck Lambert saß am Steuerknüppel und flog das Flugzeug mit bemerkenswerter Ruhe. Erst einmal in der Luft, schien Chuck seine Ängste nach dem Crash sofort überwunden zu haben.

»Wie fühlst du dich?«, fragte Mike.

Chuck grinste wie ein kleiner Junge. »Großartig. Einfach großartig.«

»Gut. Bevor du dich versiehst, wirst du wieder Jumbos fliegen.«

Chuck nickte. »Hoffentlich. Ach übrigens, wie lange sind wir jetzt in der Luft?«, fragte er beiläufig.

Mike blickte auf seine Pilotenuhr. »Knapp vierzig Minuten.«

Ein Grinsen machte sich auf Chucks Gesicht breit. »Wow. Die Zeit vergeht hier oben wirklich wie im Flug.«

Mike runzelte die Stirn. Was für ein alberner Spruch für einen gestandenen Piloten.

Im selben Augenblick drückte Chuck das Steuerruder nach vorn. Die Maschine gehorchte. Mike spürte die Schwerkraft, die plötzlich an seinem Körper zerrte. Die Propellermaschine ging in den Sturzflug, die Motoren jaulten protestierend auf. Der Erdboden raste auf das Cockpit zu.

»Chuck! Was machst du?!«, schrie Mike entsetzt auf.

Statt einer Antwort schlug Chuck seinen Ellbogen in Mikes Gesicht.

Einmal.

Zweimal.

Dann verlor Mike das Bewusstsein.

Das Letzte, was er sah, waren zwei kohlschwarze Augen im Gesicht seines Freundes.

Chuck Lambert drückte das Steuerruder noch weiter nach vorn. Der Erdboden raste immer weiter heran.

Chuck Lambert grinste.

34

Die Vorhänge des kleinen Hotelzimmers im Parterre waren zugezogen – und das hatte einen guten Grund. Ein zufällig in das Fenster blickender Passant hätte sonst glauben können, in den Versammlungsraum einer Gruppe von Teufelsanbetern zu blicken: Die Wände des Raumes hingen mit Seiten aus uralten, verbotenen Büchern und Abbildungen und Skizzen furchtbarer Kreaturen voll. Sie alle stammten aus dem Internet, wo Sam sie bei seiner Recherche ausgedruckt und dann an die Wände gepinnt hatte.

Jetzt blickte er von seinem Laptop auf und rieb sich die müden Augen. »Jede Religion jeder Kultur kennt die Idee der dämonischen Besessenheit, richtig?«, fragte er mit einem Blick auf Dean. »Ich meine, das Christentum, die Religion der amerikanischen Ureinwohner, der Hinduismus – einfach alle …«

Dean blickte von dem alten Folianten auf, in dem er ebenfalls nach Hinweisen gesucht hatte. »Ja, aber nirgendwo gibt es eine Beschreibung, die dem ähnelt, mit dem wir es hier zu tun haben«, sagte er.

»Das stimmt nicht unbedingt, Dean. Dem japanischen Glaubenssystem zufolge stecken bestimmte Dämonen hinter bestimmten Katastrophen, natürlichen und von Menschen verursachten. Einige dieser Dämonen lösen Erdbeben aus, andere weitere Katastrophen.«

»Und dieser Dämon hier verursacht Flugzeugabstürze? Und das bedeutet? Ein Dämon, der mit der Zeit geht und einen Weg gefunden hat, ein Maximum an Menschen umzubringen?«

Sam blickte seinen Bruder ratlos an. »Sieht so aus. Wer weiß, für wie viele Abstürze dieser Dämon schon verantwortlich ist.« Dean schüttelte den Kopf, und Sam sah ihn fragend an. »Alles okay, Mann?«

»Ich weiß nicht«, antwortete Dean unsicher. »Das ist nicht so ganz unsere Liga. Ich meine … Dämonen! Diese Biester wollen nichts weiter als Tod und Vernichtung auslösen. Um ihrer selbst willen. Das ist eine Nummer zu groß für uns. Ich wünschte, Dad wäre hier.«

Sam nickte. Er hatte seinen Bruder selten so ratlos erlebt. Aber er konnte es ihm nachfühlen. »Ja, ich auch«, sagte Sam.

Deans Handy bimmelte, und Dean nahm das Gespräch an. Es war Jerry.

»Dean, hier ist Jerry.«

»Hi Jerry«, antwortete Dean. Jerrys Stimme klang ernst und müde.

»Mein Freund, der Pilot. Chuck Lambert. Er ist tot«, sagte Jerry.

Dean runzelte die Stirn. »Das tut mir leid. Was ist passiert?«

Kurzes Schweigen am anderen Ende der Leitung. »Er ist mit einem Freund vor einer Stunde mit einer kleinen Sportmaschine gestartet. Das Flugzeug ist abgestürzt.«

Dean stieß scharf Luft aus. Das war kein Zufall. »Wo ist das passiert?«, wollte er wissen.

»Sechzig Meilen westlich von hier. In der Nähe von Nazareth.«

Dean verzog das Gesicht. »Ich versuche mal, die Ironie darin zu überhören ...«

Nazareth. Eine Stadt, benannt nach der Geburtsstätte von Jesus Christus, der zu seinen Lebzeiten wohl mehr als einen Dämon ausgetrieben hatte.

»Sorry?«, fragte Jerry irritiert. Ihm war – verständlicherweise – die Ironie der Sache entgangen.

»Nichts, Jerry. Bleiben Sie bitte in Ihrem Büro, okay? Wir kommen, so schnell wir können.«

Dean beendete das Gespräch. Sam sah ihn fragend an, obwohl er die Antwort schon kannte. »Wieder ein Absturz?«

»Ja. Bei Nazareth.«

Sam schüttelte den Kopf.

Ausgerechnet.

Eine knappe halbe Stunde später saßen Dean und Sam wieder in Jerrys Büro. Jerry blickte durch sein Mikroskop und untersuchte einen Splitter des Steuerruders aus dem

Wrack der ausgebrannten Sportmaschine. Bei einem kleineren Absturz, der »nur« zwei Todesopfer gefordert hatte, waren die Vorschriften der Luftaufsichtsbehörde weitaus weniger streng, und es hatte Jerry nur ein paar Anrufe gekostet, das benötigte Teil zu bekommen.

»Schwefel?«, fragte Dean.

Jerry schaltete die Objektivbeleuchtung des Mikroskops aus und nickte.

»Na toll«, grummelte Dean. »Das macht dann zwei Flugzeugabstürze für Chuck Lambert. Sieht aus, als wäre der Dämon hinter ihm her gewesen.«

Dean bedauerte den Verlust von Jerrys Freund, aber in gewisser Weise waren das gute Neuigkeiten. Wenn der unbekannte Dämon es nämlich aus irgendwelchen Gründen auf den Piloten abgesehen hatte, dann war die übernatürliche Mordserie jetzt beendet.

Sam pflichtete ihm bei. Zumindest dachte Dean das zunächst.

»Bei allem Respekt für Chuck ... Wenn dem tatsächlich so ist, dann wären das die guten Nachrichten.«

Irgendetwas im Tonfall seines Bruders gefiel Dean nicht. »Und was sind die schlechten?«, fragte er misstrauisch.

»Chucks Flugzeug ist exakt vierzig Minuten nach dem Start abgestürzt. Genauso wie ... Flug UB 2485.«

Jerry sah Sam ratlos an. »Vierzig Minuten? Was hat das zu bedeuten?«

»Biblische Numerologie«, erklärte Dean. »In der Geschichte von Noah regnet es vierzig Tage lang. Die Zahl bedeutet ›Tod‹.«

»Ich habe im Internet recherchiert«, fuhr Sam fort. »In den letzten zehn Jahren gab es sechs Abstürze, die sich alle exakt vierzig Minuten nach dem Start ereignet haben.«

»Gab es irgendwelche Überlebenden?«, wollte Dean wissen. Er ahnte, auf was das hinauslief.

»Nein. Nie. Das heißt – bis jetzt. Bis zum Flug UB 2485. Und erinnert ihr euch an die Stimme aus dem Cockpit-Mitschnitt?«

»Keine Überlebenden«, rezitierte Dean. Er konnte nicht verhindern, dass ihm ein Schauer über den Rücken lief, als er sich an die keifende Stimme erinnerte. »Der Dämon ist hinter den Überlebenden her. Er will seine Arbeit beenden!«

»Vielen Dank, dass Sie an unserer Umfrage teilgenommen haben. Und wenn Sie sich doch entscheiden, wieder zu fliegen, vergessen Sie Ihre Freunde bei United Britannia Airlines nicht ...«

Sam beendete das Gespräch. Er hätte Karriere im Telefonmarketing machen sollen, dachte Dean, aber er verkniff sich jeden scherzhaften Kommentar.

Sam saß auf dem Beifahrersitz des Impala und sah seinen Bruder an, der wie immer am Steuer saß. »Damit wären Blaine Sanderson und Dennis Holloway abgehakt. Die beiden planen nicht, in näherer Zeit wieder ein Flugzeug zu besteigen.«

Dean nickte und konzentrierte sich wieder auf die

Straße. Sie hatten sich die Namen der Überlebenden aus der Passagierliste notiert und der Reihe nach angerufen. Jeder der Überlebenden ging in den sicheren Tod, wenn er wieder ein Flugzeug betrat – und er würde Dutzende anderer Passagiere mitreißen. Also mussten sie möglicherweise geplante Flugreisen von Überlebenden des Fluges 2485 auf jeden Fall verhindern. Irgendwie.

Zum Glück schien den Überlebenden – verständlicherweise – die Lust am Fliegen vorerst vergangen zu sein.

»Dann ist unsere einzige verbleibende Kandidatin diese Stewardess. Amanda Walker.«

Auch Miss Walker gehörte zu den Überlebenden, und sie hatte sich bereits kurz nach der Katastrophe wieder zum Dienst einteilen lassen. Bewundernswert, dachte Dean, aber das brachte sie und alle ihre Passagiere in höchste Gefahr.

Sam blickte auf seine Notizen. »Ich habe schon mit ihrer Schwester Karen gesprochen. Sie meinte, Amandas Flug startet um zwanzig Uhr in Indianapolis. Es ist ihr erster Einsatz nach dem Absturz.«

»Na, großartig«, knurrte Dean.

»Dean, das sind fünf Stunden Fahrt – selbst, wenn *du* am Steuer sitzt.«

»Warum versuchst du nicht noch mal, Amanda auf ihrem Handy zu erreichen? Vielleicht können wir sie irgendwie davon abhalten, an Bord zu gehen.«

»Ich habe schon drei Nachrichten auf ihrer Mailbox hinterlassen. Sie muss ihr Handy ausgeschaltet haben.«

Sam blickte auf die kleine Digitaluhr auf dem Armaturenbrett des Impala. »Gott, das schaffen wir nie.«

Dean kniff die Augen zusammen. »Doch, das schaffen wir.«

Dann trat er das Gaspedal bis zum Anschlag herunter.

Vier Stunden und vierunddreißig Minuten später stürmten Dean und Sam Winchester durch das Eingangsportal des Flughafens von Indianapolis. Schwer atmend blieben sie vor einem der Monitore mit den Abflugzeiten stehen. »Da!«, rief Sam. »Die boarden in dreißig Minuten!«

»Okay«, sagte Dean erleichtert. »Dann haben wir vielleicht noch ein Ass im Ärmel.« Dean blickte sich um. Dann sah er genau das, was er suchte: ein blaues Diensttelefon an der Wand einer stillen Ecke der Eingangshalle. Normalerweise war der Gebrauch dieser Telefone für Besucher des Flughafens natürlich nicht gestattet, aber für jemanden, der sich erst vor Kurzem als Beamter der nationalen Heimatschutzbehörde ausgegeben hatte, war das nur eine Kleinigkeit. Dean räusperte sich und setzte eine nüchterne, sachliche Stimme auf.

»Hi. Hier Gate 13. Ich versuche, Kontakt zu Amanda Walker aufzunehmen. Sie ist Stewardess auf Flug, äh ...«

»Flug 424!«, zischte Sam.

»... auf Flug 424.«

»Kein Problem, Sir«, antwortete eine Frauenstimme am anderen Ende der Leitung. »Einen Moment.«

Kaum eine Sekunde später hallte dieselbe Stimme

durch die Lautsprecheranlage. »Amanda Walker! Amanda Walker, bitte. Ein Anruf auf dem Diensttelefon, Gate 13!«

Ein paar Sekunden lang passierte gar nichts. Komm schon!, dachte Dean. Melde dich, Mädchen!

Dann ertönte eine sympathische, aber etwas verwunderte Frauenstimme durch den Hörer.

»Amanda Walker?«

Dean atmete auf. Und auch Sam entspannte sich etwas.

»Miss Walker. Hi, hier spricht, äh, Dr. James Hetfield vom *St. Francis Hospital*«, improvisierte Dean. Er musste sich irgendetwas ausdenken, um Amanda vom Betreten des Flugzeugs abzuhalten. Und das Einzige, was er von ihr wusste, war, dass sie eine Schwester namens Karen hatte. Mehr brauchte er auch gar nicht.

»Äh, bei uns wurde eine Karen Walker eingeliefert.«

»Karen?« Amandas Stimme klang bestürzt.

»Nichts Ernstes«, sagte Dean schnell. Er wollte die arme Amanda nicht erschrecken. Nicht mehr, als nötig war, zumindest. »Es gab nur einen kleineren Autounfall, aber sie wurde leicht verletzt und wir ...«

»Moment, das kann nicht sein!« Die Stimme der Frau am andren Ende klang plötzlich sehr bestimmt. »Ich habe gerade noch mit ihr gesprochen.«

Dean schluckte. Mist.

»Äh, Sie haben was?«

»Ich habe vor fünf Minuten mit ihr telefoniert. Sie ist zu Hause und büffelt fürs Examen. Wer spricht da?«, wollte Amanda wissen.

»Äh ... Da muss wohl ein Irrtum vorliegen«, stammelte Dean.

»Und woher wissen Sie überhaupt, wo ich bin? Moment mal! Sind Sie einer von Vince' Freunden?«

»Schuldig«, grinste Dean. Er hatte keine Ahnung, wer Vince war, aber Amandas Stimme nach zu urteilen, ein Exfreund.

»Das ist echt unglaublich«, knurrte Amanda am anderen Ende der Leitung.

»Es tut ihm wirklich alles sehr leid«, improvisierte Dean. Was immer der Kerl gemacht hatte – es konnte nie schaden, sich bei einem Mädchen zu entschuldigen. Vielleicht war das ja ein Weg, Amanda vom Besteigen der Maschine abzuhalten. Und vielleicht, hey, tat er diesem Vince damit noch einen Gefallen ...

Amanda ging nicht darauf ein. »Sagen Sie ihm, er soll sich um sich selbst kümmern und mich in Ruhe lassen, okay?«, forderte Amanda bestimmt.

»Ja, aber er muss Sie unbedingt heute Abend noch sehen ...«

»Tut mir leid. Es ist zu spät.«

»Ach kommen Sie«, beharrte Dean. Er warf einen Blick auf Sam. Sein jüngerer Bruder stand mit einem fragenden Gesichtsausdruck neben dem Telefon. »Der Junge ist völlig am Boden zerstört. Es ist echt bedauernswert ...«

Vielleicht wirkte ja die Mitleidstour. Die wirkte meistens.

Das kurze Schweigen am anderen Ende schien Dean recht zu geben.

»Ist das wahr?«, fragte Amanda mitfühlend.

Dean grinste Sam an. Er hatte sie am Haken. Sam verdrehte die Augen.

Amanda seufzte. »Hören Sie, ich muss jetzt los. Sagen Sie ihm, er soll mich anrufen, wenn ich gelandet bin.«

»Nein! Amanda, warten Sie!«

Zu spät. Ein Klicken in der Leitung. Amanda Walker hatte aufgelegt.

Gar nicht weit von Dean und Sam entfernt, hängte Amanda das Diensttelefon zurück in die Gabel. Sie seufzte. Vince hatte sich in den letzten Wochen wie ein Idiot benommen, aber wenn er jetzt schon seine Freunde einspannte, um sie zurückzugewinnen, dann war er vielleicht wirklich verzweifelt.

Amanda seufzte. Vielleicht würde sie ihm eine zweite Chance geben. Streng genommen wäre das dann schon die dritte.

Ja, dachte sie, sie würde mit ihm reden.

Nach der Landung.

Amanda Walker ging los. Das Flugzeug wartete.

Vor dem Abfertigungsgate für die Flugbegleiter standen schon einige ihrer Kollegen und der Kopilot.

»Hi, Bob«, grüßte Amanda ihn freundlich und ging durch die Schleuse. Sie merkte nicht, wie eine schwarze Nebelwolke aus einem Lüftungsschacht über ihrem Kopf quoll.

Dean hängte den Hörer wieder ein.

»Mist.«

»Okay, dann bleibt uns nur noch Plan B«, sagte Sam. »Wir gehen an Bord.«

Dean erstarrte. »*Was*?! Nein, nein, warte mal!«

Was war nur mit seinem Bruder los, wunderte sich Sam. »Dean«, sagte er, »das Flugzeug hebt gleich ab, mit über hundert Passagieren an Bord! Und wenn wir mit unserer Vermutung recht haben, wird es abstürzen!«

»Ich weiß!«, zischte Dean. Er war plötzlich kreidebleich.

»Wir müssen an Bord, diesen Dämon finden und ihn exorzieren. Ich besorge die Tickets. Du gehst zum Auto und holst aus dem Kofferraum was immer durch die Sicherheitskontrollen kommt. Wir treffen uns hier in fünf Minuten.«

Dean stand wie angewurzelt da. Er machte keine Anstalten, zu gehen.

»Dean? Alles in Ordnung?«, fragte Sam verwundert.

»Nein. Nicht wirklich.« Dean schluckte.

»Was ist los mit dir?«

Dean blickte errötend zu Boden. »Na ja, ich habe da dieses kleine Problem mit dem – na ja …«, druckste er.

Sam blickte seinen älteren Bruder fassungslos an. »Du hast Flugangst?«

»Hey, das war bis jetzt nie ein Problem, okay?«

»Du machst Witze, oder?«

Dean machte eine hilflose Geste. »Sehe ich aus, als ob

ich Witze mache? Was glaubst du, warum ich überallhin mit dem Auto fahre?!«

Gutes Argument. Sam nickte. »Na schön. Dann fliege ich eben allein.«

»Was?«, fragte Dean.

»Ich bringe die Sache allein zu Ende«, wiederholte Sam.

»Bist du wahnsinnig?«, zischte Dean. »Du hast doch selbst gesagt, dass dieses Flugzeug abstürzen wird!« Auf keinen Fall würde er seinen Bruder allein in diese fliegende Todesfalle steigen lassen.

»Dean, so wie ich das sehe, gibt es hier nur zwei Möglichkeiten: Entweder wir machen das zusammen, oder ich gehe allein«, sagte Sam.

Dean schluckte. »Meinst du echt, Mann?« Dann fügte er sich seufzend in sein Schicksal.

35

Dean Winchester blickte starr an die Kabinendecke und summte vor sich hin. Sam saß am Fensterplatz neben ihm und sah seinen Bruder fragend an. »Summst du da Metallica?«, fragte er fassungslos.

»Das beruhigt mich«, gab Dean nur zurück.

Sam schüttelte den Kopf. Zu wirken schien es nicht. Dean saß stocksteif da, als rechnete er sekündlich damit, dass die Maschine in Flammen aufgehen und sich kreischend in den Boden bohren würde. Und so ganz falsch lag er damit nicht – das Flugzeug war vor ein paar Minuten gestartet und raste jetzt in mehreren Tausend Metern Höhe durch die Nacht. Und ihnen ging langsam die Zeit aus.

»Mann, ich kann verstehen, dass du nervös bist«, sagte Sam zu seinem großen Bruder, »aber du musst dich zusammenreißen, okay?«

»Okay«, gab Dean nur zurück. Seine Finger trommelten nervös auf die Sitzlehne.

Sam räusperte sich. Was er jetzt zu sagen hatte, war nicht unbedingt für die Ohren der anderen Passagiere bestimmt. »Uns bleiben nur noch zweiunddreißig Minuten«, flüsterte er, »um dieses Ding zu finden und es zu exorzieren.«

»Klar, in einem voll besetzten Flugzeug ist das ja auch ein Kinderspiel«, gab Dean sarkastisch zurück.

Aber er hatte nicht unrecht. Wenn sie den Dämon rechtzeitig finden wollten, dann mussten sie methodisch vorgehen. Und da Dean im Augenblick nicht aussah, als ob er besonders klar denken konnte, musste Sam sein Köpfchen anstrengen, so viel war ihm klar. »Immer eins nach dem anderen. Von wem ergreift so ein Dämon gewöhnlich Besitz?«

Dean runzelte die Stirn. Mit der Bekämpfung von übernatürlichen Wesen kannte er sich aus, und darüber nachzudenken, beruhigte ihn ein wenig. »Normalerweise sucht er sich jemanden mit einer emotionalen Schwäche aus. Du weißt schon, er sucht nach einem Riss in der Rüstung, durch den er durchschlüpfen kann. Er hält Ausschau nach jemandem mit einer ungesunden Leidenschaft oder einem Trauma.«

Sam nickte. »Dies ist Amandas erster Einsatz nach dem Absturz. An ihrer Stelle wäre ich ziemlich nervös.«

»Allerdings«, brummte Dean. Sein Bruder hatte recht. Dean winkte einer hübschen Stewardess, die in diesem Augenblick durch den Gang schritt. »Entschuldigen Sie«, sagte er freundlich, »sind Sie Amanda?«

Wenn die Stewardess sich über diese Frage wunderte, dann ließ sie es sich nicht anmerken. »Nein, bin ich nicht«, erwiderte sie mit professioneller Freundlichkeit.

»Entschuldigung«, gab Dean ebenso freundlich zurück. Fehlanzeige, aber das ließ nur einen Schluss zu: Da sich auf diesem vergleichsweise kurzen Inlandsflug nur zwei weibliche Flugbegleiter an Bord befanden, musste die andere Stewardess Amanda sein. Dean drehte sich unauffällig in seinem Sitz um. Im hinteren Teil der Maschine bestückte gerade eine schlanke, blonde junge Frau in Uniform den Servierwagen.

Das musste sie sein.

»Okay«, sagte Dean, »die Stewardess da hinten muss Amanda sein. Ich werde zu ihr rübergehen und feststellen, ob sie wirklich unter Stress steht.«

»Und wenn sie schon besessen ist?«, fragte Sam.

Guter Punkt. Amanda schien sich völlig normal zu benehmen, aber wenn sie besessen war, dann würde sich der Dämon zurückhalten. Bis sein Zeitpunkt zum Zuschlagen gekommen war.

»Tja, es gibt Mittel und Wege, das herauszufinden.« Dean zog eine unscheinbare Wasserflasche aus Plastik aus seiner Tasche. »Ich habe Weihwasser dabei!«

Sam griff nach der Flasche und steckte sie schnell in seine Jackentasche. Nicht auszudenken, was passieren würde, wenn Dean nach hinten ging und eine harmlose Stewardess mit Wasser besprengte. Die anderen Passagiere würden ihn für verrückt halten und ihn überwältigen. Und noch schlimmer: Wenn der Dämon nicht in Amanda steckte, würde er gewarnt sein – und sich vielleicht dazu entschließen, diesmal vor Ablauf der vierzig Minuten Flugzeit zuzuschlagen.

»Es gibt subtilere Wege«, flüsterte Sam. »Wenn sie besessen ist, dann wird sie zusammenzucken, wenn man den Namen Gottes erwähnt.«

Dean stand auf. »Prima Idee.«

»Hey«, zischte Sam.

Dean hielt inne. Ungeduldig blickte er seinen Bruder an. »Was denn?«

»Sag es auf Latein!«

»Das weiß ich doch.«

Dean ging weiter.

»Hey!«, zischte Sam noch einmal.

»Was denn?«, knurrte Dean.

»Auf Latein heißt es Christus.«

»Mann, ich bin doch kein Idiot«, knurrte Dean genervt. Dann ging er durch den schmalen Gang auf Amanda zu. Sam sah ihm nach. Ein Ruck ging durch das Flugzeug, als es eine kleinere Turbulenz durchflog. Dean erstarrte und fluchte leise.

Ich bin in einer Röhre aus Aluminium, dachte er, die mit fünfhundert Stundenkilometern in zehntausend Metern Höhe durch die Luft rast. Das Einzige, was uns oben hält, sind zwei Tragflächen, die mit Zigtausend Litern hochexplosivem Treibstoff gefüllt sind. Wie konnte sich nur irgendjemand freiwillig in ein Flugzeug setzen? Geschweige denn, einen Job annehmen, bei dem man jeden Tag fliegen musste?

Dean riss sich zusammen und trat an Amanda heran. Er wusste, dass ihm die Nervosität im Gesicht stand, und vielleicht konnte er sie zu seinem Vorteil einsetzen.

»Hi«, sagte er und setzte sein charmantestes Grinsen auf. Soweit ihm das in dieser fliegenden Todesfalle gelang.

Amanda blickte von dem Servierwagen auf. Sie war eine sehr hübsche junge Frau mit einem freundlichen Lächeln. »Hi. Kann ich Ihnen helfen?«

Dean schüttelte den Kopf. »Oh, nein. Es ist nur ... Die Fliegerei macht mich immer ein bisschen nervös. Ich fühle mich wohler, wenn ich ein bisschen herumlaufe.«

»Ah, verstehe. Machen Sie sich nichts draus. Viele Menschen fliegen ungern.«

»Für Sie als Stewardess gilt das natürlich nicht«, lächelte Dean.

»Oh, Sie würden sich wundern.«

»Wirklich? Sie haben Flugangst? In Ihrem Job?«

»Na ja, ein kleines bisschen vielleicht«, erwiderte Amanda.

»Eine Stewardess, die Angst vorm Fliegen hat? Wie passt denn das zusammen?«

Amanda winkte ab. »Das ist eine lange Geschichte«, sagte sie nur.

»Entschuldigen Sie. Geht mich nichts an.«

»Schon okay.« Amanda machte damit weiter, den Servierwagen zu füllen. Aber Dean gab noch nicht auf. Er musste noch mehr herausfinden.

»Haben Sie nie daran gedacht, den Job zu wechseln?«, fragte er.

Amanda schüttelte den Kopf. »Nein. So wie ich das sehe,

hat jeder vor irgendetwas Angst. Ich für meinen Teil – nun ja, ich lasse einfach nicht zu, dass mir das im Weg steht.«

Dean nickte. Er mochte Amanda. Und sie machte nicht den Eindruck, unter dämonischer Besessenheit zu stehen. Aber er musste auf Nummer sicher gehen. Wie viel Zeit blieb ihnen noch, um den Dämon auszutreiben? Dreißig Minuten? Fünfundzwanzig?

Dean verpackte das magische Wort in einen Räuspern. »Ähem ... Christus.«

Amanda blickte erstaunt auf. »Wie bitte? Haben Sie etwas gesagt?«

Dean lachte nervös auf. Das wurde langsam peinlich. »Christus?«, murmelte er noch einmal.

Amanda sah ihn aus ihren großen braunen Augen an. »Tut mir leid, was meinen Sie ...?«, fragte sie verwirrt und sah Dean an, als ob sie es mit einem Geistesgestörten zu tun hätte.

Dean winkte ab. Wie peinlich konnte dieser Job eigentlich sein? »Nichts. Schon gut. Entschuldigen Sie.« Dean grinste verlegen, dann wandte er sich schnell ab und ging zurück zu seinem Bruder. Amanda sah ihm ratlos hinterher.

Dean ließ sich auf seinen Platz fallen und schloss sofort den Sicherheitsgurt. »Amanda ist die ausgeglichenste Person auf dem ganzen Planeten«, flüsterte er Sam zu, der ihn erwartungsvoll ansah.

»Hast du ›Christus‹ gesagt?«
»Yeah«, nickte Dean.

»Und?«

»In ihr ist kein Dämon, und so schnell wird auch keiner von dieser Frau Besitz ergreifen.«

Sam holte tief Luft. Das waren gute Neuigkeiten für Amanda, aber schlechte für jeden anderen an Bord des Flugzeugs. »Wenn der Dämon an Bord ist, dann kann er also überall stecken – und in jedem …«

Die Maschine durchflog eine weitere Turbulenz und machte einen kleinen Satz. Dean schrie fast vor Panik auf. Er war käseweiß im Gesicht, und Schweißperlen glänzten auf seiner Stirn. »Komm schon, das kann doch nicht normal sein!«, keuchte er.

»Hey, ruhig! Das ist doch nur eine Turbulenz!«

Dean zischte seinen Bruder leise an. »Sam, dieses verdammte Flugzeug wird abstürzen! Also behandle mich nicht, als wäre ich vier Jahre alt!«

»Dann beruhige dich doch«, entgegnete Sam. Langsam nagte die Panik seines Bruders auch an seinem eigenen Nervenkostüm.

»Ich kann mich aber nicht beruhigen«, grollte Dean.

»Doch, das kannst du«, erwiderte Sam ruhig.

Dean funkelte ihn an. »Kumpel, hör mit dieser verständnisvollen Wischi-Waschi-Yoga-Scheiße auf! Das wirkt nicht, okay?«, erwiderte er gereizt.

Sam beugte sich zu seinem Bruder und drückte ihm fast seine Nase ins Gesicht. Wenn Dean so weitermachte, brachte er sie noch alle um. »Hör zu, wenn du jetzt in Panik ausbrichst, dann öffnest du dem Dämon Tür und Tor, von dir Besitz zu ergreifen, klar? Du musst dich beruhigen. Jetzt!«

Dean schluckte und starrte seinen Bruder an. Er hatte leider recht. Wenn nur diese verdammte Flugangst nicht wäre! Dean atmete tief aus. Es ging nicht anders, er musste zur Ruhe kommen. Umso schneller war das hier alles vorbei. Dean nickte seinem Bruder zu. Okay.

Sam zog das Notizbuch ihres Vaters aus seiner Jackentasche. »Ich habe hier drin einen Exorzismus gefunden, der funktionieren müsste. Das Romano-Ritual.«

»Okay. Und was müssen wir dafür tun?«

»Es besteht aus zwei Teilen«, antwortete Sam. »Der erste Teil vertreibt den Dämon aus dem Körper seines Opfers. Dadurch muss er sich allerdings manifestieren, und er wird noch mächtiger.«

»Noch mächtiger?«, fragte Dean. »Wie das?«

»Na ja, er muss niemanden mehr kontrollieren und kann sich voll darauf konzentrieren, Tod und Vernichtung zu verbreiten.«

»Verstehe.« Eine kurze Pause. »Und das ist warum eine gute Sache?«

»Weil der zweite Teil des Exorzismus den Bastard zurück in die Hölle jagt, für immer und ewig.«

»Okay. Aber eins nach dem anderen«, sagte Dean. »Erst müssen wir den Bastard mal finden.«

»Stimmt. Aber wir machen wir das?«, fragte Sam ratlos.

Zum ersten Mal seit er das Flugzeug betreten hatte, grinste Dean. »Hiermit.«

Er zog den ramponierten Walkman aus seiner Jackentasche. Der kein Walkman war, sondern sein umgebautes EMF-Meter. Zum Glück hatte Dean es anstandslos durch die Sicherheitsschleuse am Flughafen bekommen.

»Zeit, sich ein bisschen die Beine zu vertreten«, sagte Dean und steckte sich die Kopfhörer des Geräts in die Ohren. Wenn man nicht zu genau hinsah, wirkte das Messgerät jetzt tatsächlich wie ein harmloser Walkman.

So unauffällig wie möglich ging Dean damit durch die Reihen der Passagiere, hielt das EMF-Meter mal in diese, mal in jene Richtung. Ein paar Passagiere blickten etwas verwundert von ihren Zeitschriften auf. Warum zum Teufel schwenkte dieser Kerl seinen kaputten Walkman hin und her? Aber niemand nahm wirklich Anstoß daran.

Das war gut. Weniger gut war die Tatsache, dass das EMF-Meter in Deans Hand über die Kopfhörer nur ein gleichmäßiges Rauschen von sich gab. Dabei hatte er fast schon die Spitze des Passagierraumes erreicht.

Ein Schatten näherte sich von hinten und packte Deans Schulter.

Dean fuhr herum – und blickte in das Gesicht seines Bruders.

»Schleich dich nicht so an!«, zischte Dean. Sein Herz hatte einen Schlag ausgesetzt. Er zog die Kopfhörer herunter.

»Sorry«, erwiderte Sam. »Und? Irgendetwas gefunden?«

»Nein.« Dean schüttelte den Kopf. »Wie viel Zeit bleibt uns noch?«

Sam blickte auf seine Armbanduhr. »Fünfzehn Minuten! Vielleicht haben wir irgendwen übersehen.«

»Vielleicht ist dieses Ding auch einfach nicht an Bord«, wandte Dean ein.

»Glaubst du das wirklich?«

»Ich glaub's, wenn du es glaubst«, antwortete Dean. Dann lenkte etwas seinen Blick auf sich: Die kleinen Leuchtdioden an dem EMF-Meter flackerten wie wild auf.

»Was ist denn?«, wollte Sam wissen. Dean stand mit dem Rücken zu ihm, und so konnte Sam das Flackern nicht sehen.

Dean sagte nichts. Sie befanden sich im vorderen Teil des Flugzeugs, und Dean hatte das Gerät nach vorn gerichtet. In der vorderen Bordküche stand nur die zweite Stewardess – und bereitete frischen Kaffee zu.

Sie hatte den Alarm des EMF-Meters jedoch offenbar nicht ausgelöst. Aber wer dann?

Die Cockpittür öffnete sich. Ein etwa vierzigjähriger Mann mit den Schulterabzeichen des Kopiloten trat heraus. Als er sah, dass Dean ihn anstarrte, lächelte er kurz, dann öffnete der Kopilot die Tür zum vorderen WC.

Lieber Gott, lass das nicht wahr sein, dachte Dean.

»Christus!«, sagte er leise.

Der Kopilot erstarrte. Dann drehte er sich noch einmal um und blickte Dean und Sam an.

Aus nachtschwarzen Augen.

36

»Sie wird uns niemals glauben!« Sam schüttelte den Kopf, während er vor Dean in den hinteren Teil der Maschine ging.

»Noch zwölf Minuten, Kumpel. Sie muss einfach!«, erwiderte Dean nur.

Dean drängte sich an seinem Bruder vorbei und zog den Vorhang zur hinteren Bordküche auf.

Amanda Walker, die gerade frischen Kaffee für die Passagiere zubereitete, blickte lächelnd auf, als sie Dean sah. Der Typ war ein bisschen seltsam, aber sie mochte ihn irgendwie. Und er hatte einen jungen Mann mitgebracht, der ebenfalls sehr sympathisch aussah.

»Hi«, sagte Amanda. »Ich hoffe, der Flug ist nicht zu ruckelig für Sie.«

»Genau darüber müssen wir mit Ihnen reden«, erwiderte der ältere der beiden knapp. Er sah noch angespannter aus als vorhin. Amanda war eine erfahrene Flugbegleiterin, und nach ein paar Jahren in der Luft ahnte man, wenn etwas mit einem Passagier nicht stimmte. Und Amandas innere Alarmglocken klingelten.

»Okay«, sagte sie vorsichtig, »was kann ich für Sie tun?«

»Das klingt jetzt vielleicht alles etwas seltsam, aber wir haben nicht die Zeit für lange Vorreden und die alte Es-gibt-mehr-Dinge-zwischen-Himmel-und-Erde-Nummer ...«

Der jüngere der beiden nickte heftig. »Kommen wir zur Sache – wir wissen, dass Sie auf Flug 2485 waren!«

Der Alarm in Amandas Hinterkopf war jetzt ein schrilles Heulen. Was zum Teufel ging hier vor?

»Wer seid ihr?«, fragte Amanda. Das professionelle Lächeln schwand aus ihrem Gesicht.

»Ich bin Sam, das ist mein Bruder Dean«, sagte der Jüngere, Sam, als ob das ihre Frage irgendwie beantworten würde. »Wir haben mit anderen Überlebenden gesprochen. Wir wissen, dass irgendetwas die Maschine zum Absturz gebracht hat. Und es war kein technisches Versagen!«

Dean pflichtete seinem Bruder bei. »Jetzt brauchen wir Ihre Hilfe«, sagte er eindringlich, »damit das nicht noch einmal passiert. Hier und jetzt.«

Verschwinde hier, sagte Amandas innere Stimme. Verschwinde und informiere den Captain. Vielleicht ist sogar ein Sky-Marshall an Bord. Die beiden sind verrückt. Möglicherweise Terroristen!

Amanda machte einen Schritt nach vorn – aber Dean hielt sie auf. Sanft, aber bestimmt.

»Whoa, whoa«, sagte er. »Warten Sie bitte. Wir wollen nichts Böses. Aber Sie müssen mir zuhören. Der Pilot von Flug 2485. Chuck. Chuck Lambert. Er ist tot!«

»Was? Chuck – tot?«, echote Amanda. Was redete der Typ da?

»Er ist bei einem Flugzeugabsturz ums Leben gekommen. Das macht zwei Abstürze in nur zwei Monaten. Kommt Ihnen das nicht auch ein wenig seltsam vor?«

Amanda zögerte. Sam nutzte diese Gelegenheit. »Wir wissen, dass mit Flug 2485 etwas nicht stimmte. Vielleicht haben Sie es auch gespürt, vielleicht auch nicht. Aber auch dieser Flug ist in Gefahr!«

»Amanda, Sie müssen uns einfach glauben!«, bat Dean.

Amanda blickte die beiden an. Diese beiden jungen Männer wirkten nicht wie Terroristen. In ihren Augen stand ehrliche Sorge. Und was Flug 2485 anging …

»Auf Flug 2485«, begann sie zögerlich, »war dieser Mann an Bord. Er hatte diese … schwarzen Augen …«

»Ja! Genau davon reden wir«, rief Sam. Er schien erleichtert.

»Aber ich verstehe immer noch nicht … Was soll ich denn für euch tun?«, fragte Amanda verwirrt.

»Der Kopilot«, erwiderte Dean. »Sie müssen ihn hierherbringen.«

»Warum? Was hat er damit zu tun?«

»Wir haben keine Zeit mehr für Erklärungen. Wir müssen einfach mit ihm reden, okay?«

»Aber wie soll ich das machen? Ich kann doch nicht einfach hingehen und …«

»Tun Sie, was immer nötig ist«, sagte Sam. »Sagen Sie ihm, hier hinten ist irgendetwas kaputt. Was auch immer!«

»Das könnte mich meinen Job kosten«, protestierte Amanda.

Dean packte ihre Schulter und blickte ihr in die Augen. »Sie werden viel mehr als das verlieren, wenn Sie uns nicht helfen!«

Der besorgte, flehentliche Tonfall in Deans Stimme gab den Ausschlag. Es war verrückt, aber Amanda glaubte den beiden.

»Okay. Ich versuche es.«

Dean ließ Amanda los, und die beiden Brüder beobachteten durch den Vorhang, wie Amanda die Maschine durchquerte und an der Tür zum Cockpit klopfte. Der Kopilot unterhielt sich ein paar Sekunden mit ihr. Er wirkte absolut normal. Sam und Dean nahmen erleichtert zur Kenntnis, dass das kurze Gespräch mit einem Nicken des Mannes endete. Amanda drehte sich um und kam zurück. Der Kopilot folgte ihr.

Sam zog den Vorhang zurück. Die beiden Brüder bereiteten sich vor. Jetzt musste alles schnell gehen. Sam zog das Notizbuch mit dem Beschwörungsritual hervor, Dean griff nach der Flasche mit dem Weihwasser.

Ein paar Sekunden später wurde auch schon der Vorhang aufgezogen. Der Kopilot, ein freundlich wirkender Mann namens Bill Chambers, betrat die Bordküche.

»Wo liegt denn das Problem?«, fragte er über seine Schulter.

Im selben Augenblick zog Dean den überraschten Mann hinter den Vorhang. Dann verpasste er ihm einen Kinnhaken. Und noch einen.

Der Kopilot ging benommen zu Boden. Amanda unterdrückte einen Aufschrei. Was taten die beiden da?

Sie sind doch Terroristen, schoss es ihr durch den Kopf, sie wollen das Flugzeug kapern!

Sam und Dean war klar, wie das alles auf Amanda wirken musste, aber jetzt war keine Zeit für Erklärungen. Sam kniete sich neben den halb bewusstlosen Mann. Der Dämon in ihm würde nicht so leicht k.o. gehen, aber zumindest sein sterblicher Gastkörper war angreifbar. Unschädlich machen allerdings konnten sie die Kreatur nur in ihrer reinen Form. Sam zog eine Rolle mit starkem Klebeband aus der Tasche und knebelte den Mann damit.

»Was macht ihr da?«, keuchte Amanda. »Ihr habt gesagt, ihr wollt nur mit ihm reden!«

»Oh, wir werden mit ihm reden«, knurrte Dean. Dann sprenkelte er Weihwasser aus der Plastikflasche auf den Oberkörper des Mannes. Es dauerte nur ein paar Augenblicke, dann stieg feiner Rauch aus dem Leib des Mannes auf. Der Geruch von Schwefel erfüllte die Luft, als der Körper des Besessenen zu zucken begann. Der Rauch wurde zu Qualm, auf der Haut des Unglücklichen bildeten sich Brandblasen. Die Hitze an den Stellen der Haut, die vom Weihwasser getroffen worden waren, brannte sich sogar durch das Pilotenhemd des Besessenen.

»Oh, mein Gott«, keuchte Amanda. »Was ist das? Was passiert mit ihm?«

Sam konnte verstehen, dass Amanda verwirrt war, aber für Erklärungen blieb keine Zeit. Und es war wichtig, dass sie ungestört blieben.

»Bleiben Sie bitte ruhig«, sagte er zu Amanda. »Gehen Sie bitte vor den Vorhang und sorgen Sie dafür, dass niemand hineinkommt!«

Der Besessene zuckte und wand sich jetzt immer stärker. Sam und Dean wussten nicht, wie lange sie ihn noch bändigen konnten. Sie mussten mit dem Exorzismus beginnen. Jetzt.

»Amanda? Schaffen Sie das?«, fragte Sam noch einmal eindringlich. Ein paar Augenblicke lang fürchtete er, die Stewardess könnte in Panik ausbrechen.

Doch Amanda war tougher, als er vermutet hatte. Sie biss buchstäblich die Zähne zusammen und nickte. »Okay.« Dann trat sie mit einem schnellen Schritt vor den Vorhang und zog ihn hinter sich zu.

»Beeil dich, Sam«, keuchte Dean. Er drückte den zappelnden Mann mit aller Kraft auf den Boden, aber seine Muskeln zitterten bereits. Der besessene Kopilot schien mit jeder Sekunde stärker zu werden.

Sam blickte in das Notizbuch und begann damit, die lateinische Beschwörungsformel zu rezitieren.

»In Scripturis sacris, Diabolus et daemones variis vocantur nominibus. Inter quae quaedam naturam navitatemque eorum quodammodo innuunt ...«

Mit einem Ruck bäumte sich der Körper des Besessenen auf. Dean hatte keine Chance. Er wurde regelrecht in die Luft geschleudert und prallte hart auf. Die Flasche mit dem Weihwasser rutschte in die andere Ecke der Bordküche. Der Dämon gab ein gutturales Knurren von sich und erhob sich mit dem Körper des Mannes.

Sam schluckte und zwang sich zur Ruhe. Er musste den Exorzismus beenden!

»Diabolus, qui Satanas, serpens antiquus et draco vocatur ...«

Die pechschwarzen Augen des Kopiloten glühten. Er riss sich mit einem Ruck das Klebeband vom Mund. Seine Hand schnellte vor. Der Dämon packte Sam und zog ihn zu sich heran. Er grinste.

»Ich weiß, was mit deiner Freundin passiert ist!«, höhnte der Dämon. Sam erstarrte. »Sie muss schreiend gestorben sein. Und weißt du was? Sie brennt immer noch!«

Jessica! Der Dämon wusste von Jessica! Sagte er die Wahrheit? War ihre Seele verflucht? Litt sie immer noch Höllenqualen? Jetzt, in diesem Moment? Sam vergaß den Exorzismus, vergaß alles um sich herum. Diese Vorstellung war einfach zu furchtbar.

»Sam!«

Wie von Weitem hörte Sam die Stimme seines Bruders.

Dann schnellte Deans Faust vor und traf das Kinn des Besessenen mit voller Wucht. Der Dämon ging erneut benommen zu Boden, aber das würde nicht lange vorhalten. Die Kreatur würde keine Rücksicht auf ihren Gastkörper nehmen und immer wieder angreifen.

»Sam, mach weiter!«, rief Dean. Er drückte sich mit seinem gesamten Körpergewicht auf den Besessenen. Der Schwefelgestank aus dem Mund des Mannes war beinahe unerträglich.

Mühsam verdrängte Sam den Gedanken an Jessica. Mit einer Hand half er Dean, den Dämon niederzudrücken, mit der anderen Hand hielt er das Notizbuch seines Vaters und las weiter:

»Hominum adversarius et homicida ab initio
designatur, cum per peccatum hominem fecit
obnoxium morti!«

Der Dämon bäumte sich auf, stärker als zuvor. Mit einem krampfhaft zuckenden Bein traf er Sams Arm. Das Notizbuch seines Vaters wurde ihm aus der Hand geschlagen und rutschte durch den Vorhang hindurch in den Passagierraum hinein.

»Ich glaube, es funktioniert!«, keuchte Sam trotzdem. Der Körper des Kopiloten wand sich in immer stärkeren Zuckungen. Dann riss er den Mund auf.

Einen Augenblick lang war die Luft von einem Gewisper erfüllt wie aus den Mündern Tausender gequälter Kreaturen gleichzeitig.

Dann sahen Sam und Dean, wie eine dichte schwarze Rauchwolke aus dem Mund des Mannes aufstieg. Es war nicht die tatsächliche Form des Dämons, nur eine verzweifelte Interpretation des menschlichen Gehirns. Hätten Dean und Sam die wahre Gestalt des Dämons erblickt, so hätten sie wahrscheinlich sofort den Verstand verloren.

Atemlos sahen die beiden Brüder zu, wie die scheinbare Rauchwolke immer weiter aufstieg – und schließlich in einem Lüftungsschacht der Klimaanlage verschwand.

»Wo ist er hin?«, fragte Sam, immer noch außer Atem.

Dean stand nur starr da.

»Dean?«

Dean blickte ihn an. Sam sah in den Augen seines Bruders etwas, das er dort noch nie gesehen hatte.

Nackte Angst.

»Er ist im Flugzeug selbst!«, keuchte Dean.

Im selben Augenblick brach die Hölle los.

Dean hatte recht. Seines menschlichen Körpers beraubt, hatte der Dämon das Nächstbeste getan, um sein Werk zu vollenden: Er hatte Macht von dem Flugzeug ergriffen. Die Turbinen heulten auf, als die Maschine sich ohne Vorwarnung in einen steilen Sinkflug neigte. Zuerst spürten Sam und Dean, wie die Schwerkraft zugriff und sie in Richtung der Flugzeugspitze zog.

»Das Tagebuch!«, schrie Dean. Er musste seine Stimme

erheben, um die Panikschreie der Passagiere zu übertönen. »Du musst den Exorzismus zu Ende führen.«

Dean hatte recht, das war die einzige Chance. Sam stolperte nach vorn, riss den Vorhang beiseite und sah das Buch. Auch das Notizbuch folgte in dem jetzt stark geneigten Flugzeug dem Gesetz der Schwerkraft. Es rutschte bis an die Tür zum Cockpit.

Doch dann verschaffte sich ein anderes Naturgesetz Geltung: die Massenträgheit. Während draußen urplötzlich ein Gewitter aufzog, beschleunigte die Maschine auf ihrem tödlichen Sturzflug immer mehr. Das Notizbuch lag nur wenige Meter entfernt, doch Sams Körper wog jetzt ein Vielfaches. Die Kräfte der Beschleunigung warfen ihn zu Boden. Es war eine Situation wie aus einem Albtraum: Die Rettung lag fast in Griffweite, aber er konnte sich nur im Zeitlupentempo nach vorn bewegen.

Die Motoren der Maschine heulten in einem infernalischen Totengesang auf, begleitet von den kaum noch zu hörenden Schreien der Passagiere und dem Aufflackern von Blitzen vor den Flugzeugfenstern. Es war die Hölle, doch Sam konnte sich nicht einmal annäherungsweise vorstellen, welche Qualen Dean in diesem Moment ausstehen musste.

Unter Aufbietung aller Kräfte kroch Sam weiter, Millimeter für Millimeter. Endlich konnte er das abgegriffene Tagebuch mit den Fingerspitzen berühren. Er zog es zu sich heran und blätterte fieberhaft nach der Seite mit der Exorzismusformel. Dann richtet er sich auf, so gut es ging, und schrie mit brechender, verzweifelter Stimme gegen den Höllenlärm um ihn herum an.

»*Cum autem noxia atque contraria actio Diaboli et daemonum afficiat personas, res, loca et appareat diverso modo, Ecclesia, semper conscia quod dies mali sunt, oravit et orat ut ab insidiis diaboli homines liberentur!*«

Ein paar Sekunden lang passierte nichts. Das Flugzeug raste in einem wahnsinnigen Winkel noch immer Richtung Erdboden. Dann war ein Donner zu hören, der sogar das Jaulen der Turbinen übertönte. Ein gewaltiger Blitz schlug in die Maschine ein. Weißes Licht flutete durch die Fenster ins Innere des Flugzeuges. Es war das hellste Licht, das Sam jemals gesehen hatte – aber seltsamerweise musste er seine Augen nicht geblendet schließen. Es war ein weiches, tröstendes Licht, und wann immer Sam in den kommenden Jahren darüber nachdachte, war er sich nicht mehr sicher, ob es wirklich nur ein Blitz gewesen war oder der Widerschein von etwas anderem, noch unendlich Mächtigerem.

Die Schreie der Passagiere verstummten für einen Moment, als ob das Licht auch ihnen für einen Sekundenbruchteil die Angst genommen hätte.

Dann ging ein verzweifeltes, unmenschliches Kreischen durch das Flugzeug. Jeder Kabelstrang, jede Bodenplatte, jede einzelne Niete schien davon widerzuhallen.

Das Licht verlosch so plötzlich, wie es gekommen war. Sam glaubte aus den Augenwinkeln zu sehen, wie ein schwarzer Schatten aus der Maschine raste und in der Dunkelheit hinter den Fenstern verschwand.

Und dann, langsam, aber mit beruhigender Gleichmäßigkeit, hob sich die Nase der Maschine wieder nach oben. Der Fluch war gebrochen, der Dämon vernichtet. Und der Pilot hatte die Maschine wieder unter Kontrolle.

Sam atmete auf, unendlich erleichtert. Er blickte sich um. Im hinteren Teil des Flugzeugs schob Dean den Vorhang beiseite. Er war leichenblass, und Sam konnte sehen, wie die Beine seines Bruders zitterten.

Dean und Sam tauschten einen stummen Blick aus.

Das war knapp gewesen. Sie hatten sich mit den Mächten der Hölle angelegt und triumphiert, um Haaresbreite. Manche Siege waren so knapp, dass sie keine Siege mehr waren.

Nur noch eine Mahnung für die Zukunft.

37

»Können Sie uns sagen, was an Bord passiert ist?«, fragte der Uniformierte.

Der Kopilot saß, in eine Decke gehüllt, in einem Rollstuhl und schüttelte, immer noch sichtlich verwirrt, den Kopf. »Nein. Ich weiß noch, wie ich durch den Flughafen ging – und danach ist alles schwarz. Ich kann mich an nichts erinnern.«

Ein paar Passagiere des sicher notgelandeten Flugzeugs gingen an ihm vorbei, einige ebenfalls in Decken gehüllt, einige gefasst und andere immer noch zitternd. Sanitäter kümmerten sich um kleine Wunden und Blessuren.

Sam und Dean standen etwas abseits in dem für die Passagiere geräumten Teil des Flughafengebäudes. In dem Getümmel entdeckte Dean Amanda, die gerade von einem Beamten der Flugsicherheit befragt wurde. Amanda sah zu Dean herüber und formte mit ihren Lippen ein stummes »Danke«.

Dean nickte. Dann klopfte er seinem Bruder auf die Schulter. »Verschwinden wir von hier.«

Sam sah seinen Bruder an. Er hatte seit der sanften Notlandung kaum ein Wort gesagt.

»Dean … Der Dämon … Er wusste von Jessica.«

Dean atmete tief aus. »Sam, diese Kreaturen – sie können deine Gedanken lesen. Er hat dich angelogen. Das ist alles!«

»Yeah«, antwortete Sam nur. Er klang nicht überzeugt.

Am nächsten Morgen verabschiedeten sich Dean und Sam Winchester von Jerry Panowski. Die Morgensonne strahlte über dem Flugfeld und ließ die weißen Maschinen aufleuchten. Irgendwie kamen Dean diese Dinger jetzt gar nicht mehr so bedrohlich vor.

»Niemand weiß, was ihr beide leistet, aber ich weiß es«, sagte Jerry. »Ohne euch wären viele Unschuldige gestorben.« Jerry gab Dean und Sam die Hand. »Euer Dad wird wirklich stolz auf euch sein.«

Sam und Dean nickten nur, als sie auf den schwarzen Impala zugingen. »Man sieht sich, Jerry!«, rief Sam.

Jerry drehte sich um und ging zurück in Richtung des Hauptgebäudes von United Britannia Airlines.

Dean hatte seine Autotür schon geöffnet, als ihm noch etwas einfiel. Er hatte Jerry schon die ganze Zeit danach fragen wollen, es aber immer wieder vergessen.

»Jerry? Woher haben Sie eigentlich meine Handynummer? Ich habe sie erst seit etwa sechs Monaten.«

»Euer Dad hat sie mir gegeben«, antwortete Jerry ganz selbstverständlich.

Dean und Sam erstarrten.

»Was?!«

»Sie haben mit ihm geredet?«, fragte Dean.

Jerry Panowski schüttelte den Kopf. »Nicht direkt. Ich habe seine Nummer angerufen, und die Ansage auf seinem Anrufbeantworter hat mir deine Nummer gegeben. Vielen Dank noch einmal, Jungs. Passt auf euch auf!«

Jerry Panowski verschwand in dem Gebäude. Sam und Dean sahen einander lange an.

Eine Viertelstunde später hatte Dean seinen Impala am Rand einer Startbahn geparkt. Die beiden Brüder hockten auf der Kühlerhaube. Dean hielt sein Handy in der Hand.

»Das ergibt doch keinen Sinn, Mann«, sagte Sam. »Ich habe Dads Nummer mindestens fünfzigmal angerufen. Das Telefon war abgeschaltet.«

Dean sagte nichts. Er wählte eine Nummer, die er auswendig kannte. Es dauerte ein paar Sekunden, dann meldete sich eine Stimme.

Dads Stimme.

Dean hielt das Handy hoch, damit Sam mithören konnte.

»Hier spricht John Winchester. Ich bin zurzeit nicht erreichbar. Wenn es sich um einen Notfall handelt, rufen Sie bitte meinen Sohn Dean an, unter der Nummer 866-907-3235. Er kann Ihnen helfen.«

Dean beendete die Verbindung. Er fühlte sich, als hätte ihm jemand die Kehle zugeschnürt. Wenn ihr Dad die Nummer wieder aktiviert hatte, dann bedeutete das, dass er noch lebte.

Aber wenn er die Zeit gehabt hatte, seinen Anrufbeantworter zu besprechen – warum hatte er sich dann nicht bei ihm oder Sam gemeldet? Er musste doch wissen, welche Sorgen sie sich um ihn machten.

Dean blickte Sam an. In seinem Bruder schienen ähnlich widersprüchliche Gefühle zu toben.

Sam hatte Tränen in den Augen. Wortlos stand er auf und stieg in den Wagen.

Dean starrte noch ein paar Sekunden auf sein Handy. Dann stand auch er auf und stieg ein. Wortlos.

Der Motor des Impala röhrte auf. Über ihm hob sich ein strahlend weißes Flugzeug in den makellosen, blauen Himmel.

Mit unbekanntem Ziel.